K809768S

변신하는 여자들

변신하는
여자들

한국 근대 여성 지식인의 자기서사

장영은 지음

오월의봄

책을 내며

다른 사람의 인생을 '제대로' 읽고 평가하는 일은 가능한가? 철학자이자 노동운동가였던 시몬 베유는 타인의 생애를 처음부터 '제대로' 읽어내기란 어렵다고 주장했다. "인간은 저마다 자기를 다르게 읽어달라고 침묵 속에서 외친다"는 것이다. 동시에 시몬 베유는 잔 다르크를 소환해, 현재 잔 다르크를 숭앙하는 이들조차 그녀가 마녀사냥을 당했던 그 시대에서는 대부분 그녀에게 유죄를 선고했을 거라고 날카롭게 지적했다. 시몬 베유가 생각하는 정의正義란 곧 '올바르게 읽기'였다. 그 윤리적인 실천 방안은 다음과 같다. "남이 우리와 같이 있을 때 (혹은 우리가 남을 생각할 때) 우리가 그 사람에게서 읽어내는 것이 실제의 그와 다르다는 사실을 언제든 받아들일 준비가 되어 있어야 한다. 혹은 그는 분명 우리가 그에게서 읽는 것과 전혀 다른 무엇임을 읽어내야 한다."[*]

변신하는 여자들

김일엽, 최정희, 모윤숙, 김활란, 임영신, 박인덕, 이화림, 허정숙. 나는 이 여덟 명의 여성 지식인이 남긴 자기서사를 시몬 베유의 권고에 따라 '올바르게' 읽고 싶었다. 그러나 책 출간을 앞둔 지금, 내가 과연 그녀들의 이야기를 '제대로' 읽었는지 두려운 마음이 든다. 이 책의 주인공들은 모두 20세기 한국 역사에서 문제적인 여성으로 '심판'받았던 이력이 있다. 실제로 그녀들이 직접 쓴 삶의 이야기를 읽으면서, 복잡한 심경을 느낄 때가 많았다. 시몬 베유도 그런 마음을 '불의'로 몰아붙이지는 않을 것이다.

나는 그 여성들의 삶을 '올바르게 읽기' 위해 그들이 누구인지 묻기 이전에, 그들이 무엇이 되기를 원했으며 왜 그런 방식으로 자기 삶을 이야기할 수밖에 없었는지에 관심을 가지기로 했다. 무엇인가 되어가는 과정 중에 변신을 거듭한 여자들의 삶을 '제대로' 읽다보면, 읽는 사람의 삶도 달라지는 읽기의 '반전'이 일어나게 되지 않을까? 내심 큰 기대를 가져본다. 하지만 누군가의 자기서사를 읽는 사람이 그 저자를 자신도 모르게 닮아간다거나 덮어놓고 추종하게 되는 결과를 바라는 것은 결코 아니다.

오히려 읽기의 반전은 100여 년 전 식민지 조선 사회에서 글 쓰는 여성이 되기 위해, 여성을 가르치는 여성이 되기 위해, 권력을 획득한 여성이 되기 위해, 직업을 가진 여성이

---

* 시몬 베유, 「읽기」, 『중력과 은총』, 윤진 옮김, 문학과지성사, 2021, 179쪽.

되기 위해, 공부하는 여성이 되기 위해 끊임없이 변신을 시도했던 여성들이 지금 여기에도 존재하고 있음을 발견하게 될 때 일어난다. 엘렌 식수의 주장처럼, 여성이 직접 쓴 여성의 삶을 읽은 여성은 "과거의 결과들에 운명과 동등한 종신성을 부여하기"를 완강하게 거부하며, "미래를 앞당"기는 것이야말로 "급박한 일"**임을 깨닫게 된다. 나는 앞으로도 여성의 글쓰기가 내포하고 있는 정치적 가능성을 한국 여성의 자기서사에서 발견하며 그녀들의 삶을 '제대로' 읽는 일을 하고 싶다. 이런 용기를 혼자서 가질 수는 없었다.

2017년에 성균관대 동아시아학과 박사학위논문으로 제출한 「근대 여성 지식인의 자기서사 연구」의 심사를 맡아주신 선생님들께 먼저 감사드린다. 황종연 선생님께서 논문 심사본에 연필로 써주셨던 조언들과 질문들이 떠오를 때가 많다. 임우경 선생님께서는 한중 근대 여성 작가들의 사회적 입지를 비교해볼 수 있는 관점을 제시해주셨다. 손유경 선생님께서 건네주신 주디스 버틀러의 『윤리적 폭력 비판: 자기 자신을 설명하기』를 읽으면서 계속 글을 쓸 수 있었다. 대학원 수업과 세미나에서 많은 가르침을 주신 박헌호 선생님, 정우택 선생님, 황호덕 선생님, 천정환 선생님, 박진영 선생님, 권보드래 선생님, 김현주 선생님, 류준필 선생님, 이승희 선생님, 이영재 선생님, 유영주 선생님, 임경화 선생님, 전

** 엘렌 식수, 「메두사의 웃음」, 『메두사의 웃음/출구』, 박혜영 옮김, 동문선, 2004, 9쪽.

변신하는 여자들

상숙 선생님, 김동택 선생님께도 감사드린다. 근대 여성 작가의 자기서사를 주제로 논문을 써도 괜찮을지 주저하고 있을 때, 격려와 응원을 아끼지 않으셨던 이혜령 선생님께는 언제나 여쭤보고 싶은 것이 많다. 한기형 선생님께서는 제자가 방황할 때마다 요즘은 무슨 책을 읽고 있는지 물어보시곤 하셨다. 한기형 선생님께서 가르쳐주신 시간의 의미를 되새긴다. 이번에도 오혜진 선생님의 도움을 받아 책을 낼 수 있게 되었다. 멋진 부제까지 선사해준 오혜진 선생님의 우정에 보답할 방법을 찾고 싶다. 한 문장 한 문장마다 따뜻한 마음을 담아 좋은 책을 만들어주신 편집자 임세현 선생님이 계셔서 참 든든했다. 책 출간을 함께 기뻐해줄 가족들에게 사랑을 전한다. 어머니, 아버지께 가장 먼저 책을 드리고 싶다. 새해에 읽고 쓰게 될 글들이 궁금하다. 천천히 서두르겠다.

2022년 1월
장영은

차례

책을 내며 · 4

1. 출판인과 승려: 김일엽의 고백   *11*

동시대를 살고 있는 여성들의 이야기 / 자서전을 대신해서 쓴 글 /
글쓰기라는 사상 / 나는 왜 스님이 되었는가? / 과거의 결과가 아직도 여기에

2. 배우와 소설가: 최정희의 다짐   *33*

내 문학의 출발 / 내가 쓴 모든 소설의 주인공 / 굳이 변명하지 않는 여성들 /
부끄럽지 않은 소설 쓰기 / 여승 못 되던 날

3. 시인과 로비스트: 모윤숙의 변명   *63*

어처구니없는 풍문 / 모멸과 비굴 / 의젓한 백발의 신사 / 무거운 사명 /
정신의 지향성 / 낙랑클럽과 김수임 / 허물이 많아 불완전한 인생

4. 총장과 특사: 김활란의 회한   *105*

기독교의 복음 / 한국 여성의 아우성 / 한국 최초의 여성 박사 /
이 나라 유일의 여성 최고 학부 / 여성 지식인의 종교성 /
나는 정치인이 아니다 / 화려한 승리의 길

5. 장관과 당수: 임영신의 자찬   *143*

아버지와 남자 형제들 / 한국을 구제하는 일 / 가정생활 이탈 /
여자국민당과 상공부 / 국회의원 선거 출마 / 직분과 자기 혐오

6. 연설가와 농촌운동가: 박인덕의 재기   *171*

가정에서 사회로 / 1896년생 동갑내기 친구들 / 개명과 남장 /
미국 가는 언니 / 청중의 환호 / 인간에 대한 강렬한 기록 /
영어와 일본어 / 칼날을 쥔 처지 / 정치범과 모범수 / 마지막 도전

7. 저격수와 의사醫師: 이화림의 증언   *209*

의과대학의 만학도 / 공부와 이동 / 춘실, 동해, 화림 / 중산대학의 독서회 /
조선의용대원의 재정비 교육 / 원로혁명가의 항변 / 일과 생명

8. 혁명가와 관료: 허정숙의 침묵   *241*

너는 누구인가? / 조선의 콜론타이 / 역사적인 죄악 폭로문 /
숙청의 설계자들 / 정치적 생명의 보호자 / 보편적인 모순

주·273 / 발표 지면·313 / 도판 출처·314

1

출판인과 승려

김일엽의 고백

조선 여자계에도 동천東天의 흰한 새벽빛이 바야흐로
비춰옵니다. 아마도 환하게 밝을 때가 얼마 안 남았겠지요.
—김일엽[1]

우리는 죽는다. 그것이 삶의 의미일 것이다.
그러나 우리는 언어를 행한다. 그것은 우리의 삶의 척도일
것이다.
—토니 모리슨[2]

동시대를 살고 있는 여성들의 이야기

여성의 자기서사에 관심이 많다. 여성은 언제 자기 자신의 삶을 글로 쓰게 되는지, 여성은 어떤 방식으로 자기 자신의 이야기를 하는지, 그리고 여성이 자기 자신을 직접 이야기하면 어떤 일이 벌어지는지 궁금하다.

스스로를 "해체를 끌어와 읽기에 봉사하도록 하려는 페미니스트 문학비평가"[3]라고 소개한 가야트리 스피박은 식민지 여성이 자기 이야기를 제대로 할 수 없는 곤혹한 상황에서 어떻게 지배구조에 저항하는지 입체적으로 분석했다. 놀라운 통찰이다. 나는 여성들의 침묵의 의미를 읽어내거나 행간의 뜻을 짐작하는 일의 중요성을 잘 알면서도 끝까지 살아서 자기 삶을 직접 이야기한 여성들에게 더욱 주목하는 편이다. 물론 스피박의 글을 읽을 때마다 증언의 공백이 가지는 의미를 생각하게 된다.

스피박은 "제국주의적인 법과 제국주의적인 교육의 인식론적 폭력의 순환고리 안팎에서, 국유화된 자본에 의한 국제적 노동 분화의 또 다른 측면에서, 하위주체들은 말할 수 있는가?"[4]라는 도발적인 질문을 던지며, 말해진 것이 언제나 제대로 들리는 것은 아니라는 주장을 설득력 있게 펼쳤다. 동시에 스피박은 "복원될 의도를 가지고 자신의 몸으로 글을 썼던"[5] 부바네스와리 바두리의 삶에 초점을 맞추었다. "죽음을 가로질러 말하려고 시도했던" 그 여성의 이야기를 스피박은 아카이브를 뒤져 밝혀냈다.

식민지 인도의 여성 부바네스와리 바두리는 1926년 북캘커타에 있는 아버지의 집에서 자살했다. 그녀의 자살을 둘러싸고 여러 가지 의견이 분분했지만, 누구도 정확한 이유는 알지 못했다. 그로부터 10년이 지나 부바네스와리 바두리가 언니에게 남긴 편지로 그녀의 삶이 좀 더 선명하게 드러났다. 자살 당시 열여섯 내지 열일곱 살이었던 그녀는 인도 독립을 위한 무장 단체에서 활동 중이었다. 어느 날, 부바네스와리 바두리에게 암살 임무가 맡겨졌다. "그녀는 이 과업을 감당할 수 없었다. 하지만 신의를 지켜야 한다는 실제적 필요성을 알고 있었기 때문에 그녀는 스스로 목숨을 끊었다." 민족주의 진영에서는 그녀의 자살을 '순교'로 추앙하고자 했다. 하지만 스피박은 부바네스와리 바두리가 자살 당시 생리 중이었다는 사실에 주목하고, 그녀가 인도의 전통적인 가부장제에 어떻게 균열을 냈는지 사티sati라는 과부 희생 폐습과 연결지어 논의를 이어나갔다.

"힌두 과부는 죽은 남편을 화장한 장작더미에 올라가서 자신을 불태운다. 이것이 바로 과부 희생sati이다."[6] 영국은 1829년에 과부 희생을 폐지시켰다. "백인종 남자가 황인종 남자에게서 황인종 여자를 구해주고 있다"는 상황을 받아들이기 어려웠던 식민지 인도의 가부장제 사회는 "여자들이 죽고 싶어 했다"라는 궤변을 구사하며 토착주의와 민족주의로 대응했다.[7] 사티는 힌두어로 "불타는 착한 아내" "불타는 좋은 아내"라는 의미이다.

스피박은 부바네스와리 바두리가 "자신을 불태우려는 과부가 생리 중이어서는 안 된다는 금기를 역전"시켰다고 해석했다. 당시 인도에서 생리하는 여자는 불결하다고 여겨졌기 때문에, 자신을 불태우려는 과부는 생리가 끝나 "목욕 재계할 수 있을 때까지" 공개적으로 기다렸다고 한다. 스피박은 부바네스와리가 생리 중에 자살한 것에 대해 "직접적인 맥락으로 보자면, 그녀의 행동은 불합리하기 짝이 없었고 멀쩡하기보다 환각에 빠진 사례가 되었다"[8]고 언급했다. 하지만 스피박은 "해체deconstruction를 끌어와" "생리가 시작되기를 기다린 전위 제스처"의 의미를 곱씹었다. 스피박은 부바네스와리 바두리가 식민 지배자에 저항하면서 동족의 가부장적 질서에도 맞설 수 있는 방법을 모색했던 여성이었다고 평가했다.

그런데 「서발턴은 말할 수 있는가?」에서 가장 인상적이었던 대목은 바로 스피박이 "의사소통의 실패에 낙담"을 고백한 장면이었다. 스피박은 부바네스와리를 "좀 더 철저하게 조사하기에 앞서" 자신과 거의 같은 지적 연구를 해온 벵골 여성 철학자이자 산스크리트 연구자에게 부바네스와리 연구를 출범시킬 계획을 알렸다고 한다. 그랬더니 그 동료 연구자는 '왜 온전하고 훌륭한 삶을 영위한 바두리의 두 언니 사일레스와리와 라세스와리 대신 불운한 부바네스와리에게 관심을 갖느냐'며 '바두리의 조카들이 말하길 그녀가 불륜을 저지른 것 같다'고 이야기했다. 이런 반응에 스피박이 얼마나 좌절했을지 조금은 짐작할 수 있었다.

그리고 너무나 자연스럽게 식민지 조선의 여성 작가들을 떠올리게 되었다. 1926년에 인도에서 자살한 부바네스와리와 1948년에 한국에서 무연고 행려병자로 세상을 떠난 나혜석의 삶이 마치 뫼비우스의 띠처럼 이어지는 것만 같았다. 나혜석과 부바네스와리가 "동시대인"처럼 느껴졌다. 조르조 아감벤은 동시대인의 정의를 진정으로 자신의 시대에 속하는 사람은 자신의 시대와 완벽히 어울리지 않는 사람이라고 규정한 바 있다. 이런 점에서 나혜석과 부바네스와리는 "진정으로 자신의 시대에" 속했던 여성들이었다. 그녀들은 시대와 정면으로 충돌하며, 그 시대의 본질을 파악했다. 두 여성은 "동시대인"이 틀림없었다.⁹

어디 나혜석뿐이었을까? 불운이 마치 여성이 저지른 범죄라도 되는 것처럼 인식되었던 식민지 조선에서 핍박받은 또 한 명의 "동시대인"을 이야기하고자 한다. 나혜석의 동갑내기 친구이기도 했던 김일엽의 글쓰기에 주목하고 싶다. "새로운 여성의 선구자는 바로 이들, 어제의 희생자들이다."[10] 김일엽이 이야기한 김일엽 자신은 어떤 여성이었을까? 철학자 김애령의 주장처럼, "자기가 누구인지 말하는 자는 자기의 경험과 행동을 구성하여 전달하는 자이자, 동시에 자기의 행동과 자기서사를 평가하는 자이기도 하다".[11]

자서전을 대신해서 쓴 글

김일엽이 1932년 3월에 잡지 『삼천리』에 발표한 「자서전自敍傳 대代로」는 매우 흥미로운 자기서사이다. 그녀는 자신이 몇 차례의 이혼과 연애 사건으로 온갖 비난과 욕설을 감내하며 살아왔기에, 소설가로 살 수는 있어도 결코 자서전의 저자가 될 수 없다고 말하며 글을 짧게 마무리한다. 하지만 김일엽은 30여 년의 세월이 흐른 뒤인 1962년에 회고록 『청춘을 불사르고』를 출간한다.[12]

김일엽은 일엽一葉이라는 아호를 이광수에게 받았다는 이야기로 회고록 서문을 시작하며, "5대 독자 집 무남독녀"로 어린 시절 부모님을 모두 잃고, "그야말로 외톨이"로 살아온 삶을 고백한다. 그러나 "모든 해결법을 부처님이 먼저 알아 얻어 쓰시니 부처님께 귀의하여 몸소 알아보라는 외침이 곧 이 글이다"라는 말로 회고록 집필의 목표를 밝혔다. 목사의 딸로 태어나 이화학당에서 기독교 교육을 받으며 성장했던 김일엽은 불교로 삶의 방향을 전환했다. 그리고 종교인의 길을 선택했다. 작가 시절 청탁을 거부했던 자서전 집필은 승려가 되어 결실을 맺었다.

1896년 목사의 딸로 태어나 이화학당에서 공부를 마친 김일엽은 작가이자 출판인으로 활동했다. 1920년 3~6월에는 잡지 『신여자』를 발간하기도 했다. 그러나 김일엽은 이노익, 임노월, 백성욱, 하윤실 등 남성들과의 사생활 문제로 거센 비난에 시달렸다. 김일엽은 1933년에 출가한 후 1971년 세상을 떠날 때까지 불교계에 안착했다. 그런 김일엽이 1962년 돌연 회고록을 출간한 이유는 무엇일까? 회고록에서 백성욱의 이야기가 가장 큰 비중을 차지한다는 점 또한 주목할 만하다. 백성욱은 1924년 독일에서 철학박사학위를 받고 1925년 귀국해서 불교신문사 사장으로 재직하던 중 김일엽을 만났다. 김일엽은 백성욱과의 결별이 불교에 귀의하게 된 직접적인 원인임을 회고록에서 고백했다.

백성욱 다음으로 김일엽의 회고록에 자주 등장하는 인물은 소설가이자 평론가로 활동했던 임노월이다. 김일엽은 회고록에서 임노월의 유미주의와 개인주의에 큰 영향을 받았다고 이야기한다. 김일엽은 1921년 남편 이노익과 헤어진 후, 1923년부터 1925년까지 임노월과 동거했다. 김일엽은 임노월의 고향인 진남포에 함께 내려갔다가 그가 기혼자라

변신하는 여자들

김일엽이 1920년 창간한 잡지『신여자』(위)와 1920년 5월 2일『동아일보』에 실린 『신여자』광고(아래).

는 사실을 뒤늦게 알게 되었고, 첩으로는 살 수 없다고 판단하고 혼자 서울로 돌아왔다. 김일엽의 회고에 따르면, 임노월은 자신이 처한 상황을 비관하며 김일엽에게 동반자살을 시도할 것을 요구했다. 김일엽은 죽고 싶은 생각이 조금도 없었지만, 차마 혼자서만 살아남겠다고 말하지 못했다. 김일엽은 그 이유를 이렇게 설명했다. "그 말을 받아들일 수 없었지만 죽지 않을 이유를 말할 여유는 없었습니다. 당신은 내가 당신을 떠나 다른 길을 찾는다고 오해를 하기 때문이었습니다." 김일엽은 '헤로인 두 개'를 준비했지만, 삼키지는 않았다. 그녀의 기지로 동반자살이 실패로 끝난 것이다. 1920년대 초반 식민지 조선에서 신新개인주의를 주장하며 완전한 개인이란 예술과 창작의 영역에서만 존재한다고 주장했던 임노월은 분명 그녀에게 큰 자극이 되었다. 그러나 스님이 되고 난 후 김일엽은 임노월에게 불교 사상을 전하고자 했다.

1925년 임노월과의 결별은 김일엽을 다시 한 번 추문의 주인공으로 만들었지만, 김일엽은 "여성의 예술이란 것을 크게 주장할 것"이라는 다짐을 실천했다. 이듬해인 1926년 『동아일보』에 소설 「순애의 죽음」(1926.1.31~2.8)과 「자각」(1926.6.19~20, 6.22~26)을 연재했고, 1927년 1월 8일 『조선일보』에 「나의 정조관」을 발표했다. 여성의 자유와 사랑을 적극적으로 옹호한 「나의 정조관」은 당시 조선 사회에 큰 논쟁을 일으켰다. 하지만 이즈음부터 김일엽은 불교 사상에 심

취하기 시작했다. 그녀의 삶에 또 다른 시간이 다가오고 있었던 것이다.

글쓰기라는 사상

1927년까지 『동아일보』와 『조선일보』에 활발하게 글을 발표하던 김일엽은 1928년 7월 잡지 『불교』로 지면을 옮겼다. 그곳에서 그녀는 백성욱과 만난다. "불교일보사 사장으로 취임하신 지 며칠 안 되었을 때 나는 동대문 밖에 있던 그 신문사로 당신을 찾아갔었나이다." 김일엽은 백성욱에게 불교 경전을 배웠다. 두 사람은 이때부터 가까워졌다. 독일에서 "27세에 철학박사가 되어 귀국"한 백성욱은 불교를 비롯한 종교학 전반에 걸쳐 폭넓은 식견을 가지고 있었을 뿐 아니라 유럽 문화와 예술에도 조예가 깊었다. 김일엽은 백성욱의 지식과 재능에 크게 감화받았다. 김일엽은 백성욱과의 결혼을 기대했지만, 만난 지 7~8개월 만에 백성욱은 편지 한 장을 남기고 금강산으로 떠났다. 백성욱은 후일 김일엽과의 관계에 "애착심을 갖게 되어 공부에 큰 성취가 없기 때문에" 입산수도를 결심하고 홀연히 떠났다고 설명했지만, 갑작스러운 이별이 김일엽에게 미친 파장은 매우 컸다.

　김일엽은 백성욱과 헤어진 후 1929년 재가승 하윤실과 새로운 삶을 모색한다. 1931년에는 조선여자불교청년회의

나혜석은 1920년 6월 『신여자』에
"김일엽 선생의 가정생활"이라는
제목의 만화를 그렸다. 각종 살림과
글쓰기를 병행하는 김일엽의 하루를
묘사하고 있다.

문교부장, 1932년에는 불교중앙청년총동맹의 중앙집행위원 등 불교 단체 활동에 집중했다. 재가승이었던 하윤실에게 종교적 깨달음이나 성숙함을 발견하지 못한 김일엽은 결혼 생활을 정리하고, 1933년 수덕사로 출가를 단행한다.[13] 그로부터 약 30년 후인 1962년에 김일엽은 회고록을 출간하며 사회에 복귀한다. 글쓰기와 삶이 여성에게서 어떠한 연관성을 갖는지 김일엽의 회고록은 우회적으로 이야기하고 있다.

식민지 조선의 여성 지식인들은 종교와 글쓰기라는 공적 영역에서 자기 삶을 개척해갔다. 어쩌면 김일엽에게 작가 혹은 승려라는 구분은 별다른 의미가 없는지도 모르겠다. 물론 김일엽과 같은 존재가 식민지 조선의 여성 지식인 가운데 드물었다고 볼 수도 있다. 여성 지식인에게 글쓰기 혹은 문학이란 사상을 매개하고 실천하는 수단이기도 했지만, 본질적인 측면에서 여성에게 글쓰기란, 더 나아가 문학이란 그 자체로 하나의 사상이었다. 1896년에 태어난 동갑내기 친구이자 동료 작가였던 김일엽, 나혜석, 김명순의 삶과 문학이 그러했다. "글쓰기 행위는 또한 여성에 의한 말의 장악을 나타나게 될 것이다. 늘 여성의 억압 위에 형성되었던 역사, 그 역사 속으로 여성이 요란스럽게 입장함을 알리게 될 것이다"[14]라는 엘렌 식수의 분석은 예언에 가까웠다.

한국 근대 여성문학의 사상성이란 여성문학이 민족, 계급, 초자아 등의 이념에 얼마나 충실했는지 여부에 국한되

김일엽은 살아남기 위해 불법과
글쓰기에 매달렸다.

지 않는다. 이는 식민지 여성 지식인에게 공적 영역에서 글을 쓴다는 행위 그 자체가 하나의 사상이었음을 뜻한다. 일반적으로 사상은 계급 혁명, 민족해방, 여성해방 등의 계몽적 성격의 이념을 지칭하는 것으로 사용되지만, 나는 여성 지식인들의 사상을 이념이 아니라 이해관계interest의 맥락에서 파악하고 싶다. 김일엽은 글쓰기라는 행위 자체가 식민지 조선의 여성 지식인에게 하나의 완결된 사상이었음을 자신의 생애를 통해 증명했다.

나는 왜 스님이 되었는가?

김일엽은 출가 이후에도 탈속脫俗의 글쓰기를 추구하지 않았다. 그녀가 성聖과 속俗의 경계를 넘나드는 글쓰기를 지속한 것을 불교의 대중화 운동과 연관지어 생각할 수도 있겠지만, 나는 그러한 궤적이 오히려 김일엽이 여성 지식인으로서 놓여 있었던 위치와 더욱 밀접한 관계가 있다고 본다. 만약 김일엽이 출가하지 않았더라면, 김일엽은 공적 영역에서 발화할 기회를 더 이상 갖지 못했을 것이다. 사생활을 함부로 이야기하는 사람들로 인해 사회적 입지가 점점 좁아져갔기에, 불교 안에서 자신의 삶을 재정립해야 했다. 김일엽이 출가 이전부터 『불교』에 글을 발표하며 불교 단체에서 활동하는 한편 재가승 하윤실과 새 삶을 모색하게 된 것도 그녀의 운신이 불교계 안에서만 가능했기 때문이었다. 다시 언론의 주목을 받게 된 것도 입산출가의 과정을 밟으면서부터였다.[15]

한국 근대 여성 지식인 가운데 온전히 글만 쓰는 작가로 살 수 있었던 이는 없었다. 작가이면서 동시에 교사이거나 예술가이거나 언론인이거나 혹은 누군가의 아내 그리고 종교인이어야만 했다.[16] 자신의 삶을 이야기하는 여성이 어떤 삶의 조건 속에 놓여 있었는지, 그리고 여성이 그렇게 글을 쓴다는 것이 어떤 사회적 의미를 가지고 있었는지 그 일면을 김일엽이 이야기하는 김일엽의 글 속에서 거듭 생각해 보게 된다.[17]

당시 대부분의 여성 지식인이 그러했던 것처럼 김일엽 역시 식민지 여성 지식인들에게 받아들일 만한 안전한 사회적 체계나 견고한 제도가 전혀 없는 난감한 상황에 처해 있었다. 거듭되는 결혼과 이혼으로 끊임없이 이동하며 살아가야 했던 김일엽에게 '자기만의 방'에서 글을 쓸 수 있는 기회는 불교에 귀의해 수십 년의 세월을 보내고 나서야 겨우 주어졌다.

살기 위해 혹은 살아남기 위해 글쓰기와 종교에 처절히 매달릴 수밖에 없었던 김일엽은 "나는 왜 스님이 되었는가?" "나는 왜 글쓰기를 선택했는가?" 같은 화두를 글로 풀어낼 수 없었다. "'타락이냐, 자살이냐?'의 분기점에서 맘 붙일 데 없이 헤매던 나는 그때 가장 위험한 생명체였던 것이

변신하는 여자들

1928년 즈음의 김일엽.

1926년 자유연애 강연회에서
연설하는 김일엽의 모습.

다. 천우신조! 이때 나는 다행히 만사를 해결할 수 있는 불법佛法을 만났다."[18] 김일엽의 이와 같은 회고가 아니더라도, 불법과 글쓰기가 김일엽에게 "만사를 해결할 수 있는" 유일한 통로였다는 사실을 짐작할 수 있다. 김일엽에게 출가와 글쓰기는 탈속의 상징이 아니라 세속으로 진입할 수 있는 유일하고도 가장 안전한 통로였다.

김일엽이 회고록 전체에서 유일하게 "스승"이라고 호칭했던 만공 스님.

김일엽이 회고록에서 비중 있게 다룬 유일한 불교계 인사는 만공 스님이다. 여성 지식인들의 자서전에서 나타나는 부모, 남편, 자녀 등 가족관계를 중심으로 자신의 삶을 구성해가는 특징이 김일엽의 회고록에서는 백성욱, 임노월, 만공과 같은 사적 관계에 초점을 두는 방식으로 나타난다. 이러한 특징은 유럽의 여성 기독교인들이 남긴 자서전에서도 뚜렷하게 나타난다. 공적 지위를 부여받은 남성의 재현 방식과 자신의 존재를 사적 관계 안에서 재현해야 했던 여성의 입지가 낳은 차이는 18세기 유럽의 자서전에 드러나 있다.[19]

김일엽이 자신의 회고록 전체에서 "스승"이라고 호칭하는 이는 만공 스님이 유일하다. 김일엽은 백성욱과 임노월의 연인이었고, 만공의 제자였다. 그녀는 근대 교육을 받은 여성이 몇 안 되는 조선에서 자신이 어느 날 선생님 소리를 들으면서 작가의 반열에 오르게 되었다고 회고하면서도, 백성욱이나 임노월, 만공과의 사적 관계가 자신에게 미친 영향력에 대해 분명히 밝혔다. 김일엽은 불교가 남성 승려를 중심으로 유지되는 종교라는 사실을 잘 알고 있었지만, 만공 스님의 선禪 수행과 대중 포교를 계기로 여성 승려로서 자신의 위치가 확보될 수 있다고 판단했다. 또한 김일엽이 임노월의 영향으로 개인주의에 깊이 감화되었다는 점을 고려할 때, 만공 스님의 선禪불교 대중화 및 생활화는 김일엽에게 불교를 현실과 괴리되는 탈속의 이미지와 정반대로 인식하는 계기가 되었을 확률이 높다. 물론 김일엽은 만공의 제자가 되기 위해 18년간 "글을 보지도 않고 쓸 생각도 없이" 지내며 스스로의 불심을 입증했다.

"그대는 세속에서 여류시인이라는 말을 들었다는데 지금까지 쓰던 시는 새 울음소리이고 사람의 시는 사람이 되어 쓰는 것이니 그래도 시라고 쓰게 되고 그 문학적 수양을 하게 되는 것만도 그 방면의 연습을 다생多生에 걸쳐 했던 까닭이니 그 업을 녹이기는 대단히 어려운 일이다. 따라서 글 쓸 생각, 글 볼 생각을 아주 단념할 수가 있겠는가? 그릇에 무엇이나 다른 것이 담겼으면 담을 것을 담지 못하지 않는가?"

이에 나는 "이미 빈 마음을 가지고 왔습니다"라고 말씀드렸다. 나는 18년간을 글을 보지도 않고 쓸 생각도 없이 지내며 견성성불見性成佛할 것을 서원하고 밤 10시 전에 누워 본 적이 없으며, 새벽 2시 넘어서 일어나 본 때가 없었다.[20]

장장 18년간 직접 글을 써서 발표하는 일이 없었음에도, 작가이자 승려라는 신분을 가진 김일엽의 근황을 궁금해하고 그녀의 목소리를 직접 듣고 싶어 하는 독자들은 여전히 존재했다. 1935년 1월 『개벽』에는 「삭발하고 장삼 입은 김일엽 여사의 회견기」가 실리기도 했다. 김일엽은 이 회견기에서 자기 해방과 구원을 모색하기 어려운 현실 여성운동의 한계를 느꼈다고 술회하면서, 진정한 자아를 실현하기 위해 선불교에 입문하게 되었다는 요지의 말을 했다.[21]

하지만 김일엽이 출가 이후 현실과의 고리를 모두 끊어버린 것은 아니다. 무엇보다 "글 쓸 생각, 글 볼 생각을 아주 단념"하지 않았다. 아마도 불교에 입문한 그 순간부터 김일엽은 다시 글을 쓸 수 있는 시간을 기다렸을 것이다. 김일엽은 스님으로서의 능력과 자질을 입증받게 될 때까지 기다렸고, 그 시간이 되었다고 판단한 순간 회고록을 집필했다. 누구도 자신의 사생활을 문제 삼지 않을 때, 책을 출간하길 원했다. 김일엽은 출가 이전에 이미 『불교』에 글을 게재한 경험이 있기 때문에 불교에 귀의하는 것이 절필로 이어지지 않는다는 사실을 누구보다 잘 알고 있었을 것이다. 그녀의 스승인 만공 스님 또한 법어집을 비롯해 많은 말과 글을 남겼다.[22] 즉 김일엽은 말을 하고 글을 쓸 수 있는 자격이 언제 주어지느냐가 관건일 뿐, 불교는 결코 글쓰기를 차단하는 종교가 아니라는 믿음을 가지고 있었던 듯하다. 김일엽은 불교 사상이라는 새로운 영역의 글쓰기를 준비했던 것이 아닐까.

과거의 결과가 아직도 여기에

자신이 쓴 회고록에 대해 "부처님께 귀의하여 몸소 알아보라는 외침이 이 글"이라고 규정했듯, 김일엽의 자기서사가 지향한 귀결점은 결국 종교와 글쓰기를 같은 범주로 설정하는 것이었다. 하지만 기독교 여성 지식인들이 종교적 삶을 선택한 후에도 여성 교육과 농촌 계몽 등의 사회적 실천을 병행하면서 자기서사를 구축해나갔던 것과 달리, 불교에 귀의한 김일엽은 불교 사상과 자신의 과거를 회고하는 글쓰기로 현실 참여의 범위를 축소할 수밖에 없었다.

그럼에도 불구하고 김일엽은 생애 마지막까지 자기 이야기를 멈추지 않았다. 불교가 근대적 요소를 일정 정도 수용하고 있었던 시기에 김일엽은 그 변화의 틈새에서 자기서사를 이뤄나갔다. 시몬 드 보부아르의 통찰처럼, "자서전을 쓴다는 것, 그것은 진정 자기 자신의 뒤편에 기억의 형태로 간직하고 있는 사건들을 다시 만들어내는 일이라고 할 수 있다".[23] 비록 『신여자』의 발행인이자 소설가 김일엽이 사회에 남긴 여성 지식인으로서의 면모는 불교 안에서 다시 발현되지 못했지만, 어쩌면 그 대가로 그녀는 젊은 시절을 회고할 기회를 얻게 된 것인지도 모른다. "이제 더 이상 과거가 미래를 만들도록 내버려두어서는 안 된다. 과거의 결과가 아직도 여기에 있다".[24]

김일엽은 불교계 안에서 자신의 입지를 확보한 다음 회고록을 집필했다. "글 쓰는 여자"의 삶을 되찾기 위해 30년을 기다린 것이다. "세상을 버리고 산에 들어와서 처음 한 공부는 '살고 보자'는 것"[25]이라던 김일엽의 고백은 진실이 아니었을까? 김일엽은 회고록에서 자기 자신에 대한 믿음이 실현되는 시간과 공간을 재현하고자 했다.[26] 그렇기에 나는 김일엽이 말하는 김일엽을 믿는다.

2

배우와 소설가

최정희의 다짐

누구를 탓하거나 원망할 것도 없이 누구를 내세울 필요도 없이
오직 우리 서로의 힘을 모아서
우리 사이에 가로놓인 이 장벽을 물리쳐보고 싶구나.

—최정희[1]

열정으로 기진하여 말로 털어놓을 기력이 없어서,
글로 쓰기로 결심했죠. 거의 냉정하게.

—마르그리트 뒤라스[2]

내 문학의 출발

자기서사란 화자가 자기 자신에 대한 이야기를 사실에 입각해 진술하고, 자신의 삶 전반을 회고하고 성찰하면서 자기 삶의 궤적과 의미가 무엇인지를 밝히는 특징을 가진 글쓰기 양식을 지칭한다. 따라서 자기서사는 단일한 장르로 규정되지 않는다. 자전적 소설, 자서전, 일기, 편지, 수필 등의 서사 양식은 주변적 존재 특히 소외된 존재의 자기 표현이나 비주류적 경험의 재현 가능성을 내포하고 있다.[3] 시도니 스미스와 줄리아 왓슨은 자서전 개념이 자기서사, 자서전적 글쓰기, 자서전적 행위 등으로 확장된다고 주장하면서 자서전적인 '나'가 현실의 '나'와 역사적인 '나', 이야기하는 '나'와 이야기되는 '나', 이념적인 '나' 등 복수의multiple '나'로 구성되어 있음을 논증한 바 있다.[4] 이러한 관점에서 볼 때 1962년 출간된 최정희의 수필집 《젊은 날의 증언》은 "사이비 사회주의자, 기자 나부랭이, 첩, 친일분자, 북으로부터는 '인민의 피를 빨아먹는' 작가, 남으로부터는 빨갱이, 정권의 부침에 따라 흘러 다녔던 작가, 시종일관 기회주의자 등등 최정희를 둘러싼 오해의 조각들"[5]을 풀어가는 데 중요한 단서를 제공한다.

이 책에는 「여학생 시절」「중앙보육 시절」「기자 시절」「연애생활 회고」「남자 친구들」「나의 어머니」「공포 속에서」 등 삶 전반을 회고하는 글들이 수록되어 있다. 특히 자신의 삶에서 글쓰기란 무엇인가를 밝힌 「문학적 자서」와 「내 소설의 주인공들」 등에서 최정희의 자기서사가 지닌 특징을 엿볼 수 있다. 「문학적 자서自叙」는 일종의 종교적 체험 즉 회심기로 읽을 수 있는 글이다. 최정희는 "남들은 내가 기자 노릇을 시작하면서 문학을 한 것같이 알지만 실상 내가 문학을 하게 된 것은 그 뒤 썩 지나서 전주 감옥에 가 있을 무렵부터 싹트기 시작한 것이었다"고 고백했다.

실제로 최정희는 제2차 카프 검거 사건으로도 불리는 1934년 신건설사 사건에 연루되어 약 9개월간 수감 생활을 했다. 극단 신건설이 독일 작가 에리히 마리아 레마르크의 소설 『서부 전선 이상 없다』를 기획하여 지방 순회공연을 하던 중 전북경찰서 고등계의 주도로 극단 신건설 회원 70여 명이 체포 및 수감되는 사건이 벌어진 것이다. 첫 번째 남편이었던 김유영이 신건설사 사건으로 검거되면서 최정희도 뒤이어 체포된 상황이었는데, 정작 최정희는 심문 과정에서 극단 신건설이 어떤 조직인지 몰랐다고 주장했다. 그녀는 검사 앞에서 자신이 사회주의 성향의 작가 아리시마 다케오의 소설을 읽었다고 한 것이 구속의 사유였다고 밝힌 바 있다. 수감 당시 김유영과는 헤어진 상태였고, 최정희가 출옥했을 때 김유영은 이미 다른 여성과 동거하고 있었다.[6]

"대단한 사상범이나 되는 것처럼 알고 있기 때문"인지 '감옥' 안에서도 여간수의 주요 감시 대상이 되었던 최정희는 답답한 마음에 혼자서 교도소 마당을 매일같이 빙빙 돌았다고 한다. 그녀는 당시의 상황을 이렇게 회고했다. "가슴의 피가 딱 멈추는 것 같았다. 정신이 아뜩해지는 것을 깨달았다. 그 자리에 쓰러질 것 같아 나를 주체할 수가 없었다. …… 그 뒤로는 줄곧 가슴이 답답하기만 했다. 가슴이 답답한 증세 때문에 그렇게 기다려지던 밥까지도 잊어버리고 지낼 수 있었다. 밤에도 이 증세는 낮지 않았다. 들창으로 들이미는 꼭 하나의 별 때문에 더 심할 정도였다." 이러한 증상을 한동안 겪던 최정희는 "어떤 소리를" 듣게 된다.

> 며칠 밤과 낮을 앓는 사람처럼 지나다가 누가 일러주었는지 모를 어떤 소리를 들었다.
> …… 너는 문학을 해야 할 여자다. 너를 구원할 길은 문학밖에 없다.
> 누구의 소린지도 모르는 이 소리는 내게 해열제와 같은 것이었다.

몹시 나던 열이 해열제로 해서 나을 때처럼 가슴 답답하던 증세가 차차 나아버렸다.

한 장의 원고도 쓰지 않았으나 내 문학의 출발은 이날부터 시작되었다.[7]

출옥 이후 최정희는 거의 1년간 아무것도 쓰지 못했다. 그러다 처음으로 쓴 작품이 「흉가」였다. 최정희는 「흉가」와 함께 쓴 「정적기」라는 작품에도 특별한 의미를 부여했다. 그녀는 "그때의 괴롭고 아픈 나의 생활을 일기로서 쓴 것이다. 이것이 『삼천리』 문학지에서 소설 대접을 받게 되었기 때문에 나의 첫 작품이라고 아는 분들이 있다"고 밝혔다. 이 시기 최정희는 개인적으로도 매우 힘든 시간을 보내야 했다. 출옥 후 조선일보사출판부에 입사했지만 자신의 기사를 잘라버린 안석주, 함대훈 등과의 갈등으로 직장을 옮겨야 했고, 「흉가」를 발표한 이후에는 살던 집에서 쫓겨나기까지 했다.[8]

시세보다 저렴한 가격에 이사를 간 집이 전주인 부부의 급사와 광기의 이야기를 숨기고 있었던 흉가라는 사실을 알게 된 주인공이 폐병에 걸린다는 이야기가 발표되자, 집주인 가족들이 격노하며 최정희를 내쫓은 것이다. "'젊은 여자가 무슨 할 짓이 없어서 남의 집을 흉가를 만들어놓느냐?"는 말을 들으며 강제로 이사를 하게 된 최정희는 "새 한 마리 앉을 데 없는 초라한 집, 방 한 칸을 빌려" 살다가 반년도 채 못 살고 또다시 이사를 하게 된다. 우여곡절 끝에 신당동 집을 얻게 된 최정희는 그곳에서 「지맥」「인맥」「천맥」을 썼고, 이 작품들을 집필하면서 작가로서의 정체성을 확고하게 다진다.

이 소설들을 쓸 무렵엔 문학이 어려운 줄을 몰랐다. 소설을 어떻게 써야 한다는 것도 몰랐다. 가슴에 가득 차 있는 것을 쏟아놓아야만 시원할 것 같아서 쓴 것이다. 이 가슴에 가득 차 있는 증세는 새벽에 잠이 훌쩍 깨기만 하면 생기는 것이었다. 「지맥」을 시작하던 날 새벽에도 그래서 붓을 들었다.

새벽에 눈을 훌쩍 드니까 무엇인가 모를 감정이 가슴에 가득 차 있었다. 답답했다.

원고지와 펜을 갖추어 들고 쓰기 시작했다. 아침도 먹지 않고, 점심도 먹지 않고, 저녁도 먹지 않았다. 그것이 다 끝나기까지 아무것도 먹지 않았다. 먹지 않아도 배가 고프지 않았다.

지금 생각하면 신기하기까지 하다. 사백 자 원고지로 백 장이 넘는 원고를 어떻게 하루에 끝냈는지 모를 일이다. 그때의 나는 쓰기 시작하면 끝을 맺어야 일어서는 줄 알았다. 「인맥」도 그렇게 썼다. …… 즐겁지 않은 일을 할 필요가 없는 것이다. 어떤 이들은 좀 어떻게 해서 좀 어떻게 잘 살 도리를 해보라고 하지마는, 좀 어떻게 해서 좀 어떻게 잘 살 도리를 하기보다 이대로 사는 것이 즐겁다면 이대로

살 밖에 없는 것이다.

가난하고 평탄치 못한 길을 걸어오면서…… 나를 구원할 자는 하느님도, 부처님도, 마리아도 아니고 나 자신임을 안 것뿐이다.[9]

최정희는 자신의 첫 소설이 출옥 후 집필한 「흉가」라고 밝혔지만, 신건설사 사건으로 검거되기 이전에도 작가로서 이미 많은 소설 작품들을 발표한 바 있었다. 1931년 10월 발표한 「정당한 스파이」부터 1934년 2월 잡지 『형상』에 게재된 「성좌」까지, 투옥되기 이전까지 최정희는 경향적 색채가 뚜렷한 작품들을 연이어 발표했고, 앞서 언급한 1933년 발표된 「젊은 어머니」에서도 박화성, 백신애, 강경애, 김자혜와 함께 연작 소설을 집필했다.[10] 1934년 이전까지 열세 편의 소설을 발표한 최정희는 「문학적 자서」에서 왜 이전의 작품들을 부인했을까? 그녀는 왜 자기 문학의 출발점을 출옥 이후로 설정했을까?

"옥에서 나온 뒤에도 거진 일 년 동안을 아무 것도 못 쓰고 그냥 있었다. 쓰기가 겁이 났다. 전에 썼던 것들을 찢어버리고 태워버리고 하면서 새것을 기다리고 있었다." 이전 작품들을 찢고 태우며 새것을 기다린 최정희는 1936년 6월 잡지 『삼천리』에 발표한 수필 「애달픈 가을 화초」에서 "나는 그래도 나보다 착한 이들의 '본'을 뜨려는 마음을 곱지 못한 내 마음을 꾸미려는 노력보다 적게 가집니다. 그 도수가

"쓰기가 겁이 났다. 전에
썼던 것들을 찢어버리고
태워버리고 하면서 새것을
기다리고 있었다."

심한 정도에 이르면, '누가 착한 사람이냐'고 호령을 치고 싶습니다"라고 심경을 밝혔다.[11]

투옥되기 이전의 작품들이 "착한 이들의 본을 뜨려는 마음"을 다루었다면, 이후 최정희의 작품은 "누가 착한 사람이냐고 호령을" 치는 이야기로 전환한다. "착한 이들의 본을 뜨려는 마음"을 버린 것은 1934년 검거 이전까지 추구했던 기독교와 사회주의에 대한 입장 변화와 연결된다. 1931년 11월 『삼천리』에 최정희는 「조선 여성운동의 발전 과정」을 발표한 바 있다. 이 글에서 최정희는 조선 여성운동의 발전 과정에 기독교와 사회주의가 가장 큰 영향을 미쳤다고 분석했다. 기독교가 들어오면서 여성들이 개인적으로 각성하기 시작했고, 사회주의 운동으로 계급 모순에 여성들이 눈을 뜨면서 여성운동이 눈에 띄는 발전을 이루고 있다고 주장했다. 실제로 그녀의 삶 역시 기독교 사회주의와 긴밀히 연관되어 있었다.

내가 쓴 모든 소설의 주인공

1906년 함경북도 성진군 예동에서 태어난 최정희는 성진보신학교 재학 시절 김준성 선생으로부터 이동휘 이야기를 들으면서 간접적으로 기독교 사회주의의 영향을 받게 된다.[12] 1924년에는 숙명여자고등보통학교 2학년에 보결로 입학하

『삼천리』기자 시절의
최정희(앞줄 가운데)와
김동환(뒷줄 맨 오른쪽).

게 되었지만, "일본 동경 유학을 갈 만한 경제적 여유가" 없
었으므로 1928년 노래와 춤을 배울 수 있고 유치원 보모 자
격증이 주어지는 중앙보육학교를 선택했다.[13] 중앙보육학교
를 1년 만에 졸업한 후 유치원 보모 일을 하며 가수로도 데
뷔한 최정희는 1930년 동경으로 건너가 조선학생극예술좌
에 참여했다. 이 시기 최정희는 『사적 유물론』과 『경제학』
『부인문제』『여공애사』『로자 룩셈부르크 평전』 등을 읽으
며 사회주의와 여성 문제에 본격적인 관심을 갖게 된다.

　1931년 조선으로 돌아온 최정희는 동경 체류 시절부터
알고 지냈던 김유영을 다시 만나고, 연극과 영화로 사회주
의 예술운동을 펼치고 있었던 그와 동거를 시작한다. 최정

희는 연극 공연에 적극 참여했지만, 김유영이 잡지 발간에 실패하면서 큰 경제적 어려움에 빠지게 된다. 김유영과의 관계가 점점 파탄으로 치닫고 있을 무렵, 최정희는 중앙보육학교 시절의 스승인 박희도의 추천으로 잡지사 삼천리에 들어가게 된다.[14] 기자로 입사한 최정희는 1931년 10월『삼천리』에 첫 소설「정당한 스파이」를 발표했다. 이후 여성 문제와 관련된 논설들을 통해 조선 사회에서 여성이 처한 현실에 대해 나름대로의 의견을 피력했다.

최정희는 여성 문제를 먼저 해결한 다음 계급 문제를 발전시켜나가야 한다는 입장을 펼치면서 사회주의 여성운동 문인조직체인 여인문예가클럽을 결성할 것을 촉구했다. 최정희가 이러한 논지를 펼치게 된 배경에는 자기 나름의 논리가 있었다. "이 몸이 기자인 만큼 직접 관계하는 언론기관을 이용하야 본래의 동무를 증대시키고 힘잇는 데까지는 내가 청산이 잇는 만큼 좌우를 어느 정도까지, 할 수 잇는 기관까지도 청산이 잇을 것을 용감(?)히 선언하는 바이다. 조선에서는 다른 나라와 같이 여성들이 목적의식을 가진 문인이 단 몇 사람이라도 잇어서 여인문예가크럽을 결성하자는 것이다."[15] 당시 기자였던 자신이 여성 단체와 기관지를 만들 수 있는 일종의 기득권을 확보하고 있었다고 판단하고 여인문예가클럽의 결성을 주장한 것으로 볼 수 있다.[16]

그러나 송계월은 그런 최정희를 강력하게 비판하고 나섰다. 송계월은 1932년 1월『동광』에 조선의 현실에서 진보

송계월은 계급 문제 해결보다 여성 문제 해결이 시급하다고 진단하며 여인문예가클럽의 결성을 주장한 최정희를 강력하게 비판했다.

적 의의를 갖는 문제는 남성 대 여성이라는 성적 관계가 아니라 부르주아 계급 대 프롤레타리아 계급이라는 계급적 관계라고 단언하는 글을 실었다. 결국 최정희의 제안은 수용되지 않았다. 그럼에도 최정희는 소설가이자 여성 지식인으로서 자신의 목소리를 분명하게 내면서 나름대로의 입지를 다져갔다.

하지만 1934년 신건설사 사건으로 체포되어 9개월 남짓 수감 생활을 하면서 자신이 이루어온 문학적 성취를 스스로 백지화하게 된다. 최정희는 이 기간 동안 문학을 통해 "착한 이들의 본을 뜨려는 마음"을 버린다. "하느님도, 부처님도, 마리아"도 "나를 구원할 자"가 아니었음을 깨닫고는 종교적 신념을 버리고 "너를 구원할 길은 문학밖에 없다"는 말을 내면화한다. 그런데 "누가 일러주었는지도 모를 어떤 소리"를 듣고 새로운 방향의 글쓰기를 선택했다는 점은 역설적이다. 종교적 체험 즉 회심을 경험한 최정희는 여성 문제와 사회주의를 어떻게 결합시킬 것인가의 문제를 더 이상 고민하지 않는다. 최정희에게 소설의 주인공이 누구인가는 더 이상 중요하지 않았다. 최정희는 "쓰기 시작하면 끝을 맺어야 일어서는 줄 알았다"고 회고할 정도로 "무엇인가 모를 감정"을 쓰기 시작했다. 자기 작품의 주인공이 누구인가라는 질문에 대해 최정희는 『젊은 날의 증언』에 실린 「내 소설의 주인공들: 어머니일지도 모르고 나 자신일지도 모른다」에서 다음과 같이 밝혔다.

> 모델이 꼭 있는 것도 아니다. 그렇다고 전혀 없는 것도 아니다. 울타리 밑을 지나는 사람의 대화 한마디에서 어떤 인물이 훌쩍 떠오르는 일도 있어서 이 인물이 소설의 주인공이 되는 수도 있다. 가장 최근작인 「정적일순」의 주인공은 내 어머니일지도 모른다. 혹은 나일지도 모른다. …… 「지맥」「인맥」「천맥」의 주인공이 작가 자신인 줄 아는 사람들이 많다. 「지맥」이 발표되던 당시에도 그렇게 생각하고, 어떤 이는 평필에서까지 그것을 밝힌 일이 있었다. 요새도 그렇게 무식한 평론가와 작가들이 있음을 보게 된다.[17]

최정희는 자신을 감추면서 동시에 드러내는 이중적인

특징을 자기 문학의 본질로 파악했다.[18] "나는 소설이 어떤 것인지 잘 모르면서 소설을 만들어보았으면 하는 충동을 느꼈다. 이것도 나 자신의 이야기인 것같이 알고 있는 사람들이 있으나 나는 굳이 변명을 하지 않는다. 왜냐하면 내가 쓴 모든 소설의 주인공이 '나'일 수도 있고 '나' 아닐 수도 있기 때문이다."[19] 최정희는 수감 이후 자신의 방향 전환을 글쓰기를 통해 드러냈다. 감옥에서 "너를 구원할 길은 문학밖에 없다"는 회심을 체험한 최정희는 출옥 후 1년 동안 아무것도 쓰지 못하는 상태로 지내며 "새것을 기다리고 있었다"고 고백했다. 최정희가 기다린 "새것"이란 과연 무엇이었을까?

굳이 변명하지 않는 여성들

최정희는 1934년 초까지 박화성, 강경애와 마찬가지로 "필자가 항상 여성이 아니고 남성으로서 떠올라왔다"[20]는 평가를 받아야 했다. 사회주의는 남성 지식인들의 영역이었고, 여성 지식인들이 그 영역 안으로 진입하기 위해서는 여성성 혹은 여성 문제라는 주제를 전면에 내세우지 않아야 했다. 최정희 역시 1934년 신건설사 사건 전까지 그러한 구도를 벗어나지 않으면서 여성 작가로 활동했다. 하지만 출옥 후인 1935년부터 최정희는 '사회주의가 여성 작가에게 과연 어떤 문학적 역할을 보장할 것인가'라는 회의에 빠지게 되었다. 박화성과 강경애는 문학이라는 장 안에서 여전히 같은 목소리를 내고 있었다. 박화성은 사회주의자 남편과 이혼 후 사업가와 재혼하면서 세간의 비난을 피하기 위해 사회주의 문학의 전형성에 더욱 충실했고, 강경애는 간도라는 공간에서 사회주의 여성 지식인의 전망을 모범적으로 재현했다. 반면 최정희는 전혀 새로운 영역으로 글쓰기의 방향을 전환한다.

최정희는 1930년대 문학장에서 상대적으로 배제되고 있었던 여성들의 삶을 이야기하기 시작했다. 하지만 이러한 사실이 최정희의 문학을 여성성 혹은 모성으로 규정짓는 근거가 되어야만 하는 것일까? 학연과 지연, 혈연의 자본을 가지지 못했던 최정희가 "다양한 예술적 재능과 인물 자본"이라는 "여성 자본"을 적극적으로 활용해 문학이라는 공적 영역에서 생존할 수 있었다고 평가하며 최정희 문학의 본질을 "방법으로서의 젠더"로 규정하는 관점도 있지만, 동의하기 어려운 지점이 많다.[21] 최정희가 숙명여고보 졸업이라는 학력 때문에 학력 자본을 획득하지 못했다는 지적은 설득력이 떨어지며,[22] 지역적 출신이 식민지 시기 여성 지식인에게 어떠한 변수로 작용했는지도 짐작하기 어렵다. 물론 해방 이후 납북당한 남편과 월북한 친인척들로 인해 레드 콤플렉스에 시달렸을 정황을 짐작할 수 없는 것은 아니지만, 최정희가 작가로서 활동을 시작한 1930년대에 함경북도 출신이라는 사실이 그녀에게 어떤 불이익을 초래했는지는 구체적으

변신하는 여자들

로 확인되지 않았다.

　물론 최정희 문학에서 여성이라는 정체성을 소거시킬 수는 없을 것이다. 하지만 최정희 문학을 크게는 여성성, 좁게는 모성에 관한 것으로 국한한다면, 그건 너무 협소한 해석일 수 있다. 그렇다면 최정희는 자기서사라는 양식 안에서 스스로를 어떻게 (재)구성했을까?

　최정희가 스스로 '자서'라고 명명한 글에서 밝혔듯, 그녀가 출옥 후 기다린 "새로운 것"은 "굳이 변명을 하지 않는" 여성들의 삶을 재현하는 것이었다. 즉 최정희는 여성 지식인에게 쓰는 것 이상의 삶이 없음을 체감하고, 오직 글을 쓰는 것으로 자신의 존재를 입증하고 확장해가려 했다. 같은 맥락에서 『젊은 날의 증언』에 실린 「연애생활 회고」는 최정희 자신이 스스로의 연애에 대해 말하는 식으로 쓰이지 않았다. 그 대신 남성 문인들이 등장해 최정희의 사랑을 증언한다.

　…… 삼천리사 작은 방에 있을 때나, 종로 네거리를 걸을 때나 몹시 날씬하고 풀이 없어 보이는 때가 많으니 여자가 구상具象된 세계를 가지지 못하고 추상抽象된 그림자를 가짐은 슬픈 일…… 결국 그는 불행한 사랑을 애호하는 취미에 자신이 늙어가는 꿈을 들여다보는 여인이다.
　이것은 시인 김광섭씨가 「인간 최정희」에서 이야기한 글의 한 토막이다.

또 이와 비슷한 나에게 관한 글이 있다. 그것은 천재라고도 하고 광인이라고도 알려온 김문집씨가 나를 이야기한 글이다.

…… 삼십이 못 되어 님은 벌써 정열을 잃었오. 잃은 게 아니라 현실적 조건이 님의 정열을 제재하고 있소. 그 제재 아래서 적은 몸부림을 치고 있는 동안 세월이 흘러 어느 듯 님에게 「애달픈 가을 화초」를 쓰게 한 게요. ……

이상의 두 문장에서 그들은 똑같이 내가 나를 함부로 사용하지 않음을 말하고 있다.

그러나 그러면서도 나는 항상 그저 가만있지는 않았다. 항상 기다리고 있었다. 무엇을 누구를 기다렸는지 모른다.[23]

최정희는 「연애생활 회고」를 자신의 기다리는 버릇에 대한 말로 마무리지었다. "그 버릇은 가시지 않았다. 이 버릇은 내가 열 살 되기 전부터 멀리 떠나가 딴 여자와 살고 있는 아버지를 나의 어머님과 한가지로 기다리던 때부터 시작된 것 같다." 이 글은 제목과 달리 최정희가 어떤 "연애생활"을 했는가에 대해 아무것도 언급하지 않는다. 김광섭과 김문집의 글을 인용하여 "내가 나를 함부로 사용하지 않음을 말하고 있다"고 할 뿐이다. 반면 『젊은 날의 증언』에 실려 있는 「남자 친구들」이라는 글은 다른 면모를 보인다.

어린아이들까지도 남자아이가 좋다. …… 하여간 나는

남자 친구를 많이 가지고 있다. 나보다 연세가 많은 분도 있고 나와 비슷한 나이의 분도 있고 나보다 어린 분도 있고 나보다 훨씬 어린 분도 있다. 어느 분이나 모두 존중하고 아낀다. 또 그분들도 마찬가지로 나를 아껴주고 도와준다.[24]

최정희는 자신의 사랑에 대해 어떠한 회고록도 남기지 않았다. 사랑에 관해서는 오직 소설로만 이야기했다. "내가 쓴 모든 소설의 주인공이 나일 수도 있고 나 아닐 수도 있기 때문"이라는 표현에는 자신의 생애에서 사랑의 범위를 확장시키고 싶다는 최정희의 의지가 표명되어 있다.

정숙치 못한 여자라고 꾸짖어도 좋습니다. 윤리와 도덕에 벗어난 일인 줄 나 자신이 더 잘 알면서도 기인 세월을 한 사람의 정숙한 여성이 되고자, 다시 말하면 그이의 영원한 여성이 되고자 갈등과 모순 속에 자신을 학대하며 괴롭게 고독하게 슬프게 사느라고 정숙하지 못했습니다. 앞으로도 그럴 것입니다. 오오래 오오래 묘지에 가는 날까지―.
이 죄과의 대가를 무엇으로 받아야 할지 모르겠습니다. 오직 한 가지 위안이라면, 내가 그이를 생각하기 때문에 그이를 모르던 때보다 온갖 좋지 못한 내 마음, 그리고 내가 지니었던 덜 좋은 풍속과 버릇을 모조리 버리고 사람에게나 신神에게나 순수하고 진실할 수 있고 또 그러므로 해서 내 마음이 신에게까지 미치게 될 수 있다는 신념을 가지게 된 그것입니다. 알기에 매우 힘든 말일지 모르오나, 이제 내 이 기록을 읽으시면 이 말의 어의를 쉽게 해득하시리라.[25]

최정희가 거의 유일하게 모델을 밝힌 소설 「인맥」은 "북으로 넘어간 M씨를 무척 사모하던 마산 여인에게서 힌트를 얻은 것"[26]이었다. 「인맥」은 친한 친구 혜봉의 남편인 허윤을 보고 사랑에 빠진 선영에 관한 이야기이다. 선영 역시 결혼을 했지만, 허윤을 사랑하게 되자 남편에게 이혼을 요구한다. 최정희는 이 작품에서 '진정한 사랑은 사회적 윤리를 넘어서는가'라는 질문을 던진다. 이는 또한 '사회적 윤리가 진정한 사랑을 유지시킬 수 있는가'라는 문제의식으로도 이어진다.[27] "한 사람의 정숙한 여성"이 되기 위해 "정숙치 못한 여자"가 되어야 하는 역설 속에서 최정희는 결혼이라는 제도를 수긍하면서도 사랑이라는 욕망과 "제 손으로 좌우할 수" 있는 운명을 여성에게 부여한다. 최정희는 "제 손으로 쓰는" 일이 "제 손으로 좌우할 수 있는" 운명을 부여한다고 믿었다. 동시에 최정희는 자기 자신에 대해 직접 말하길 원치 않는 여성들의 삶을 소설에서 정면으로 다루기 시작했다.

「지맥」「인맥」「천맥」에서 최정희는 기혼 남성을 사랑해서 아이를 낳은 여성과 친구의 남편을 사랑하는 기혼 여성의 이야기를 들려준다. 김광섭의 표현을 빌리자면 최정희는 "불행한 사랑을 애호하는 취미"를 소설에서 펼친다. 소설 속 주인공이 자신인가라는 질문에 대해 최정희는 어떤 긍정도 부정도 하지 않았다. 나혜석과 최정희의 자기서사는 이 지점에서 완전히 다른 길로 방향을 틀게 된다. 나혜석의 이혼 고백이 그녀를 사회에서 추방시키게 된 결정적인 원인을 제공했던 것과 달리, 최정희는 주인공이 누구인지 모호한 여성 주인공의 사랑을 다룬 소설을 발표하며 작가로서의 재기 발판을 마련할 수 있었다.[28]

"아직까지 진실한 자서전을 쓴 여성은 거의 없다"[29]는 버지니아 울프의 말 속에는 "왜 아직까지 진실한 자서전을 쓴 여성이 나타날 수 없었는가?"라는 질문이 내재되어 있다. 최정희는 진실한 자서전이 여성에게 위협적이라는 사실을 간파했다. 김유영의 아내라는 이유로, 또한 사회주의 서적을 읽었다는 이유로 약 1년간 수감 생활을 해야 했던 최정희에게 "진실한 자서전"은 중요한 문제가 아니었다. 최정희는 "극도로 사적이며 자신이나 친구에 관한 개인적 질문에 대해서는 절대 대답하지 않"[30]는 지혜를 이미 터득했다. 어쩌면 최정희는 다음과 같은 앙드레 지드의 말을 자신의 삶을 통해 체화하고 있었는지도 모른다. "아무리 진실에 대한 열망이 크다고 하더라도, 회고록에서 성실하게 말할 수 있는 것은 결국 반 정도밖에 되지 않는다. 모든 것은 사람들이 말할 수 있는 것보다 항상 더 복잡하기 마련이다. 그래서 사람들은 소설에서 더 진실에 가까이 다가가게 되는지도 모른다."[31]

부끄럽지 않은 소설 쓰기

최정희는 자기서사와 소설의 경계를 넘나들었다. 그녀에게 "하고 싶은 일"이란 분명했다. "십 년 후에 펼쳐 보아도 부끄럽지 않고, 이십 년 후에 펼쳐 보아도 부끄럽지 않은 소설을 쓰겠다는 생각을 줄곧 하고 있다. 금년에도 이 생각을 그대로 가지고 있게 될 것이다. 다른 일은 노력하면 한 대로 되는데 글만은 그렇게 되지 않는다."[32]

이처럼 최정희는 자기 삶의 가장 간절한 소망이 "부끄럽지 않은 소설 쓰기"라는 사실을 고백했다. 동시에 다음과 같은 말로 글쓰기가 자신에게 "사는 보람"임을 밝혔다. "어느 한 편도 마음에 들지 않아서 책을 만드는 도중에 중지해 버리고 싶기까지 했다. 이렇게 부끄러운 일을 왜 꾸준히 하고 있는지 모르겠다. 하고 나서 부끄럽지 않은 일이 세상엔 수두룩할 텐데 그래도 나는 이 일을 하겠다는 생각을 버리지 않는다. 이 일 이상으로 사는 보람을 느끼게 하는 일이 없다고 생각하는 것이다."[33]

그러나 동시에 최정희는 여성 작가에게 글쓰기가 철저하게 생계의 수단임을 부인하지 않았다. 학도병으로 출전했던 큰아들이 돌아와 다시 학교에 다니면서부터 최정희는 더 많은 돈을 벌어야만 했다. "부지런히 글을 쓰지 않을 수 없다. 새벽이라야만 쓰던 습관조차 버리고 낮에도 쓰고 초저녁에도 쓰고 밤중에도 쓰"는 등 아무 때나 쓰게 되었다고 고백했다. 최정희는 "첫사랑 이야기도 쓰고, 난쟁이한테 혼나던 이야기도 쓰고, 가리지 않고 잡지나 신문 편집자들이 주문하는 대로" "아무 글이나 마구 쓰게"[34] 되는 상황을 자기 자신을 설명하는 과정에 편입시켰다. 최정희에게 문학은 일차적으로 생계를 위한 직업이었다. "밥을 짓는다든지, 빨래를 한다든지, 집안을 치운다든지 하는 일의 대부분을 거진 왼손으로" 하고, "바른 손은 글을 쓰는 때에만 사용하려고 아껴두게"[35] 된다는 최정희의 기록은 그녀가 작가라는 정체성을 철저하게 직업으로 인식하고 있었음을 확인하게 한다.

그렇다면 최정희는 자기 삶의 보람이자 유일한 구원인 동시에 생계 수단이었던 문학을 통해 어떻게 자기 자신을 설명했을까? 최정희의 글쓰기는 불교라는 종교 안에서 사랑과 이별의 자기서사를 구축할 수 있었던 김일엽의 글쓰기와 분명하게 대별된다. 김일엽이 탈속자의 신분으로 세속에서의 사랑을 화석화石化하는 방식을 선택함으로써 자기서사를 가능케 했다면, 최정희는 다른 방식으로 사랑의 자기서사를 자유롭게 넘나들었다. 바로 소설 쓰기였다. 이른바 사상범으로 수감 생활을 하면서 최정희는 글쓰기라는 사상으로 철저하게 삶의 방향을 설정했다. 이런 점에서 나는 김동환과의 결혼 역시 작가로서 입지를 확보하기 위한 선택이었다는 관점에 동의한다.[36] 여느 여성 작가들처럼 "조선에는 여류작가가 있느니 없느니" 하며 "여성의 존재-정신과 개성까지도 무시한 욕설"[37]을 여러 번 당한 최정희는 여성 작가

『삼천리』 발행인 김동환.

의 생존에 "「쩌널리스트」가 맨들어"주는 배경과 역할이 큰 영향력을 행사한다는 사실도 체득하고 있었다. 돈이 없어 인쇄비를 지급하지 못하면서도 문인들의 식사 대접을 도맡았던 김동환이 발행한 잡지 『삼천리』와 김동환이 교류하고 있었던 문인들은 문학을 구원으로 삼은 최정희에게 교류의 발판을 마련해주었다.[38]

최정희는 "나는 오직 내 할 일을 다하며 내 길을 지켜왔다. 아무의 힘을 바라지도 의지하지도 않고 살아왔다. 어떤 주의 앞에서도 주저롭거나 두려울 것이 없는 것이다"[39]라고 자신을 드러냈다. 최정희에게 "오직 내 할 일"이란 바로 "부끄럽지 않은 소설 쓰기"였고, 문학이라는 공적 영역에서 살아남기 위해 그녀는 여성의 사랑과 결혼이라는 사적 영역의 문제를 서슴없이 끌어들였다. 그러나 최정희는 자신이 걸어

변신하는 여자들

온 길을 자부하면서도 정작 자신의 문학과 생애가 지닌 역사적 가능성이 무엇이었는지에 대해서는 스스로에게 질문하지 않았다. 최정희는 소설을 자기서사의 영역 안에 편입시켰다. 그것이 문학사적 관점에서 어떠한 평가를 받을 수 있는 것인가의 문제는 여기서 더 깊이 있게 다루기 어려우나, 식민지 조선을 지배하던 서사와 소설의 역학관계를 놓고 볼 때 최정희의 글쓰기는 분명 큰 실험이었다.[40]

최정희의 자기서사가 봉착한 한계는 결코 여성 지식인이 욕망과 현실 사이에서 겪어야 했던 간극을 그려내지 못한 것이 아니었다. 저기서사와 소설을 규정하는 기존의 범주를 흔들고 재정립함으로써 작가로서의 정체성을 확보하려고 했던 것도 충분히 의미 있는 행보였다고 본다. 최정희 문학의 진정한 한계는 결국 그녀 스스로 그토록 처절하게 매달렸던 "부끄럽지 않은 소설 쓰기"의 기준이 무엇이었는지 끝끝내 밝히지 않았다는 것이 아닐까? "민족은 사랑했어도 국가는 사랑해보지 못한 것 같다"고 고백한 최정희는 한국전쟁을 체험하면서 아들 "익조와 함께 익조가 피 흘려 받치는 국가를 위해 나도 받치기를 맹세"[41]했다.

국가를 위해 자신을 헌신하기로 결심한 대목은 그녀의 글쓰기가 앞서 살펴보았던 「문학적 자서」를 발표했던 시점과 상당히 멀어졌음을 의미한다. 해방 후 김동환에게 "곱게 살기 위해선 삼천리를 그만둬야 하지 않을까. 그걸 해서 우리에게 플러스 되는 게 뭐가 있어요? 밥을 잘 먹게 하는 것

1967년 청룡부대 포로수용소
여자 베트민군 취재 시찰에
참가한 최정희의 모습.

1961년 당시 국가재건최고회의
의장이었던 박정희와 접견하는
최정희의 모습.

도 아니구 정신 생활에 플러스 되는 것도 아니구 그런데 그걸 해가지고 뭣 때문에 떠들썩하느냐 말이에요. 삼천리를 안 했음 반민 특위에 걸리지두 않았을 거 아니에요?"[42]라고 설득하는 면모 또한 『삼천리』를 기반으로 문인들을 규합하던 1930~1940년대의 최정희와는 큰 괴리가 있다.

여승 못 되던 날

하지만 출옥 이후 최정희는 식민지 조선에서 여성에게 온전히 허용되는 일은 글쓰기뿐임을 뼈저리게 깨달았다. 그녀는 김일엽처럼 자기서사의 시간을 생의 후반까지 기다리지 않았다. 최정희에게도 위기는 분명 여러 차례 있었다. 1938년, "날마다 고달픈 몸과 마음"으로 지내던 최정희는 중대한 결심을 한다. 여승이 되기로 한 것이다. 앞서 그녀는 "삭발을 싹 하고 중이나 될까. 참으로 발작적이 아니랄 수 없었다. 일엽이가 중이 됐다는 소문을 들었을 때, 그 아무것도 없는 산중에 심심해서 어찌 살까 하는 것을 혼자 서글퍼하며 그분의 부고訃告를 접한 듯 슬퍼했는데 어쩐 까닭으로 내 생각이 여기에 이르게 되었는지 모를 일이다"[43]라고 괴로운 현실을 토로한 바 있었다. "맨발에 고무신을 신고" 무작정 여승만이 산다는 백련암으로 향한 최정희는 절에 도착해 젊은 여승과 노여승을 보고는 "온 길을 되돌아서 줄달음치고 싶었다"

변신하는 여자들

"다른 일은 노력하면 한 대로 되는데
글만은 그렇게 되지 않는다."

고 말한다. 노여승도 최정희를 붙들고 출가를 만류한다. "중은 아무나 못 됩네다."[44] 최정희는 노여승이 자신의 얼굴에서 "중이 될 수 없는 무엇을 찾아냈던 모양이었다"고 받아들이며, "완전히 구원받은 것" 같았다고 크게 안도한다.

최정희에게는 오직 글쓰기만이 구원이 될 수 있었다. 그녀에게 인생은 글을 쓰는 시간과 쓰지 못하는 시간으로 나뉠 뿐이었다. 출가에 실패한 최정희는 '여승 못 되던 날'을 글로 남기며 자신의 생애를 글쓰기의 역사로 구성했다. 1957년, 작가 최정희에게는 또 한 차례 큰 고비가 닥쳤다. 건강에 적신호가 온 것이다. "지난해는 참으로 시시하게 보내었다. 시시하게 보냈다기보다 죽은 거나 다름없이 지났다. 글을 써야 살게 마련된 몸이 글을 못 쓰고 지났으니 시시할 밖에 없는 일이 아니겠는가. 지난 사월 초순에 머리를 다쳤다."[45] 그러나 최정희는 건강을 회복하자마자 다시 무섭게 글쓰기에 몰입했고, 1980년 8월까지 소설을 발표했다. 1906년 생인 최정희는 1980년 팔순에 가까운 나이에 자신이 목격한 한국 역사의 참상을 글쓰기로 증언하면서도 정치적 이념을 일체 불신했다. 최정희에게 "내가 벗어나지 못할 지상의 궤도"[46]는 글쓰기의 삶, 바로 문인文人으로서의 정체성 단 하나뿐이었다. 최정희의 자기서사가 구성한 그녀의 생애 그리고 최정희의 문학작품들이 이를 증명한다.

3

시인과 로비스트

모윤숙의 변명

팔자가 센치한 것을 어떻게 숨깁니까? 그대로 쓰는 거지요.

—모윤숙[1]

책을 쓰는 행위는 타인에 대한 행위이기도 하다.

—미셸 레리스[2]

어처구니없는 풍문

1969년 회갑을 맞은 모윤숙은 자서전 『회상의 창가에서』를 출간했다.[3] 1909년 함경남도 원산에서 태어난 모윤숙은 1971년 제8대 국회의원을 역임해 여성 시인으로서는 최초로 정치인의 이력을 가지고 있는 인물이다. 그녀는 정치와 문학의 연관성을 어떻게 인식하고 있었을까?

모윤숙은 자신의 삶에 큰 영향을 미친 이광수, 이승만, 벤가릴 K. K. 메논을 통해 생애를 재구성했다. 하지만 모윤숙의 회고록에서 남성 지식인들은 모윤숙에게 어떤 사상을 가르치거나 전달하는 역할로 재현되지 않는다. 오히려 모윤숙은 자신이 그들의 생애에 큰 영향력을 행사했음을 강조했다. 이들을 비롯해 문학, 정치, 외교 분야의 거장들은 모윤숙의 친구이자 동료, 선배이자 스승이었다.

식민지 시기 모윤숙의 삶에 가장 큰 영향을 미친 사람

은 이광수였다. 모윤숙은 『신가정』의 기자 김자혜의 소개로 이광수를 처음 만나게 된다. 이광수는 "『동광』에 실린 「검은 머리 풀어」란 시를 읽었소. 앞으로도 그런 글을 많이 쓰라고 불렀소"라고 인사했고, 이후 문학 모임에서 "쓰다가 그만두지 말고 계속해서 인생을 연구하고 이 나라를 따라가면서 글을 써보아"[4]라는 말로 모윤숙을 격려했다. 모윤숙은 1933년 조선 창문사에서 첫 시집을 펴냈다. 이광수는 김활란과 함께 모윤숙 시집에 서문을 썼다. 하지만 모윤숙은 검열 제도에 크게 절망한다. "시집이라기엔 너무 풋내기 글이 많은 나의 첫 시집은 근 이백 편의 글이 모아져서 경기도 학무과 검열부를 거쳤다. 작가들이 알아볼 수 있는 사상성이 있든지 조선을 한탄한 혹은 조선을 위하는 시는 빨간 줄로 굵게 '삭제'라는 도장을 찍어 내보냈다. 내가 마음먹고 쓴 글은 하나도 못 들어가고 말았다. ……『빛나는 지역』이란 시집 이름에 대해서도 말썽이 나서 불려가 조선 사람 검열관에게 조용히 과격한 의미가 아니라고 설명을 해서 겨우 응낙이 되었다."

이 시집에 들어가지 못한 시 중 〈백두산〉은 춘원 선생님이 보시고 다듬어지지 않은 채라도 뜻을 간직한 시니 잘 두었다가 언제 글을 발표할 세상이 올 때 부끄러워 말고 내놓으라 하시었다.
"그런 세상이 제 생전에 올 수 있을까요. 다 불태워버리겠습니다.”

**“몇 살이나 먹었다고 그렇게 절망을 하나! 역사는 엎치락
뒤치락하는 거야. 우리야 늘 남의 농간에서 이리저리 고생
을 했지만 앞으로는 우리가 우리 역사를 만들고 끌고 가야
해—. 글쎄 잘 두었다가 우리 역사가 바뀌거들랑 그대로
내놓아보아.”[5]**

모윤숙은 자신을 칭찬하는 이광수에 대해 “꿈 같은 말
씀도 하신다”면서도, 그에게 좋은 평가를 받았다는 사실에
기뻐한다. “춘원 선생님은 이 글을 안창호 선생님이 입원하
셨을 때 보이신 것이 또 계기가 되어 나는 안창호 선생님까
지 가까이 알게 되었지만 지금 생각하면 참 당치도 않은 행
운이었다고 생각된다.” 모윤숙은 이광수를 스승으로 생각하
고, 이광수를 통해 문학적 지평을 넓히는 것은 물론 당대의
남성 지식인들과 교류하게 된다. 또 한편으로 이 시기에 모
윤숙은 “삼천리사에 근무하고 있는 최정희씨와 이선희씨를
글 친구로” 사귀고, “해외 문학파 동인들과 혹은 극예술 연
구회 회원으로” 공회당에서 연극도 여러 번 했다고 회고했
다.[6] 모윤숙은 당시 문단의 동료들이었던 김광섭, 이하윤, 정
인섭, 유치진, 홍해성, 함대훈, 강기제, 김진섭에 대해 긍정
적으로 평가했다. “모두 나의 선배였고 동경서 문학을 전공
한 분들이어서 해외 문학 연구회의 밤이 올 때마다 배우는
것이 많았다. 그들은 모두 장기제씨 외에는 기혼자들이어서

1950년 6월 25일 한국전쟁이
발발하자 모윤숙은 국방부
정훈국政訓局의 요청으로 강연을 했다.

나를 누이처럼 친구처럼 담담하게 문학 동지로만 대해주는 인격자들이었다."

하지만 모윤숙은 이광수에 대해서는 문단의 선배나 선생이 아니라 경외와 숭배의 대상으로 그렸다. 두 사람은 "어처구니없는 풍문"에 휩싸이기도 했다. 어머니와 함께 간 금강산에서 이광수를 만나 찍은 사진 한 장이 문제가 되었다. 모윤숙은 "아버지 같은 어른하고, 그것도 가사 장삼을 입은 춘원 선생하고 사진 찍은 게 무슨 풍문의 원인이 된단 말이에요?"라고 항변했지만, 두 사람에 대한 소문은 걷잡을 수 없이 퍼져 나갔다.[7] 모윤숙은 "여기자 송계월씨가 별별 고십에 못 이겨 병이 들어 누웠던 것을 기억했다. 그는 북청 여자로 너무 미모인 데다 기자 직업을 하노라니 그때 사회가 이리 몰고 저리 몰아 결국 병들어 죽고 말았다"면서, 여성 지식인을 너무도 손쉽게 스캔들의 주인공으로 만들어버리는 식민지 조선의 현실을 비판했다.

이광수는 "독일서 나온 철학자"로 당시 모윤숙이 쓴 "시집 『빛나는 지역』을 가지고 다니다시피" 했던 안호상을 모윤숙에게 소개하고, 결혼을 권유한다. 모윤숙은 그런 이광수에 대해 복잡한 심경을 밝힌다. "선생님이 마련해주시는 사람이라니 나는 무슨 운명이라든지 인연이라든지 하는 따위보다 더 엄한 오랏줄에 얽히어 들어가는 듯 저항할 힘을 잃었다. 선생님의 말씀을 부정하지 말자. 나의 부정은 그의 명예를 위해서도 삼가야 한다는 희미한 암시! 그는 왜 그처럼 중매인 같지도 않은 인품을 지녔으면서 소탈한 중매인이 되어주고 싶었을까? 이 글을 쓰는 지금도, 또 영원히 나는 이 수수께끼 중매인의 그때 심경을 모르고 죽을 것만 같다." 이렇듯 모윤숙에게 언제나 존경의 대상이었던 이광수는 그녀의 자서전에서 이때 딱 한 번 우유부단하면서도 이기적인 남성 지식인으로 비판받는다.

김활란, 미스 딕스 배화여고 영어 선생, 최직순은 정동교회에서 열린 모윤숙의 결혼식에 들러리로 함께했다. 특히 김활란은 신부인 모윤숙의 손을 잡고 걸어 들어가는 마지막 순간까지 결혼을 만류했다. "지금이라도 늦지 않아. 그만두어도 좋아, 응? 마음을 단단히 먹으라구." 그만큼 안호상과의 결혼은 출발부터 위태로웠다. 모윤숙은 결혼 후 딸을 낳았지만, 안호상과의 사이는 점차 악화되고 있었다. 모윤숙은 남편 안호상을 "경상도 기질의 여성에의 냉담과 무관심, 재래식 인심, 덮어놓고 맹종해야 된다는 양반식 여성관과 일맥상통하고 있"다고 비판했다. "그는 나를 시 쓰는 여자라고 어떤 기분에 몰려 결혼을 청했다지만 결혼 후의 내 존재는 하잘 것 없는 함경도 여자로서 깔보는 것 같기도 했다." 그러면서도 철학자 안호상에 대해서는 상당히 우호적으로 평가했다. "그러나 학자인 그를 나는 존경했다. 춘원에게서 생명의 낭만을 배웠다면 안 박사에게선 인간을 지배하는 이성의 기본 이념을 배웠다." 모윤숙은 이광수에게 "저 같은 여자는 결혼하고는 통 상관이 없는 소질을 가졌나봐요. 아무리 생각해도 결혼의 의미도 저와는 아무 연관이 없는 것 같습니다"라고 말했다. 모윤숙은 자서전에서 안호상과의 이혼 과정에 대해 별다른 이야기를 하지 않았다. "언제 누구와 결혼을 했다가 언제 누구와 작별을 하였는지도 모르게 나는 홀로 이 세상을 걸어가야 했다"는 말뿐이었다.

모멸과 비굴

모윤숙은 경성중앙방송국에 다니면서 신문과 잡지에 글을 발표했고, 조지훈의 추천으로 1937년 『렌의 애가哀歌』를 출간했다. 『렌의 애가』를 발표할 당시 모윤숙의 심경은 복잡했다. "나는 땅 위에 존재한 인간의 애정이란 그렇게 모멸적일 수가 없고, 그렇게 비굴할 수가 없음을 써보고 싶었다. 끝없이 쫓아가보면서 한없이 높은 가지에 걸린 생명의 불꽃에 나를 태워보고 싶은 욕망이었다." 하지만 1930년대 후반은 모윤숙의 말처럼 "온 한국이 송두리째 내선일체의 간판을 걸고 군국 일본의 시종살이를 해야 하는 악취의 선풍이 휩쓸고 있"었다. 스스로 회고록에서 밝히지는 않았지만, 1940년에 들어서면서 모윤숙은 친일의 길을 걷게 된다.[8] 하지만 모윤숙은 회고록에서 자신의 친일 협력 활동에 대해 일체 언급하지 않았다. 오히려 모윤숙은 일제 말기에 소극적인 저항을 한 시인으로 자기 자신을 재구성했다.

3. 시인과 로비스트: 모윤숙의 변명

한국말로 쓴 글도 어떤 때는 일본말로 번역이 되어 그들께 충성한 듯이 발표되어졌다. 나는 글이 번역되어서 나오는 것까지는 견딜 수 있었으나 창씨만은 목숨을 걸고 못할 것만 같았다.

안한 것이 장한 것이 아니라, 이 핑계, 저 핑계로 교묘히 모면이 되었던 나는 운이 좋았음을 말하고 싶을 따름이다. …… 나는 재하라는 경기도 사찰계 주임에게 불려가 호된 야단을 맞았다.

"창씨 하지 않았지? 그러면 일본에 충성하는 시집을 내보란 말이야. 「조선의 딸」이란 시가 있지. 왜 썼느냐 말야. 지금이 어느 때인데 「조선의 딸」이란 글이 가당하다는 말인가?"

"나는 방송국에서 눈치를 보아가면서 과히 반역은 안 했는데 더 무엇을 하겠습니까? 충성 시집은 죽어도 못 내겠소.'"

모윤숙은 목숨을 걸고 창씨를 하지 않았다는 자신의 저항 논리를 부각시키면서도, 다른 한편으로 "저항할 수 없는 웅덩이에 빠진 나라는 그 모두가 똑같은 책임을 져야할 뿐"이라는 말로 식민지라는 시기를 겪어야 하는 역사적 책임은 누구에게나 있다는 견해를 드러냈다. 다시 말해 "무한한 연대 책임을 진 운명의 동아줄 같아서, 선배나 동료나 간에 그들의 행동을 분별의 눈을 가지고 꼬집는 비판은 금물이라 생각했다"는 것이 일제 말기 상황에 대한 모윤숙의 입장이었다. 이러한 논리는 해방 후 이광수에 대한 변호로 이어지는데, 그러한 연민과 옹호는 곧 친일 협력에 가담한 자기 자신에 대한 합리화이자 방어이기도 했다.

춘원을 생각했다. 불우한 선생!
자기 모멸의 감정 같은 것이 그를 지금 괴롭히지나 않을까 생각해보았다. 그러나 며칠 전 만났을 때 그는 너무 태연했고 얼굴은 맑고 눈은 그대로 빛났다. 자기에게 내리는 어떤 처형도 무섭지 않으나 이 조선 사람들의 앞날이 또 겁이 난다고 나에게 말씀하시던 것을.
"나는 죄인이지. 그러나 그 잘못은 내가 책임을 질 것이고 또 져야 옳은 일이지. 다만 조선 사람의 마음가짐을 나는 슬퍼하는 게야. 또 앞날이 무섭단 말야. 이제는 사상의 침략을 조심해야 해. 서로의 잘못을 캐내는 데 열을 낼 게 아니라 잘못을 찾는 대로 서로가 다시는 그런 세상이 안 되도록 정신 소제를 해야 한단 말이야."[10]

이광수가 "조선 사람들의 앞날이 또 겁이 난다"거나 "조선 사람의 마음가짐을 나는 슬퍼하는 게야" 따위의 말을 할 때 지칭한 "조선 사람"은 과연 누구였을까? 그 "조선 사람"에 자신이 포함되어 있었을까? 이광수의 진의를 단정짓기는 어렵지만, 인용한 글의 문맥상 그는 조선 사람이라는 범주에서 스스로를 제외시킨 듯하다. 이광수는 자신이 "정신 소제"의 대상에 해당되지 않는다고 믿었다. 모윤숙은 이광수와 달리 자신의 친일 협력을 인정하지 않았지만, 이광수의 말을 통해 친일 논란의 무용성을 간접적으로 주장했다. "다시는 그런 세상이 안 되도록" 만드는 것이 친일에 관한 논의의 핵심이 아니라는 이야기를 모윤숙은 하고 싶었던 것인지도 모른다. 해방 이후 "친일파라는 레텔을 붙여 재기불능再起不能의 올가미를 씌워 동포들의 동의를 얻어서까지 매장"하는 상황을 모윤숙은 매우 부정적으로 받아들였다. 그러나 모윤숙에게 가장 큰 영향력을 미쳤던 이광수는 역설적이게도 해방 이후 그녀의 회고에서 자취를 감춘다. 해방 전 모윤숙에게 중요했던 남성 지식인이 이광수였다면, 해방 후 그 자리를 차지한 인물은 이승만이었다.

의젓한 백발의 신사

1945년 11월 민족 대표자 대회에 "회색 두루마기에 의젓한 백발의 신사"인 이승만을 처음 보게 된 모윤숙은 "손을 들고 이 박사를 향해" 이렇게 말했다.

> "저는 아무것도 모르는 여성입니다. 그러나 이 자리에서 지도자 어른들께 한마디 하겠습니다. …… 국내에 계신 여러 어른들께 똑같은 기회와 일을 주시고 직위나 명예보

다 누가 더 잘 희생하여 이 난국을 바로잡나 하는 데 주력을 두시기 바랍니다." 이 박사는 물끄러미 나를 쳐다보시더니,

"좋은 말씀이시오. 헬렌 김이나 루이스 임이나 지금 저기 앉아 계신 박순천씨 같은 이는 여성 지도자로 내가 늘 만나고 싶어 하는 분들인데, 나는 여자의 의견을 존중합니다."[11]

모윤숙의 이 발언은 이승만에게 매우 좋은 인상을 남겼다. 이승만에게 헬렌 김(김활란)이나 루이스 임(임영신), 박순천 같은 이는 "여성 지도자"로 그가 늘 만나고 싶어 했던 인사였던 반면, 모윤숙은 손을 들고 발언하기 전까지 이승만에게 명단에 없던 인물이었다. 이승만은 이기붕을 통해 모윤숙에게 만남을 청하고, "늘 좀 와서 좋은 의견을 말해"달라고 한다. 모윤숙이 김활란, 임영신과 함께 이승만에게 신임을 얻은 순간이었다. "나라를 생각해서 나를 도와야 해"라고 부탁하는 이승만은 해방 정국에서 "두문불출" 중인 이광수 대신 모윤숙을 움직이게 하는 남성 지식인이었다. 이 시기 모윤숙은 문학과 정치의 교차 지대에 손을 뻗어가고 있었다. "지금 당장 이 난국을 수습할 어른은 이 박사가 적격"이라고 판단한 모윤숙은 유엔 한국위원단의 저녁 파티에 김활란, 박순천과 함께 "한국 여성으로 치마저고리를 깨끗이 입고" 참석했다.

이 자리에서 모윤숙은 유엔 한국위원단 의장직에 오른

동료 문인들과 함께한 모윤숙(가운데).
이광수(맨 왼쪽), 이선희(왼쪽 두 번째),
김동환(맨 오른쪽), 최정희(오른쪽 두
번째)의 모습이 보인다.

유엔 한국위원단 의장 메논(오른쪽)이
모윤숙에게 호의와 관심을 보인다는
것을 알게 된 이승만(왼쪽)은
모윤숙에게 중책을 맡긴다.

인도의 외교관 메논을 만나게 된다. 메논이 모윤숙에게 적극적인 호의와 관심을 보인다는 것을 알게 된 이승만은 모윤숙에게 "무거운 사명"을 맡긴다. 모윤숙은 이승만이 도모하려 한 "유엔에서 합법성을 얻기 위한 일"에 메논의 협조를 구하는 임무를 맡게 된다. 이 과정에서 가끔 "정치란 이런 엉큼한 수단도 필요한가보다 생각"하며 "이 박사의 욕망"에 개입된 자신의 처지를 후회하며 정치에 이용당하고 있다는 회의에 빠지기도 했지만, 모윤숙은 분명 정치에 '흥미'를 느끼고 있었다. 어쩌면 스스로 정치에 '재능'이 있다고 판단했는지도 모른다. 시인이자 여성 지식인으로서 정치의 언저리에서 특수한 역할을 맡을 수 있는 시기를 놓치지 않았다.

모윤숙은 자신의 문학적 소양을 정치 자산으로 충분히 활용했다. 이러한 시점에 이광수는 다시 모윤숙에게 필요한 존재가 되었다. "선생님! 내일 점심에 스끼야끼 해드릴께 오세요. 메논씨가 선생님을 뵙고 싶대요."[12] 모윤숙이 이광수를 다시 찾게 된 계기 역시 메논이었다. 시에 조예가 깊었던 메논은 이광수를 만나고 싶어 했고, 모윤숙은 메논을 이광수에게 소개한다. 이광수는 「투 인디어」라는 시를 메논에게 즉석에서 선사했고, 메논 역시 「투 코리어」라는 시로 이광수에게 화답했다. 모윤숙은 "정치에 당황 초조하여 밀려다니는 세상 사람들보다 생명의 신비와 또 거기 대한 겸허와 이해하려는 갈망에 가득 찬 두 분의 대화를 드는 시간이 얼마나 행복하고 신기하였는지 모른다"고 회고했지만, 이때 그녀의 활동 반경은 이미 정치로 기울어 있었다.

　모윤숙은 권력에 환멸을 느끼면서도 점차 권력의 중심부로 진입하고자 했다. "진심과 욕망이 혼합된 정열을 내뿜으면서 그때의 한국을 자기 주의대로 이끌어가고 싶어 했음이 분명"한 이승만에게 "허수아비 같기도 하고 놀림감 같기도" 한 대우를 받아가면서도 자신이 정치적으로 활용 가치가 있는 존재로 부각되는 현실을 거부하지 않았다. 메논이 돌아가고 난 후, 이승만은 모윤숙에게 또다시 '임무'를 맡긴다. "윤숙이가 다시 유엔총회엘 좀 가야겠어. …… 이런 심부름은 여자가 남자보다 나을 거야. 그래, 꼭 좀 윤숙이가 가지고 워싱턴과 뉴욕에 가란 말야." 이 말에 모윤숙은 무슨 서류인지 묻지도 않고 1949년 11월 뉴욕으로 향한다. 1950년 2월에 서울로 돌아왔을 땐 "모가 무슨 문인이야. 유엔총회에나 다니고, 어쩌고……" 하는 문단의 비난을 감수해야 했다.[13] 그러나 "『렌의 애가』가 판을 거듭"해 출판사가 또 다른 책을 제안하자 계속 글을 쓰기로 마음먹는다. 특히 해방 이후 출간된 시집 『옥비녀』는 3판을 찍는 등 성과를 거뒀다. 모윤숙은 문인으로서 활동을 멈추지 않았다.

　모윤숙은 김활란, 임영신과 마찬가지로 여성 지식인들을 조력자로 활용하고자 한 이승만의 정치적 제안을 공직 참여의 기회로 받아들였다.[14] 물론 이승만이 여성 지식인들을 정치적으로 어떤 위치에 배치시켰으며, 이 구도 안에서 각각의 여성 지식인들이 어떠한 역할을 수행하며 정치적 욕

모윤숙(앞줄 맨 왼쪽)은 1948년 12월
파리에서 열린 유엔총회에 정부 대표단의
일원으로 참석했다. 이 총회에서 대한민국은
단독정부로 승인받게 된다. (앞줄 왼쪽
두 번째부터) 조병옥·장면 박사와 김활란
이화여대 총장의 모습이 보인다.

망을 구현했는가에 대해서는 획일적으로 이야기하기 어려운 측면이 있다. 모윤숙의 경우, "여류시인" 혹은 "여류문인"이 해방 후 이승만의 조력자로 정치에 참여하게 된 상황을 새로운 가능성 혹은 신분 상승으로 받아들였다.[15]

여성 지식인이 공적 영역에서 차지할 수 있는 지위가 거의 존재하지 않던 식민지 시기에 시를 쓰고, 강의를 하고, 방송국 작가와 잡지 기자로 글을 썼던 모윤숙은 훗날 "불란서 같은 나라에서는 정치평론을 대개 문화인들이 써서 여론에 호소하는 반면 정치가들도 문화 활동에 적극 참가합니다. 소설 한 줄 안 읽고 「휴매니티」라곤 티끌만치도 없는 정치가가 어떻게 국민을 지도합니까?"[16]라는 말로 정치와 문화 활동의 상관성을 주장했다. 그러나 현실은 전혀 달랐다. 모윤숙은 이승만으로부터 "정치란 게 그런 게야. 모르면 가만있어"[17]라는 멸시 가득한 말을 들어가며 주어진 일을 수행해야 했다.

이승만이 초대 대통령에 취임하면서 임영신은 상공부 장관에 취임했고, 김활란은 이화여대 총장직으로 다시 돌아갔다. 반면 모윤숙은 어떤 공직에도 오르지 못했다. 대신 그녀는 자신의 본업으로 귀착해야 할 것 같다는 판단을 내렸다. "파리 총회에서 남자들처럼 술과 담배 값을 허비하지 않아도 되었던 나는 남은 잔돈푼을 근거로 『문예』지를 창간하기로 맘을 먹었다."[18] 하지만 이승만은 모윤숙을 또 한 번 유엔총회에 파견했고, 모윤숙의 전 남편 안호상을 초대 문교부장관에 임명했다.

무거운 사명

해방 후 모윤숙이 보인 권력 지향적인 행보를 어떻게 해석할 수 있을까? 이화여대 총장이 된 김활란, 장관직을 맡으며 중앙대학교 설립자가 된 임영신과 달리 모윤숙은 정치의 영역에서 자신의 역할이 끝났다고 판단한 시점에 문학을 "귀착해야 할" 본업으로 규정했다.

　미국 유학파에 기독교 신자라는 공통점을 가지고 있던 김활란, 임영신, 박인덕과 달리 모윤숙은 일제 말기부터 논설을 통해 미국 문명에 비판적인 입장을 발표했으며, 학창 시절을 제외하면 특별히 기독교적 신앙이 있었던 것 같지도 않다. 더불어 모윤숙은 1910년생으로 박인덕(1896년생), 김활란(1899년생), 임영신(1899년생)보다 10년 이상 어렸다. 모윤숙은 이들과 세대 자체가 달랐다.[19] 함흥의 영생보통학교와 개성의 호수돈여학교를 졸업하고 "장학금을 타면 중국 한구漢口에 있는 중산대학中山大學"[20]에 진학하고 싶었다고 밝혔듯, 모윤숙은 미국 문명을 접한 기독교 계통의 여성 지식인들과 다른 지향성을 가지고 있었다. 그들 중 상당수는 미국 유학을 희망했다.

　그러나 모윤숙의 뜻과 달리 중국 유학은 이루어지지 않

　　　　변신하는 여자들

앗다. 스스로 정확한 동기는 밝히지 않았지만, 모윤숙은 자신이 당시 '미국풍'의 사치한 학교로 여겼던 이화여전에 입학한다. 모윤숙은 이화여전에 입학해 '미국풍'이니 '겉멋' 같은 말이 "정돈되고 질서를 지킬 줄 아는 여학생들의 품위를 가리켜 비꼬는 말"임을 알았다. "내가 중학에 있을 때 들은 소문으로는 이화는 미국풍이 들어 사치한 학교니 가난한 학생은 가기 어렵다는 이야기였다. 또 사상도 겉멋이 들어서 실속 있는 학생 생활은 할 수 없다는 얘기도 있었다."[21]

모윤숙은 이화여전의 교육 체계에 아쉬움을 나타내기도 했다. "왜 한국문학과가 없을까? 나는 그게 늘 유감이었다. 국문과가 있었더라면 나는 두말없이 국문과에 입학했을 게다. 우리나라엔 문학이 있었는지 없었는지도 모를 정도로 캄캄했고 영어와 일본어가 주였다. 한 주일에 한 번 작문 시간과 최현배 선생이 가르치는 문법 시간 외엔 대개 영어와 일본 말로만 배워야 하니 그런 답답할 데가 없었다."[22] 그러나 해방 이후 모윤숙은 미국을 우방으로 받아들였다.

1947년 모윤숙은 시집 『옥비녀』를 출간한다. 『옥비녀』는 친일 경력이 있었던 모윤숙에게 재기의 발판을 마련해준 시집이다. 모윤숙은 "나는 아무 이론도 모르오"[23]라고 해방 정국의 사상운동과 거리를 두는 한편, 친일 청산이 아니라 "먼저 조선의 생명을 살리는 길"[24]이 급선무라고 주장했다. 『옥비녀』는 모윤숙의 정치 활동을 암시하는 시집이라고 해도 무방하다. 해방 이후 공식적인 활동을 하지 않았던 모윤숙은 1947년 시집을 출간하면서 이승만이 내린 "무거운 사명"을 받아들인다.

메논과의 친분을 최대한 활용하여 이승만 정부의 수립에 힘을 실어주는 외교 활동을 막후에서 진행하는 것이 모윤숙의 임무였다. 주로 이승만의 서신을 전달하거나 메논에게 부탁 편지를 보내고 메논을 만나 이승만 정부를 호의적으로 받아들이도록 설득하는 일을 맡았다. 모윤숙은 주어진 역할을 성공적으로 마쳤고, 이후 인도를 방문해 메논 부부와 자와할랄 네루 수상, 그리고 당시 "우리나라 남북을 합한 것보다 큰 면적을 가진" 너크나우주의 도지사를 맡고 있었던 나이두를 만난다.[25] 모윤숙이 여성 지식인으로서 가지고 있었던 정체성과 현실 인식을 이야기하기 위해서는 나이두와 김수임 두 여성들에 대한 모윤숙의 상반된 관점에 주목할 필요가 있다.

정신의 지향성

시인이자 독립운동가로 활약한 사로지니 나이두는 1920~1930년대 식민지 조선 문단에 소개되었다. 간디와 함께 식민지 조선의 지식인에게 큰 영향을 미쳤던 인도의 여성 지식인이었던 나이두는 영국에서 대학을 졸업하고 영시英詩로 유럽 문단에서 주목받았다.[26] 나이두가 처음 조선 문단에 소개된 때는 1920년대 초반이었다. 1922년 김억이 「타고아·나이두 여사女士 작作」을 발표했고, 1924년에는 민태홍이 「혁명인도革命印度의 여류시인女流詩人 싸로지니·나이듀」를 소개했다.[27] 또한 나이두가 정치 활동을 시작하자 백성욱, 정인섭 등 남성 지식인들이 그녀의 인도 여성 정치인으로서의 삶을 조명했다.[28] 스웨덴에서 한국 여성 최초로 경제학을 전공한 최영숙은 1932년 『삼천리』에 「깐듸-와 나이두 회견기會見記, 인도印度에 4개월 체류滯留하면서」를 발표하여 인도 현지에서 나이두가 차지하고 있던 위상을 전하기도 했다.[29] 이처럼 나이두는 식민지 조선의 지식인 사회에서 잘 알려진 존재였고, 1933년 『동광총서』에 나이두와 모윤숙의 시가 함께 실리기도 했다. 모윤숙에게 나이두는 결코 낯선 존재가 아니었다.[30]

1949년 2월 인도에 도착한 모윤숙은 나이두의 초대를 받는다. 그녀는 모윤숙에게 큰 격려를 건넨다.

"시는 살아갈수록 젊음을 풍기는 거야. 나는 인도가 영국에 눌려 있을 때 항영시를 많이 썼지. 인생의 참된 낭만이라든지 애정 문제 같은 데는 손을 댈 여유가 없었어. 그러다 공직에 몰리고 공인 노릇을 해야 하는 바람에 시의 세계에 몰두할 시간도 없었고, 그러다 나이 70이 넘었으니 이제 후회되는 일도 많고 새삼스런 고독감에 잠길 때도 많아. 많은 여행은 인생에 많은 교훈을 주는 겁니다. 앞으로

인도의 시인이자 독립운동가로
문학과 정치의 영역 모두에서 성공을
거둔 나이두의 이력은 모윤숙에게
깊은 영향을 끼쳤다.

한국에만 있지 말고 다른 나라 다른 사람들 많이 보고 돌아가서 한국을 크게 풍성한 나라로 만드는 데 노력해야지."

그는 어머니처럼 내 어깨를 가만히 만지며 정답게 속삭였다.[31]

모윤숙은 나이두를 만나고 한국으로 돌아온 지 얼마 되지 않아 그녀의 타계 소식을 듣게 된다. 모윤숙은 다음 날부터 『동아일보』에 두 차례 추도사를 발표한다.[32] 회고록에서는 나이두의 타계와 관련해 별다른 언급을 하지 않았지만, 『동아일보』에 발표한 추도사를 통해 자신과 나이두의 인연을 강조하며 그녀의 생애를 조명했다. 추도사 1회에서는 자신에게 나이두가 "친정 어머니"와도 같은 존재였다고 회고하며 자신과 나이두가 10년 동안 교류했고, 나이두가 타계하기 이틀 전까지 편지를 주고받은 각별한 사이였음을 강조했다. 추도사 2회에서는 나이두를 "동양적인 어머니"라고 지칭했다. 모윤숙은 "침략과 빈곤과 무지 사이에서 여성으로 싸우시고 여성으로 눈물의 역사를 수놓은" 나이두의 생애를 높이 평가했다.

실제로 나이두는 간디의 비폭력주의를 여성운동으로써 실천했던 인도의 대표적인 여성 지식인이었다. 간디는 절제와 자기 원칙, 자연과 사랑의 원리가 사회를 변화시킬 수 있다는 믿음으로 인도의 독립운동을 이끈 인물이다.[33] 나이두는 이러한 간디의 사상을 여성운동에 적용하여 실천했

고, 서구의 여권 신장 운동과는 다른 차원의 인도 여성운동
을 전개하기 위해서는 대중의 힘과 전통적인 지혜를 결합시
켜야 한다고 주장했다. 간디의 비폭력운동 사상은 아시아를
비롯한 전 세계에 전파되었고, 나이두는 간디의 정치철학을
내포한 '문학작품'으로 인도와 유럽의 독자들에게 사랑과 변
혁을 요청했다. 1925년 나이두는 인도국민회의 의장이 되었
고, 1931년에는 런던 원탁회의 인도 대표로 참가하며 정치
인으로서 보폭을 넓혀나갔다.

이처럼 문학과 정치 모두에서 성공을 거둔 나이두를
"어머니처럼" 생각한 모윤숙은 여성 지식인의 현실 참여와
지적 성장을 동일시했다. 모윤숙은 오랫동안 존경했던 이광
수가 해방 이후 "모든 사람의 돌팔매에 영혼이 상하고 몸마
저 병"든 모습을 지켜보며 "춘원 선생을 만나 뵙는 일도 심
히 힘들었다. 혹시 뵙는다 해도 모든 것에서 쫓김을 당하는
그의 심정은 처량하게만 생각되었다"[34]고 고백한 바 있었다.
모윤숙은 이광수가 무기력하게 지내는 모습을 안타까워하
면서도, 이광수처럼 현실에서 격리되는 상황을 완강히 거부
했다.

이승만이 단독정부 수립에 성공한 후 다시 문학으로 돌
아가야겠다고 판단하고 『문예』를 발간한 것도 모윤숙의 현
실 감각이었다. 모윤숙은 시인에서 정치인으로 단숨에 변신
하기 어렵다는 현실을 해방 정국에서 체감했다. 김활란에
게는 이화여대라는 교육기관이 있었고, 임영신에게는 행정

부와 입법부 그리고 중앙대라는 기반이 있었지만, 모윤숙은 하루 빨리 문학으로 돌아가지 않으면 자신의 입지가 축소될 수 있다고 예측했다. 1953년 2월에 모윤숙은 자신이 발행하는 『문예』에 당당하게 정치적인 발언을 공표했다. "나는 먼저 유엔군이 무엇 때문에 한국에 와서 그들의 귀중한 생명과 물자를 소비하고 있는가 하는 것을 다시 한 번 반성해보고자 합니다."[35]

낙랑클럽과 김수임

모윤숙의 정치 참여 양상은 식민지 시기와 해방 정국 그리고 정부 수립의 과정을 거치며 계속해서 변모해간다. 무엇보다 모윤숙은 한국전쟁을 목격하며 반공주의자로 또 한 번 사고의 전환점을 맞게 된다. 그러나 단지 전쟁으로 인한 갑작스러운 변화는 아니었다.

1950년 한국전쟁 발발 직전 '김수임 사건'이 일어났다. 모윤숙은 이화여전 시절부터 친구였던 김수임을 다음과 같이 기억했다. "기독교인으로 어릴 때부터 사무치도록 마태복음부터 줄줄 외던 성경 애호가이다. 수임은 놀라운 영어 솜씨와 곁들어 피아노도 잘 치고 공부도 그 반에서 우등이었다." 김수임은 "독일서 10여 년 넘어 공부"한 "항일 정신의 기수" 이강국과 "처음엔 친구로 손을 잡았다가 후에는 사랑하는 사이가" 되었다.

　해방 정국에 대해 열띤 토론을 주고받던 이강국과 김수임 그리고 모윤숙의 사이는 점차 금이 가기 시작했다. 모윤숙은 이강국에게 이용당하지 말라고 충고했지만, 김수임은 1950년 2월 스파이 혐의로 체포되어 6월 15일 사형선고를 받게 된다. 모윤숙은 회고록에서 김수임이 사형 직전 자신에게 다음과 같이 절규했다고 이야기한다.

**　날 살려줘, 윤숙이. 이제 모든 걸 알았어. 속았어. 악마에게 속았어. 내가 왜 그런 짓을 했을까? 천 번의 악형을 당하면서라도 공산당과 이강국에게 원수를 갚게 해줘.[36]**

　모윤숙은 김수임의 죽음을 매우 안타까워하면서도, "악마에게 속았다"고 한탄하는 김수임의 발언을 인용하며 공산당과 악마를 동일시했다. 자신의 친구를 죽음으로 내몬 이강국에 대한 원망도 있었을 것으로 추측되지만, 모윤숙이 김수임 사건을 회고하면서 정말로 하고 싶었던 이야기는 여성 지식인이 사회주의(자)를 선택했을 때 맞게 되는 파국이었다. 모윤숙은 사회주의를 미숙하고 옹졸한 사상으로 비난했다.

　모윤숙과 김수임은 비밀 사교모임이었던 낙랑클럽(낙랑구락부)의 멤버로도 함께 활동한 바 있었다. 미 국무성의 보고서에 따르면, 1948년 혹은 1949년 결성된 낙랑클럽은 대부분 이화여대 출신으로 영어를 잘하는 150여 명의 여성들로 구성되어 있었다. 이 여성들은 모임을 통해 서양인들에게 한국의 문화를 품격을 갖춰 알리는 일을 맡고 있었다. 낙랑클럽의 회장이었던 모윤숙은 총재 김활란과 함께 모임을 주도했다. 또한 낙랑클럽은 이승만 정부의 후원을 받았다.[37]

낙랑클럽은 서울에 거주하는 여성들에 의해 1948년이나 1949년께 사회 단체로 조직되었다. 이 단체의 목적은 외국 귀빈, 한국 정부의 고위관리 및 군 장성, 주한외교관들을 접대하기 위한 것이다. 이 단체는 한국전쟁으로 한때 부산에 있었다. 회원은 한국의 모 일류여자대학을 졸업한 여성들에게 주로 국한되었다. 이들은 대개 영어를 할 줄 아는 매력적인 여성들로 교양 있는 호스티스였다. 이 단체는 당시 외무장관의 지원을 받아 조직된 것으로 달려져 있다. 이 클럽이 정부의 정책에 우호적이었기 때문에 이 같은 주장은 더욱 설득력을 갖는다. 이 대통령의 부인 프란체스카 여사의 재가와 후원을 받은 것으로도 알려져 있다. 다른 미국의 정보기관들은 이 클럽이 이승만 대통령을 지지하는 것으로 판단하고 있지만 공산당에 의해서도 이용되고 있는 것으로 분석했다. 이 클럽을 이끈 주요인물은 다음 다섯 명이다.(이름 없이 개인 신상 명세만 적혀 있음)
• 이 클럽을 조직하고 이끌고 있는 사람은 YWCA 총재이자 저명한 시인이다. 그녀는 정치인이면서 유엔임시위원

비밀 사교모임 낙랑클럽의
3인방으로 불렸던 모윤숙(가운데),
김활란(왼쪽), 노천명(오른쪽).

고위급 관리, 미군 장교들과 함께
있는 모윤숙(뒷줄 왼쪽 네 번째)과
낙랑클럽 회원들의 모습.

김수임(왼쪽)은 모윤숙과
이화여전 시절부터 친구였다.
독일 유학 이후 그녀는
사회주의자로 활동했던
이강국(오른쪽)과 연인
사이가 되었다.

1950년 2월 스파이 혐의로 체포된 김수임은 같은 해 6월 15일 사형선고를
받게 된다. 이강국 역시 1953년 7월 '조선민주주의인민공화국 정권
전복음모와 반국가적 간첩 테러 및 선전 선정 행위에 대한 사건'으로
기소되어 1955년 사형을 당한다.『경향신문』은 1950년 6월 18일「여간첩
김수임 전락기」라는 선정적인 제목의 기사로 그녀의 사형 소식을 보도했다.
기사는 김수임의 행실이 "방종"했으며, 그녀가 "응당 받아야할형"을
받았다고 언급했다.

회 연락사무소에 근무한 적도 있다. 그녀는 1951년 12월 유엔총회에서 당시 러시아 외무장관 비신스키를 열렬히 포옹한 적도 있는 것으로 알려졌다.

• 전직 언론인이며 현직 국회의원이다. 여자 국민당 당수이며 유엔 사절로 파견되기도 했다. 상공장관을 지냈고 미국서 대학을 졸업했다.

• 한국 백만장자의 이혼녀

• 한국 해군 S제독의 여동생

• 한국의 유수한 의대 학장의 전 부인이며 남편은 공산당에 의해 북으로 납치됐다.

낙랑클럽 회원들은 기혼, 미혼 무직, 직업여성 등 다양한 인적 구성을 보이고 있으며 초기에는 150명에 달했다. 이 수는 후에 70 내지 80명으로 줄었다. 시간이 흐름에 따라 사업을 중개하고 정부 고위관리의 추천장이나 소개서를 받는 사교 단체로 변질되었다. 한국을 방문하는 외국인들과 사업상 또는 정치적 이유로 저녁을 같이하기도 했다. 외국인 접대 행위는 몇몇의 경우 외국인의 정부가 되는 일로 발전되기도 했다. 실례로 이 클럽의 조직 구성에 참여했던 한 여성은 부산 지역에 주둔하고 있던 미국 장교의 정부 노릇을 했다. 1950년 봄쯤 미군 장교의 첩이 한국군 수사 기관에 의해 간첩 혐의로 체포되어 처형되기도 했다.[38]

미국 국립문서보관청의 정보에 따르면, "1950년 봄쯤 미군장교의 첩이 한국군 수사기관에 의해 간첩 혐의로 체포되어 처형되기도 했다"는 기록이 발견된다. 바로 모윤숙의 친구이자 낙랑클럽의 회원이었던 김수임에 관한 기록이었다. 한편 모윤숙은 회고록에 이렇게 썼다. "김수임과 나는 4, 5년 서로 격조했다. 얼마나 우리는 옅은 우정의 소유자들이 었는지 모르되 너무 공산주의를 혼자 알고 터득했듯이 자만까지 하는 수임의 태도에 나는 너무 노여웠던 것이다. …… 1950년 3월 5일 아침이었다. 전화벨이 울렸다. 수임의 목소리였다. 5년 만에 처음 듣는 목소리였다. 이강국이 이북으로 넘어간 후라 쓸쓸했던지 또 무슨 후회의 기분이라도 일어났던지 낭랑한 목소리로 내일 저녁 미역국을 같이 먹자 한다. 나는 거부할 수가 없었다."[39]

김수임은 모윤숙에게 후회와 사과의 마음을 전했다. "다 잊어버리고 우리 옛날처럼 미역국이나 마시며 회포를 풉시다. 내가 지나치게 윤숙이를 슬프게 해준 죄가 지금에야 이처럼 가슴이 아플 줄 몰랐어." 그러나 이내 헌병들이 김수임을 체포하러 온다. "나는 하여간 눈물이 뺨을 적셨다. 그릇된 한 인텔리 남성을 그릇된 애정으로 상대했던 한 여성을 생각했던 것이다. 이강국-김수임. 너무 지적인 범인 이강국은 약하고 판단 없는 김수임을 통하여 미 헌병 사령관을 이용해서 그의 힘으로 개성을 넘어갔던 것이다."[40] 모윤숙은 이강국뿐 아니라 당시 김수임과 동거 중이었던 "미군인 B대령"도 비난했다. "나는 그를 흘겨보았다. 밉고 염치없는 사

변신하는 여자들

람! '여보, 당신이 무슨 염치로 그런 말을 하오. 이강국을 잡아야 할 당신이 이강국을 놓치고 지금 무슨 그런 말을 하는 거요. 보기도 싫어요. 이 방을 썩 나가요.'"[41]

하지만 모윤숙은 김수임의 사형을 기정 사실로 받아들였다. 친구에게 연민을 느끼면서도 그 사형이 "그릇된 것이란 생각은 조금도 없었다"고 회고했다. 하지만 정작 미 육군성이 작성한 "베어드 파일"에는 김수임이 받고 있었던 혐의 가운데 이강국을 월북시키거나 남로당 정치자금을 운반하는 데 미군 차량을 동원한 부분, 군용 지프가 김수임을 통해 남로당으로 흘러들어갔다는 내용 등이 구체적으로 '입증할 수 없는 사실'로 정리되어 있었다.[42]

한편 이강국은 1953년 7월 '조선민주주의인민공화국 정권 전복음모와 반국가적 간첩 테러 및 선전 선정 행위에 대한 사건'으로 기소되어 1955년 사형에 처해졌다. 이강국에 대한 심리는 1953년 8월 4일 시작되었다. "1946년 6월 김수임이 미 헌병 사령관 존 E. 베어드와 연계가 됐다는 것을 알고서 베어드와 상면하여 상호 협력하기로 약속했다고 말했다. 그리고 자신은 미군정이 획책한 좌우 합작에 순응했고, 3당 합당 문제가 제기되자 표면적으로는 지지했으나 내막으로 이를 지연시켰으며, 미군정을 규탄하는 선언서를 발표해 체포령이 내려지게 되자 베어드가 소개한 차로 서울에서 개성까지 와서 입북하게 됐다고 진술했다. 북한에 온 후 이강국은 5차에 걸쳐 입수한 정보 자료를 자신의 비서를 통해 김수임에게 전달했고, 그녀가 다시 이것을 베어드에게 전달했다고 말함으로써 자신이 국제간첩과 연계를 맺었다는 것을 시인했다."[43]

김수임-이강국 사건을 둘러싼 미 육군성 문서와 공판기록 그리고 모윤숙의 회고는 해방 정국에서 간첩이라는 존재가 어떻게 재현되고 정의되었는지를 생각해보게 한다. 특히 여성 간첩에 대한 이미지는 식민지 시기와 확연하게 달라졌다. 식민지 시기의 전시체제하에서 스파이는 '괴상스러운 중국 미인'으로 재현되었다. 이는 여성이라는 사회적 약자와 외국인이라는 미지의 대상을 결합하여 간첩과 외국인여성을 강력한 배제의 대상으로 동시에 구획하는 전략이기도 했다.[44] 김수임-이강국 사건은 이러한 전략이 해방 이후 한국과 북한에서 다른 양상으로 나타났다는 것을 알 수 있는 지표였다. 외국인은 더 이상 간첩 명단에서 중요한 위치를 차지하지 않게 되었다. 내부의 적이 간첩으로 규정되었기 때문이다.[45]

모윤숙은 김수임에게 연민의 정을 느끼면서도 그녀가 사형을 언도받은 것에 대해서는 당연한 귀결이라고 생각했다. 1969년에 출간된 모윤숙의 회고록에 따르면, 김수임은 공산주의자가 아니었지만 공산주의자인 이강국을 사랑하게 되면서 정치범이 되었고, 그로 인해 결국 사형선고를 받고 말았다.[46] 그런데 한 가지 의문이 생긴다. 모윤숙은 김수임과 이강국의 관계를 전혀 파악하지 못했을까? 김수임은 낙랑클럽의 회원이었고, 모윤숙은 낙랑클럽의 회장이었다. 모윤숙은 왜 김수임의 사형을 "당연한 귀결"로 결론지었을까?

허물이 많아 불완전한 인생

더 나아가 모윤숙은 왜 자서전에서 김수임 사건을 비중 있게 다루었을까? 김수임의 사형 집행을 "당연한 귀결"로 해명해야 할 어떤 동기를 가지고 있었던 것은 아니었을까? 이화학당 시절부터 가까운 친구였을 뿐만 아니라 낙랑클럽의 회원으로 "국익"과 "민간외교"에 앞장섰던 김수임이 사회주의자가 아님에도 사형에 처해진 사건을 "당연한 귀결"로 설명하는 모윤숙의 자기서사에는 분명 석연치 않은 부분이 있다. 모윤숙이 낙랑클럽 '회장' 시절을 회고한 인터뷰 내용부터 살펴보자.

> 낙랑구락부는 어찌 알고 물어. 그런 6·25 피란 시절(1951년) 부산에서 생겨 약 2년간 지속되었지. 이승만 대통령이 불러 '외국 손님 접대할 때 기생파티 열지 말고 레이디들이 모여 격조 높게 대화하고 한국을 잘 소개하라'고 분부하지 않겠나. 우리는 부랴부랴 낙랑구락부를 조직, 김활란 박사를 고문으로 하고 내가 회장을 맡았지. 금방 50명가량의 회원이 모였는데 그때 예쁘고 인기 있던 여성으로 손원일

제독 부인인 홍은혜, 화신백화점 박흥식 사장 부인 허숙자 씨 등이 생각나는군. 말하자면 낙랑은 정부의 부탁으로 이른바 파티대행업을 한 셈인데…… 부산 송도 바닷가 돌멩이 위에 지은 집(귀속 재산)을 우양(허정) 장관한테서 빌려 씨 싸인드 맨션이라고 부르고 파티 비용은 청구서에 따라 장면 총리실에서 지불해주셨죠. 한 번에 5만 내지 10만 원 정도였든가 몰라. 국무위원들이 귀빈들을 초대하는 데 빈객으로 덜레스 미국 국무장관, 리지웨이 장군, 워커 장군, 밴 플리트 장군에 무초 미국 대사 등이 온 것 같고, 그때 장면 총리와 무초 대사가 뜰 모퉁이 버드나무 밑에서 수군수군하는 모습을 보고 우린 전쟁이 멎고 통일이 되는 줄로만 알았지. 헬렌 김(김활란)이 외국인 대하는 매너, 에티켓 등의 회원 교양을 지도했고 나는 모닝 캄Morning Calm, 나라에 와주셔서 반갑다는 두 마디 환영사만 했었지. 그리고 서툴러서 손님 구두를 밟는 가운데 사교댄스도 췄고 미인계도 썼지 뭐, 이 말은 쓰지 말아요. 그러나 낙랑을 통해 우린 값진 민간외교를 했다고 자부하고 있어요.[47]

인터뷰 내용에 드러나 있듯, 모윤숙은 이승만의 "분부" 대로 낙랑클럽의 회장으로서 민간외교에 앞장섰다. 시인이 었던 모윤숙은 왜 낙랑클럽의 회장으로 활동했을까? 같은 질문을 김활란에게도 제기할 수 있다. 시인인 모윤숙과 교육자인 김활란이 낙랑클럽의 전면에 나서야 했던 맥락을 어떻게 이해해야 할까? "스란치마 늘이고 안방에서 대청으로 할 일 없이 왔다 갔다 하며 사는 고위층 부인일수록 이 클럽을 돕는 일은 가난한 이웃을 돕는다는 회사보다 나 자신이 사회적 활동을 위해 필요하다는 긍지가 더 컸다"[48]는 증언처럼, 낙랑클럽의 전면에서 활동했던 모윤숙은 자신의 사회적 활동이 갖는 의미에 대해 "민간외교"라고 자부했다. 그녀 자신의 설명처럼, 모윤숙은 자신에게 새로운 역할이 요구되는 시대적 상황을 단 한 번도 외면하지 않았다.

4·19 혁명에 대해 별다른 언급을 하지 않은 모윤숙은 "5·16이 왔다. 월남엔 국군 위문차 다녀왔다"고 간략히 정세 변화를 기록했다. 그리고 "나는 여기서 나의 회상기를 멈추어야겠다. 내 생의 시간은 지금 오후로 달리고 있다. 창을 닫고 방에 등을 켜야겠다"라는 말로 회고록을 마쳤다. 모윤숙은 스스로 '인생의 오후'라고 표현한 시간 동안 국회의원과 펜클럽 한국본부 회장 등을 역임했다. '인생의 오후'에도 문학과 정치를 오가는 그녀의 삶은 지속되었다. 모윤숙은 1971년 민주공화당 전국구 국회의원이 되었지만, 정치권 내부로 진입한 이후로는 정작 특별한 자기서사를 남기지 않았다.

사실 모윤숙은 어떤 사상이나 권력 혹은 체제를 두려워하지 않았다. 오히려 모윤숙은 자신의 삶이 현실과 괴리되는 것을 경계했고, 세상으로부터 잊히지 않고자 몸부림쳤다. 그녀는 자신의 생애에 발생하는 전환의 국면들마다 문학과 정치의 경계 위에 서서 자신의 역할을 만들어냈다. 비록 그

모윤숙은 1971년 민주공화당 공천으로
제8대 국회의원을 역임했다. 같은 해
11월 18일 국회에서 열린 문화공보부
국정감사에 문교공보위원으로 참석해
질의하는 모윤숙의 모습.

역할이 주변부적 위치에 머물지라도 개의치 않았다. 무엇보다 모윤숙은 자기 자신을 설명해야 하는 순간을 놓치지 않았다. 그러나 그녀가 스스로를 설명해야 하는 상황은 일관되게 각종 스캔들과 연관되어 있었다. 스캔들로부터 자유로워지기 위해 모윤숙은 자기 자신에 대해 이야기했다. 이광수와의 스캔들, 친일 여성 문인·낙랑클럽 회장이라는 꼬리표 등 자신에게 쏟아지는 비난을 의식이라도 한 듯, 각각의 사건을 자신의 입장에서 해명하거나 혹은 역사적으로 재평가했다. 문학과 정치의 경계에서 자신이 선택했던 결정과 행위들이 모두 역사적으로 유의미했고 정당했음을 자기서사를 통해 계속해서 반복했던 것이다.

니체의 관점을 차용하자면, 누군가에게 상해를 입힌 사람이 법정에서 결백을 증명하기 위해 변론할 때 자기 자신을 설명하는 행위는 결국 결백에 가까울 수 있도록 기억을 재구성하는 행위가 될 수밖에 없다. 모윤숙의 자기서사에 표현된 그녀의 생애는 역설적이게도 그녀가 왜 그토록 해명에 매달려야 했는가를 질문하게 한다. 마치 그녀가 김수임의 죽음 앞에서 그토록 긴 이야기를 할 수밖에 없었던 이유를 곱씹게 되는 것처럼 말이다.

모윤숙은 왜 스스로에 대해 "나는 허물이 많아 불완전不完全한 인생人生이외다"[49]라고 했을까? 모윤숙의 해명은 그만큼 더 많은 의문을 제기한다. 과연 그녀는 누구에게 '용서'를 구하고 싶었을까?

4

총장과 특사

김활란의 회한

몸을 피하라, 피하는 것이 상책이다.

—김활란[1]

저자들이 고백하듯이, 이 책이 떠맡는 일은 야심차다.

—어슐러 K. 르 귄[2]

기독교의 복음

저자가 과거의 자신을 증명하기 위해 자서전을 쓰는 경우도 있지만, 다른 한편으로 자서전은 현재의 자신을 확인하기 위한 글이기도 하다.[3] 1899년 인천에서 태어난 김활란은 자서전 서문을 다음과 같이 시작한다.

> 나는 지금까지 자서전을 써야겠다고 생각해본 일이 없었다. 자서전을 쓴다는 것은 자기의 일생을 차근차근히 돌이켜보는 일이기도 하지만, 자기의 생애를 있는 대로 세상에 드러내는 일이기도 한 것이다. 일종의 모험인 그 일을 내가 해내리라고 생각해본 일이 없는 것이다. …… 나의 자서전이란, 그 믿음과 사랑을 돌이켜보며, 그것을 위하여 감사하는 마음으로 지난날을 회고하며 요구해온 친구들에게 술회한 것에 불과하다. 이 일은 내가 학교의 총장직

4. 총장과 특사: 김활란의 회한

에서 은퇴한 후 내 주변에 있는 국내·국외의 많은 친구들이 나보다 더 서둘러주어서 비로소 손을 댄 일이기도 하다. 그러기에 문장보다는 사실들의 정확성을 기필해본 것이다.[4]

김활란은 '사실들의 정확성'이 자서전 집필의 기본 원칙임을 서문에서 밝혔다. "이것이 제가 한 행적이고, 제가 한 생각이며 과거의 제 모습입니다. 저는 선과 악을 모두 솔직하게 고했습니다. 나쁜 점을 전혀 숨기지 않았고 좋은 점이라 해도 전혀 덧붙이지 않았습니다."[5] 루소가 『고백록』에 쓴 이 문장처럼, 김활란이 자서전을 집필할 때 염두에 둔 방향성은 '사실들의 정확성'이었다. 그렇다면 이 정확성은 과연 어떤 의미를 갖는가? 김활란의 자서전은 자신의 내면을 드러내기보다는 생의 사건들을 시간적으로 정리하여 하나의 통일되고 질서 있는 전체를 구성하며, 성공담을 중심으로 역사적인 사건을 재배치한다는 특징이 있다.[6]

전통적으로 자서전의 계보가 자기 재현과 자기 해석의 두 가지 계통으로 나뉜다는 사실을 떠올려보면, 김활란은 자서전 집필 의도를 '자기 재현'으로 설정했다고 볼 수 있다.[7] 그러나 김활란의 자서전은 자기 재현만으로 구성되지 않는다. 김활란은 자서전을 통해 자기 재현과 자기 해석의 경계를 넘나들며, 과거 자신에게 쏟아졌던 비난들을 '오해'로 규정하고, 한국사회에서 자신의 입지를 재정립했다.

김활란의 자서전은 매 시기마다
역경을 극복하고 더 높은 단계의
성취를 이루어가는 이야기 구조를
일관되게 가지고 있다.

김활란은 자신의 출생과 가정환경을 이야기하는 것으로 자기 자신을 드러낸다. 김활란은 어머니와 기독교의 영향을 가장 크게 받았다.

> 어머니는 이따금 나를 가슴에 안고 기도하셨다.
> "나의 자식 헬렌을 하나님께 바치겠나이다. 하나님께 바쳐, 하나님의 뜻대로 쓰시는 그릇을 만들겠나이다."
> 어머니는 일편단심, 나를 기독교 속에서 키우고 기독교를 내 정신의 전부로 만들고 싶어 하셨다. 나는 종교라는 정신생활을 통하여 서양의 문명을 흡수하게 된 선택된 인간이었다고 생각한다. …… 신앙을 통한 새로운 생활은 다른 면에서 좀 더 뜻있는 무엇을 찾아 움직이고 있었다. 그것은 배움이었다. 정신을 길을 닦아주는 지식에 대한 갈구였다. 이러한 욕구가 또 하나의 변혁을 우리 집에 가져온 것이다.
> 딸들을 가르칠 수 있다는 사실에, 어머니는 기독교의 복음을 듣던 때만큼이나 반갑고 기꺼워하셨다.[8]

아버지의 사업 실패로 집안 형편이 어려워진 김활란은 이화학당에 입학해서 장학금을 받으며 학교를 다녔다. 학교 안팎에서 「여자의 고등교육과 가정과의 관계」를 영어와 우리말로 연설하는 등 주목받는 학생으로 성장했다. 졸업 후 3·1운동을 목도하면서 "이 나라의 운명은 남자 못지않게 여자의 힘도 필요로 하고 있다"고 판단하고 "민족을 좀 더 밝은 곳으로 이끌어내기 위해" 이화학당 출신들로 구성된 전도대를 편성하여 YMCA 강연회를 시작으로 "평양, 신의주, 안주, 곽산, 정주, 북진, 양시, 차령관, 강서 등을 거쳐 제주도까지 꿰뚫을 계획"으로 서울을 떠났으나, 평안남도 안주에서 경찰의 저지로 가로막혔다. 설상가상 이화학당 교장인 앨리스 R. 아펜젤러의 만류로 전도 일정은 중단되었다.

　　김활란의 자서전은 매 시기마다 역경을 극복하고 더 높은 단계의 성취를 이루어가는 이야기 구조를 일관되게 가지고 있다. 가정 형편이 어려워져 진학이 불투명할 때 장학금 제안을 받게 되고, 전도 일정이 중단되자 미국 유학의 길이 열리고, 유학 당시 경제적 어려움과 전염병으로 좌절하지만 지인들의 도움으로 극복하며 미국에 정착하는 등 김활란의 자서전은 주요 사건들을 순차적으로 기록하며 자신에게 닥친 어려움을 어떻게 정면으로 돌파해나갔는지에 초점을 맞춘다. 이 위기 극복의 구조는 매 장마다 반복된다.

한국 여성의 아우성

이러한 서사 구조를 분석하기에 앞서 김활란이 기독교인으로서의 정체성을 확립하는 사건이 자서전에서 어떻게 재현되고 있는지 주목할 필요가 있다. 1913년 이화학당에 입학한 김활란은 기숙사에서 "공주회King's Daughter's Circle에 계신 선생님과 수십 명의 학생들이" 매주 주일마다 기독교 훈육의 시간을 가졌다고 회고했다. 이때까지만 해도 김활란은 "엄격하게 따지자면 신앙심이 아니라 단순한 의식의 되풀이였는지도 모른다"고 말할 정도로 "생명력도 없는 교리를 의식을 통해서만 거듭" 외울 뿐이었다고 한다. 그렇게 "너희들의 죄를 고백하라! 하나님 앞에 죄를 고백하고 용서와 자비를 구하라!"는 요구에 김활란은 문득 반발심이 일었다.[9] 그러던 어느 날 김활란은 처음으로 신비 체험을 하게 된다.

> "만일 정말 하나님이 계신다면 나의 죄가 무엇인지 깨닫게 해주십시오. 또 우리가 모두 예수님의 구원을 받아야만 할 죄인들인가를 가르쳐주십시오."
> 오직 그 일념으로 철야 기도를 하기로 작정한 것이다. 기도실은 어둠침침하고 좁았다. 예수의 사진 하나만 덩그러니 걸려 있을 뿐 썰렁하기 짝이 없었다. 나는 매일 밤 혼자서 그곳엘 갔다. 캄캄한 어둠 속을 더듬어 꿇어앉았다. 그리고 조용히 두 손을 모아 이마 위에 얹으면 헤아릴 수 없는 갈등과 회의와 슬픔이 가슴 속에서 아우성칠 뿐 내 마음은 혼란을 벗어나지 못하고 있었다. 그러나 한 번 두 번으로 꺾이지 않았다. 매일 밤 그 캄캄한 기도실에서 꼬박꼬박 새웠다. 소리 없는 기도였지만 인간의 영혼의 문제와, 나라의 비운을 슬퍼하는 비애와 울분과 의욕이 한꺼번

에 소용돌이치며 아우성치는 처절한 마음의 부르짖음이 었다.

어느 날 한밤중이었다. 땀에 흠뻑 젖은 이마를 드는 순간, 나는 희미한 광선을 의식했다. 십자가에 못 박히신 예수의 얼굴이 보였다. 그 예수의 모습에서 원광이 번져 내 가슴으로 흘러드는 것 같았다. 사방은 어두웠고 무겁게 침묵하고 있었다. 그런데 갑자기, 아득히 먼 곳에서 아우성을 치는 소리가 들려왔다. 그 처절한 부르짖음은 아득히 먼 것도 같았고 바로 귀 밑에서 들리는 것 같기도 했다. 울부짖고 호소해 오는 처절한 울음소리. 그 소리를 헤치고 문득 자애로운 목소리가 들려왔다.

"저 소리가 들리느냐?"

"네, 들립니다."

"저것은 한국 여성의 아우성이다. 어째서 네가 저 소리를 듣고도 가만히 앉아 있을 수 있느냐? 건져야 한다. 그것만이 너의 일이다."

그 목소리는 분명했다. 두 손을 모아 쥔 나는 어느 틈에 흐느껴 울고 있었다. 갑자기 주위는 다시 조용해졌다. 나의 전신은 땀으로 흠뻑 젖어 있었다. 나는 꿇어 엎드린 채 오래오래 흐느껴 울었다. 감사의 눈물이었다. 나에게 뚜렷한 목표를 주신 예수님께 드리는 기쁨의 눈물이었다. 이러한 경험 후에 고집과 교만과 일본에 대한 증오까지도 죄임을 비로소 깨달았다. 강렬한 증오가 애국이 아니라는 것을 알

았다.[10]

김활란은 역설적이게도 자유로운 종교적 주체가 신에게 온전히 복종함으로써 탄생하게 된다는 사실을 경험한다.[11] 죄를 고백하는 행위는 자기 내면을 발견하는 과정과 일치한다. 김활란은 이 체험을 통해 기독교인으로서 강한 정체성을 확립하게 되고, 동시에 '한국 여성'을 구원하는 것만이 '너의 일'이라는 소명을 받아들여 여성 계몽을 위해 인생을 바치기로 결심한다. 회심을 겪은 사람들은 종교적 열정이 사라져가는 상황에서도 스스로를 종교적 삶과 동일시하는 특징이 있다. 김활란 역시 회심을 자기서사의 핵심 개념으로 배치한 경우로, 그녀가 이후 선택한 삶의 행보를 종교적 삶 안에서 해석할 수 있다.[12] 농촌 계몽과 여성 교육, 정치참여 등의 개념들이 개인적인 욕망이나 선택이 아니라 종교적 삶의 결과물이었다는 해석이 김활란의 자기서사 안에서 가능해지는 것이다.

이에 반해 김활란에게 연애나 결혼 등은 그녀 스스로가 차단한 사소하고도 사치스러운 감정에 지나지 않았다. 남성들의 구애나 청혼을 모두 거부했다는 이야기는 자서전에서 여러 차례 등장한다.

내게는 결혼 문제가 심각한 문제로 대두된 일이 없었다. 이화에서 대학을 다닐 무렵에 청혼이 더러 들어왔고, 그

1927년 10월 22일 『매일신보』는
근우회가 주최한 여성 문제 토론회
풍경을 실었다. 김활란은 같은 해 5월
근우회 회장으로 선출되었다.

무렵 전후해서는 부모님도 걱정을 하셨지만 얼마 후에는
그분들도 나의 일을 이해하고 그 길을 적극 지지해주신 셈
이다. 지나친 비유일지는 모르지만, 마라톤 경주를 하는
사람이 골인을 할 때까지는 다른 생각을 할 겨를이 없듯이
나도 일을 향하여 달리는 동안 결혼을 생각할 단 한 번의
겨를도 없었다.[13]

농촌 계몽과 여성 교육, 기독교 전도 등을 자신이 수행
해야 할 임무라고 생각했던 김활란은 연애와 결혼, 우정 등

사적인 감정과 관계들을 엄격하게 경계했다.[14] 김활란의 표현에 따르면, 그녀는 자신의 인생에서 "사사로운 용무나 감회를 일으킬 틈"을 찾을 수 없었다. 사사로움과 거리를 둔 삶을 선택한 김활란은 1926년 5월 보스턴대학에서 석사학위를 마치고 같은 해 7월 호놀룰루에서 열린 제1차 태평양문제연구회의에 신흥우와 함께 조선 대표로 참석한 후 귀국하여 곧바로 이화여자전문학교 교수 겸 학감이 되었다. 이뿐만 아니라 1927년 2월 개최된 신간회 창립대회에 여성 대표 간사로 참석했으며, 5월에는 근우회 회장으로 선출되었다. 같은 해 7~8월에도 호놀룰루에서 개최된 제2차 태평양문제연구회에 유억겸 등과 함께 조선 대표로 참석했으며, 이 회의에서 참가 자격을 주권국과 자치국으로 제한한다는 헌장 발의에 항의하고 새로운 개정안을 제출했다.

한국 최초의 여성 박사

김활란은 YWCA 조직을 통해 농촌 계몽운동에 적극 참여했다. 김활란의 농촌 계몽운동은 1920년대 기독교계의 움직임과 맥을 같이한다. 1920년대 중반 신흥우의 제안으로 기독교 농촌 협동조합 등 사업을 통해 농민 전체의 실력 향상을 지원하려는 운동이 펼쳐졌다. 이 운동은 식민지 조선의 농촌에서 사회주의 운동이 점차 성장하고 있었던 데 반해, 농촌 경제가 피폐해지면서 농촌에서 기독교인 수가 점차 감소해가던 현실에 대한 기독교계의 대응으로 평가된다.[15]

한편 YWCA는 1926년부터 농촌부를 신설하고 1928년부터 적극적인 활동을 펼쳤다. 김활란을 비롯한 YWCA 인사들은 1926년부터 좌우 합작의 분위기에 힘입어 이념과 노선을 초월하는 여성 단체 결성 방안을 모색했다. 1927년 4월에 유학생 친목회 자리에 모인 여성들이 여성의 단결과 지위 향상을 위한 단체 결성에 뜻을 모았고, 1927년 5월 27일에 '무궁화 자매'라는 뜻이 담긴 근우회가 탄생했다.[16] 하지만 근우회는 시간이 지나면서 이념과 노선 문제로 내부 갈등을 겪게 된다. 1928년 후반부터는 기독교계 여성들이 대거 탈퇴했으며, 기독교 민족주의 운동은 농촌 계몽운동에 더욱 집중했다. 이 가운데 이화여전의 YWCA는 서울 지역 아동들에게 글을 가르쳤고, 다른 YWCA 지부에서도 협동조직, 보건 위생 및 농업 개량을 위한 과학 지식 보급 및 문맹 퇴치, 악습 폐지 등의 농촌 계몽운동을 전개해나갔다. 이처럼 이화여전 뿐 아니라 YWCA에서도 중요한 지도자로 주목받았던 김활란은 조선의 농촌 문제에 대한 해법을 계몽운동에서 찾고자 했다.[17]

기독교 단체 활동을 이어가던 김활란은 아펜젤러 교장의 적극적인 권유로 1930년 여름 컬럼비아대학 사범대 박사 과정에 등록했다. 이후 "나의 목적은 뚜렷하다. 그러니까 그 목적을 향하여 좀 더 빨리 달리는 것만이 내게 남은 사명이다"라고 다짐하며 '한국의 부흥을 위한 농촌 교육'을 주제로 학위논문을 준비했다.

> **그것은 참으로 필사적인 노력이었다. 나는 정규 학기 외에도 기회와 시간이 나는 대로 과외로 공부를 했다. 그 결과는 대단한 성과를 거둔 셈이 되었다. 예상보다 일찍, 1931년 10월에 박사 과정을 전부 마칠 수가 있었던 것이다. 그렇게 빨리 마칠 수 있으리라고는 아무도 상상하지 못했던 일이다. 나는 보람으로 가슴 벅차기도 했지만 사실 의외의 기쁨도 컸다. 나의 귀국은 문자 그대로 금의환향과도 같았다.**[18]

김활란은 1931년 10월 박사학위를 받은 것에 대해 큰 성취감과 만족감을 표현했다. 스스로 이룬 성취 가운데 가장 기쁨을 나타낸 대목이기도 하다. "한국 최초의 여성 박사"가 된 김활란은 "그 시대 그 사회에서 선풍적인 화젯거리"로 부상했지만, 정작 그 자신은 세간의 관심과는 다른 차원에서 기쁨을 느낀다고 고백했다. "빠른 기간에 목적을 달성하고 고국으로 돌아왔다는 사실이 커다란 기쁨이었다. 그리고 내 앞에 있는 것은 사명감 그것뿐이었다."

박사학위 취득에 관한 회고는 보통의 사람들과는 다른 평가 기준을 가지고 있었던 김활란의 가치관을 확인할 수 있는 부분이지만, 다른 한편으로 김활란의 자서전에서 반복

변신하는 여자들

적으로 드러나는 영웅적 성공담의 패턴이기도 하다. 김활란은 자신의 '필사적인 노력'으로 스스로도 예상할 수 없었던 짧은 시간 안에 큰 성취를 얻을 수 있었음을 강조했다.

이 나라 유일의 여성 최고 학부

아펜젤러 교장과 이사회는 컬럼비아대학에서 돌아온 김활란에게 학감직과 부교장직이라는 '중임'을 맡긴다. 1936년 아펜젤러 교장은 안식년 휴가를 맞아 귀국하면서 김활란에게 교장직을 대리해달라는 부탁을 했고, 1939년 4월에는 김활란을 이화여전 교장으로 추천한다.

그러나 김활란이 자서전에서 직접적으로 밝히지는 않았으나, 1934년 이후 한국 기독교계는 이른바 보수주의 신학 세력과 진보주의 신학 세력으로 나뉘었다. 이때 김활란은 사회복음주의 실현에 큰 관심을 갖게 되고,[19] 이화여전의 보수주의 신학을 가지고 있었던 선교사 세력들과 갈수록 입장 차이를 느낀다. 일본 총독부와 미국 선교사 세력의 관계 역시 좋지 않았던 상황에서 김활란은 학교의 발전과 정체성 확립을 위해 이화여전의 선교사 세력이 물러날 필요가 있다고 판단했다. 설상가상으로 아펜젤러와도 학교 운영 원칙을 놓고 갈등을 겪게 되자 학교를 떠나겠다는 입장을 전하기도 한다. 김활란은 교장이 되기 전인 1938년 아펜젤러와

이화학당 제6대 교장 앨리스 R.
아펜젤러.

이화여전 교장 자리를 놓고 치열한 승부를 벌였다. 아펜젤러는 김활란에 대해 이렇게 말했다. "그녀는 미국 YWCA 인사들로부터 생계를 보장받는 대로 우리 학교를 떠날 계획을 가지고 있습니다. 그녀가 떠난다면 학교에 치명적인 손실이 될 겁니다. 우리 교회의 저명인사 중 다수가 그녀를 거의 영웅처럼 여기고 있기 때문이죠. 만일 내 퇴진이 현 상황에 도움이 된다면 기꺼이 그렇게 하겠어요."[20] "김활란 양이 자신의 발전을 위해 야망을 조금 줄인다면 좋을 텐데"[21]라는 윤치호의 말은 그녀 자신에게는 결코 해당되지 않았다. 김활란은 '야망'과 '자신의 발전'을 동일한 개념으로 받아들였다.

1939년 아펜젤러가 교장직에 김활란을 추천한 것으로 미루어볼 때 그녀의 전략은 성공적이었던 듯하다. 그러나 김활란이 교장직에 오르게 된 데는 조선총독부의 선교사 철수 압박도 큰 영향을 미쳤다. 김활란은 40세의 나이에 "이 나라 유일의 여성 최고 학부를, 이제 최초로 우리나라 여성인 내가 책임"지게 되었다는 점에 사명감을 느낀다. 하지만 총독부는 김활란을 "요시찰 인물로 규정짓고 교장직을 박탈하려"[22] 했고, 미국 선교사들이 부재한 이화여전에서 김활란이 교장이라는 지위 하나로 총독부를 상대하기는 매우 어려웠다. 김활란은 이화여전과 이화여전의 교장직을 지키기 위해 점차 순응적인 태도로 총독부에 협력하게 된다.

자서전에서 김활란은 친일 협력에 대한 문제를 회피하지 않고 이야기했다. 그녀는 "우리말을 잃고 교가마저 일본

말로 고쳐 불러야 하는 굴욕을 견디며 언제인가는 내 나라 내 민족의 새 살림을 꾸밀 날이 있으리라는 것을 믿고 기다리면서, 길 잃은 어린 양떼와도 같은 나의 학생들을 돌보아야 하겠다는 각오"를 다졌다. 하지만 1940년 11월 즈음부터 김활란의 자서전은 자기 재현에서 자기 해석으로 급선회한다. 자서전 전반부의 내용은 자기 재현과 자기 해석의 중층적 구조가 유지되는 가운데 자기 재현의 특징이 좀 더 두드러졌다면, 1940년부터 김활란은 식민지 시기 이화여전의 교장으로서 자기 해석을 시도한다. 그녀의 인생은 자신이 쓴 글을 통해 재구성된다.

> "선생님, 저희들은 선생님의 깊은 마음을 잘 알아요. 오늘 하신 연설도 결코 본의가 아니라는 것을 이해하고 있어요. 그런 일을 겪으면서 이 학교를 지켜나가야만 하는 선생님의 처지를 저희는 마음속으로 돕고 있어요. 용기를 잃지 마세요. 진실은 무엇으로도 지워지지 않는 거니까요." …… 그러나 그러한 이해와 사랑만이 나를 에워싸고 있었던 것은 아니다. 많은 사람들, 친구들이나 졸업생 중에도 나를 오해하고 등을 돌리는 사람이 적지 않았다. 그들은 내가 교장직을 탐낸다고 생각했다. 그렇게 굴욕적인 대가를 치르면서까지 교장직에 머물려고 온갖 모욕을 참고 있는 것이라고 생각했다. 그뿐이 아니었다. 그보다 더 슬프고 안타까운 오해를 나는 받아야 했다. "흥, 김활란도 어쩔

김활란(뒷줄 왼쪽 세 번째)은 1948년 12월 모윤숙(뒷줄 왼쪽 두 번째)과 함께 파리 유엔총회에 정부 대표단의 일원으로 파견되었다.

수 없이 친일파가 되어가는군!"[23]

김활란은 이화를 지키기 위한 행동이 친일파로 오해받게 되어 슬프고 안타깝다고 했지만, 더 크게 "심신을 그르쳐 놓은 사건"은 1944년 여름에 일어났다. "끌려서 징병 유세를 다녀야" 했던 김활란은 "살이 떨리고 양심이 질식할 징병 유세를 하지 않을 수 없었다. 한 마디 한 마디가 나의 영혼을 새까맣게 불태우듯 나를 어둡게 만들었다. 나는 그렇게 질질 끌려 다니면서 그때까지 이화를 지켜보겠다고 바둥거리며 남아 있다가 이러한 일마저 하지 않을 수 없게 된 나의 처사를 거의 후회하기까지 했다." 김활란이 자서전에서

4. 총장과 특사: 김활란의 회한

자신의 사적인 감정을 표현한 경우는 매우 드물지만, 이처럼 1944년 전후의 상황을 기술하는 부분에서는 자신이 감당해야 할 고통의 크기를 구체적으로 표현했다. 자신의 친일 행위에 대해 어떠한 말도, 해석도, 변명도, 평가도 하지 않은 채 침묵으로 그 시절을 건너뛴 박인덕과는 사뭇 대비되는 행보이다.

김활란은 친일의 과정에 대해 나름대로의 맥락을 세워 당시의 상황을 재구성한다. 징병 유세 가담으로 자책과 고통을 받은 김활란은 실명의 위기까지 겪지만, "남의 귀한 아들들을 죽는 길에 나가라고 권했으니 장님 되어도 억울할 것 없지"라는 말로 자신에게 내려진 "당연한 징벌"로 받아들였다고 회고한다. 이 시기 이화여전을 다녔던 이희호는 김활란이 일본어를 잘하지 못했다는 사실을 꼽으며, 김활란의 친일 행위를 다른 친일파들과 분리시켜 해석하고자 했다. "영어를 그렇게 잘했던 사람인데, 마음에서 우러난 친일파였다면 일본어를 영어처럼 유창하게 하지 못할 리가 없었을 거예요. 그런 점을 생각하면 김활란을 자발적 친일파와 똑같이 보기는 어렵습니다."[24]

그런데 자신에게 고통과 징벌이 들이닥쳤던 1944년에 김활란은 "이화를 지켜보겠다고" 모든 일을 하게 되었다는 논리를 펼친다. "이화를 지켜보겠다"는 말의 함의는 과연 무엇일까? 김활란은 자서전에서 스스로의 삶을 일관되게 이화와 일치시켰다. 이화여전의 사회적 상징성과 여성 고등교육에 대한 열망도 상당 부분 표현되었지만, 아펜젤러에게 물려받은 교장직을 조선인인 자신이 지켜야한다는 중압감 그리고 아펜젤러보다 학교를 더욱 발전시켜야 한다는 강박관념이 김활란의 의사 결정에 영향을 미쳤다. 1961년 9월 30일 자신의 제자인 김옥길이 "만장일치"로 이화여대 총장에 선출되어 취임한 순간을 김활란은 "초대 한국인 총장이 그다음 사람을 길러내어 그에게 믿음으로써 모든 것을 맡기는 한국 여성 교육계의 역사적인 순간"이라고 자평했다. 상속과 승계의 모든 절차를 완벽하게 마친 후 김활란이 느낀 만족감은 자신이 이화의 가장家長이라는 생각에서 비롯된 것이다.

여성 지식인의 종교성

친일 행위에 대해서도 같은 해석을 할 수 있다. 이화여전이라는 공간을 지켜내기 위해 어떤 일이든 해야 한다고 판단했던 김활란의 해명은 일본의 전시체제 논리와 유사하다는 점에서 모순이고 패착이었다. 더욱이 일본당국에 학교를 절대 넘겨줄 수 없다는 김활란의 신념이 친일 협력을 감행하는 것으로 이어진 역설에 대해서는 "명분만 남은 목적을 위해" 그녀가 "쏟은 고통"이 "맹목적"이었다고밖에 평가할 수 없다. 김활란의 자서전에서 일관되게 표현되고 있는 절대적

4. 총장과 특사: 김활란의 회한

맹목성은 그녀의 종교인 기독교와도 어느 정도 연관이 있다고 파악된다.[25] 그럼에도 김활란이 자서전에서 드러낸 자신의 생애 전반을 지배하는 기독교적 맹목성은 언제나 현실을 초월하는 법이 없었다. 김활란은 늘 시류와 호흡하면서 자신만의 현실적인 명분으로 자기 자신을 설명했다.

김활란은 자서전에서 주인공이자 화자로서 고백의 언어로 진실을 확보하려는 전략을 자주 구사한다. 자기 재현으로 역사의 진실을 재전유하는 자서전의 특징을 김활란은 본능적으로 파악하고 있었다. 진실이 권력관계 내에서만 서술될 수 있고, 같은 맥락에서 진실을 서술할 수 있는 사람은 정치와 권력에 의존할 수밖에 없다고 인식했던 김활란은 자신의 현실 감각을 자서전을 쓰면서도 충분히 발휘했다.[26] 그만큼 이화와 자신의 삶을 일치시키고, 대한민국과 이화 그리고 자신의 삶을 공동의 운명체로 간주하며 모든 역사적 판단을 외부에 의존하는 모습이 자서전에서 확인된다. 하지만 김활란은 자신의 생애가 어떠한 이유로 이화여전 혹은 대한민국 그리고 기독교와 동의어가 되는지에 대해서는 일체의 설명도 덧붙이지 않았다.

잠시 근대 여성 지식인의 자기서사에서 나타나는 기독교의 차별화된 층위에 관해 생각해본다. 여성 지식인의 종교성the religious을 어떻게 해석할 수 있을까? 찰스 테일러에 따르면, 종교성은 근대 국민국가가 형성되는 과정에서 소거되는 것이 아니라 근대적인 형태로 변형되고 재배치된다.[27]

이와 관련해 스즈키 토미는 대단히 날카로운 역사적 통찰력을 제시한 바 있다. 스즈키 토미에 따르면, 본래 기독교는 일본에서 도쿠가와 시대까지 금지된 종교였으나, 1873년 메이지 정부에 의해 은밀하게 해금된 뒤 무력감과 원한을 품고 있었던 젊은이들에게 권력의지를 전도된 형태로 충족시켜주었고, 1880년대 말에도 몰락한 막부 가문의 자제들에게 정치적 야망, 애국적 의지, 권력의지를 심어주는 데 긴밀히 관여했다. 하지만 1890년대 중반 이후 기독교의 쇠퇴와 함께 자아에 대한 관심이 높아지고 언문일치의 음성중심주의적 언어관이 내면화되면서 1900년경 자기를 발견하고 이야기하는 문학의 기능이 부각되었다고 한다. 그렇다면 기독교는 식민지 조선의 여성 지식인들에게 어떤 가능성을 제시했을까?[28] 같은 맥락에서 "조선의 지성인들이 기독교에서 진정으로 찾았던 것은 기독교라는 종교는 아니었다"[29]는 당시 한 미국 공사관의 증언은 설득력이 있다. 여성 지식인들이 "기독교에서 진정으로 찾았던 것"은 무엇이었을까?

공교롭게도 식민지 시기에 근대교육을 받고 공적 영역에서 활동한 여성 지식인들 가운데 자기서사를 남긴 이들은 대부분 기독교인으로서의 정체성이 확고한 여성 교육인과 정치인 그리고 작가들이었다. 생애 말기에 불교에 귀의한 김일엽의 경우도 비슷하다. 목사 아버지의 존재와 이화학당 졸업은 그녀의 글쓰기에 분명 큰 영향을 미쳤다. 식민지 여성 지식인들이 기독교와 글쓰기라는 공통분모를 가졌던 것은 결코 우연이 아니었다. 자기 생애를 말과 글로 스스로 (재)구성한 지식인들 대부분이 기독교와 문학을 체화하고 있었다는 사실은 식민지 시기 여성 지식인들이 근대적 자기 정체성을 어떻게 모색하고 확립했는지 탐구하는 데 중요한 단서가 된다. 물론 여성의 글쓰기와 기독교의 긴밀한 연관관계는 식민지 조선 사회에 국한된 문제는 아니었다.

기독교는 18세기 영국의 여성들이 글을 쓰고 책을 출간하며 작가가 되는 과정에도 큰 역할을 했다. 18세기 비非국교도들이었던 퀘이커교도, 침례교도, 감리교도 여성들은 자서전을 집필하면서 저자가 될 수 있었다. 이들은 당시 교계 내에서 별다른 위치를 차지하지 못했지만, 자서전을 통해 대중적인 인지도를 확보할 수 있었다.[30] "여성들은 자신을 관계 속에서 정의하는 경향이 있으며, 여성들의 자서전은 남성적인 공적 자기-재현보다는 여성적인 사적 자기-계시에 가깝다"[31]는 점에 주목하는 관점도 있다. 하지만 식민지 조선의 여성 지식인들은 앞서 언급한 18세기 영국의 여성 자서전 집필가들처럼 '영적 자서전'이나 '기독교적 인간관'을 내세우지도, 절대자 앞에서 자신들의 실존이 연약하다는 고백을 자기서사의 축으로 삼지도 않았다.

그보다는 일본 사소설의 기원과 발생을 추적한 스즈키 토미의 논의가 더 중요한 시사점을 준다. 스즈키 토미는 사소설에 대해 이렇게 주장했다. "사소설은 대상 지시적·주체적·형식적 특성 등과 같은 그 어떤 객관적인 특성에 의해 정의될 수 있는 장르가 아니다. 그 대신 독자가 해당 텍스트의 작중 인물과 화자 그리고 작자의 동일성을 기대하고 믿는 것이 궁극적으로 그 텍스트를 사소설로 만든다. 사소설은 일종의 읽기 모드로 정의하는 것이 가장 타당하다. 그것은 사소설이 단일한 목소리로 작가의 '자기'를 '직접적'으로 표현한 것이고, 거기에 써진 말은 '투명'하다고 상정하는 읽기 모드이다. 사소설은 특정한 문학 형식이나 장르라기보다는, 대다수의 문학작품을 판정하고 기술했던 일종의 문학적이고 이데올로기적인 패러다임이다. 즉 어떤 텍스트라도 이 모드로 읽힌다면 사소설이 될 수 있는 것이다."[32] "일종의 읽기 모드"라는 스즈키 토미의 분석은 한국 근대 여성 지식인의 자기서사에도 적용될 수 있다. 자기서사는 스스로 자기 삶에 대해 글을 쓰는 행위에서 시작되지만, 결국에는 어떻게 읽히는가의 문제로 이어진다. 즉 "이야기된 자기"가 어떤 행위agency를 하고 있는가에 주목하지 않을 수 없다. 그렇다면 자서전에서 "이야기된" 김활란은 스스로 어떤 행위에 몰두했을까?

나는 정치인이 아니다

식민지 여성 지식인으로서 농촌 계몽과 여성 교육에 열정적이었던 김활란의 자서전 전반부는 일제 말기의 친일 행적을 이야기하는 지점부터 이화여전 교장 혹은 이화여대 총장으로서의 정체성을 부각하기 시작한다. 자서전에서 계몽, 교육이라는 단어는 어느 순간부터 사라지고, 대신 '이화'와 '정치'가 압도적으로 자주 등장한다. 이러한 특징은 해방 이후에 더욱 뚜렷하게 나타난다.

1948년 5월 10일, 김활란은 초대 국회의원 선거에 도전한다. 자신은 원하지 않았지만, 대한부인회의 권유가 집요했다는 것이 김활란의 설명이었다.

> **"우리나라 국권을 다시 찾고 여권 신장이 바쁜 이때 여성을 대표해서 김 박사가 꼭 출마하셔야겠습니다." "안 될 얘기입니다. 저는 학교 일만 해도 바쁠 뿐만 아니라 정치는 전혀 모르고 또 안다 하여도 직접 참여하고 싶은 마음은 없습니다." …… "만일 김 박사가 거절을 해서 여자로서는 아무도 국회의원에 나설 수가 없게 된다면 우리는 아마 두고두고 선생님을 원망하게 되겠죠. 여성의 권리 옹호를 포기한 태도를 말입니다. …… 그러면 당신네들의 옳은 뜻 앞에 나를 드리겠습니다. 그리고 이렇게 결심을 한 바에야 최선을 다하여 협력하리다."[33]**

김활란은 정치를 하지 않겠다고 약속한 친구에게 "약속을 저버려서 안됐지만, 이것도 다 하나님의 뜻으로 알고 나는 거의 나를 희생하는 기분으로 이 노선에 오르려 하오"라

변신하는 여자들

고 "쓸쓸한 기분으로" 편지를 보낸 후, 선거운동을 시작했다. 결과는 차점으로 낙선이었다. 김활란은 당시의 소회를 이렇게 밝혔다. "여성 출마자 열아홉 명은 모두 한결같이 낙선이라는 결과를 보았다. 그 사실은 우리나라가 아직도 남성 위주의 사회라는 것을 알려주었을 뿐이다. …… 낙선했다는 사실을 한편으로는 다행이라고 생각했다. 나를 정치의 길에 나서지 않게 해준 하늘의 뜻에 오히려 감사할 따름이다."

김활란은 대한민국에서 여성이 정치라는 공적 영역에 진입하기조차 어렵다는 것을 선거를 치루며 온몸으로 느꼈다. 이화여대라는 여성 교육기관의 수장이었던 김활란이 현실 정치의 진입 장벽 앞에서 느꼈던 패배감은 이후 그녀의 사회 참여에 영향을 미쳤다. 미션스쿨과 미국 유학을 거쳐 이화여전의 첫 조선인 교장이 된 김활란은 해방 이후 여성이 참정권을 부여받았을지언정 정치가가 될 수는 없는 현실을 국회의원 선거운동 과정에서 통감했다.

식민지 말기와 해방 공간에서의 역경과 혼란도 이화여전과 이화여대라는 울타리 안에서 모두 극복할 수 있었지만, '이화'라는 세계를 벗어나 사회에 진출하는 일은 생각처럼 쉽지 않았다. "여권 신장"을 위해 "나를 희생하는 기분으로 이 노선에 오르려" 한다는 김활란의 정계 진출 선언은 선거에서 받아들여지지 않았다. "여권 신장"을 목표로 출마한 자신이 바로 "여성"이라는 이유로 낙선했다는 사실을 김활란은 선거를 치르고서야 알게 된다. 독신, 미국 유학, 박사,

이화여대의 수장, 기독교계 대표 인사 등등의 수식어도 그녀에게 '여성'이라는 범주를 뛰어넘게 해주지는 못했던 것이다. 자신에게 닥쳤던 어떤 어려움도 의지와 노력으로 이겨냈다고 자부한 김활란이었지만, 선거 결과 앞에서는 실패를 자인할 수밖에 없었다. 김활란 스스로가 공적 영역에서 여성으로서 가진 한계를 통감한 그녀 생애 최초의 사건이었다. 김활란은 낙선 후 "정신적으로 얻은 것이 많다"고 자서전에서 밝혔다. 하지만 그 내용은 밝히지 않았다.

이태영은 1991년 발간한 자서전에서 김활란이 스스로를 정치인이 아니라고 규정하며 현실 참여와 사회적 실천에 거리를 두었다고 회고한다. 한번은 부산 피난 시절 3선 개헌 문제로 정치 파동이 크게 일어났다. "헌법 개정운동에 앞장서 왔던 조병옥 박사와 내 남편 등을 국제 공산당으로 몰아세우며 계엄령을 선포하는 등 시국이 부들부들 떨 때였다. 나는 그때 고시 합격 후 시보 생활을 하고 있었는데, 비록 내가 어려운 여건 속에 처해 있을지라도 정치가 이쯤 돌아가는 마당인지라 내 생명을 걸더라도 반대 시위에 나서야겠다는 생각을 하게 되었다"고 설명했다. 이태영은 며칠을 밤새 궁리하던 끝에 김활란을 찾아가 "도움을 얻기로 결심하고" 김활란이 거처하던 대청동 필승각으로 찾아갔다.

"선생님, 이 나라가 민주주의에 역행하는 헌법을 만들어 독재국가를 만들려고 하고 있으니 나라가 망하려는 순

변신하는 여자들

간 아닙니까? 보잘것없는 내 한 몸이 부딪쳐보아야 헛일일 것 같아서 선생님을 찾아왔습니다. 선생님, 같이 손잡고 나서서 이승만 대통령에게 큰 충격을 주고 3선 개헌을 막을 만한 일을 함께 해보십시다. 만일 총부리가 다가오면 제가 앞서서 선생님을 보호할 것을 맹세하겠습니다." 하면서 나는 네 시간 여에 걸쳐서 생각했던 계획을 이야기하고 함께 나서 줄 것을 간곡히 부탁했다.

그러나 선생님은 나의 간절한 간청에도 불구하고 "I am not a politician(나는 정치인이 아니다)." 하면서 거절하는 것이었다. 그래서 "그럼 저는 정치인이라서 나서는 겁니까?" 했더니 "어쨌거나 이런 일은 너와 모윤숙 같은 이가 나서서 할 일이다"는 말만 하는 것이었다. 그래서 대뜸 "필승각에서는 지금 무얼하시는 거지요? 유엔군 데려다 밤낮 잔치하는 것이 외교임이 분명한데, 그것은 정치가 아니고 무엇입니까? 쉽고 재미있는 정치는 하시고 싶어도 반대로 힘들고 어려운 정치는 하시고 싶지 않단 말입니까?" ······ "선생님의 이름과 명성 가지고 민주주의를 실천하자고 나서면 안 될 일도 없을 텐데 안 하신다면 그건 선생님이 안일을 택하시는 것일 뿐입니다. 선생님, 다시는 정치 안 하실 거지요? 내 살아서 꼭 지켜보겠어요."[34]

김활란이 "정신적으로 얻은 것"은 자신이 공적 영역의 어느 단계까지 진입해야 하는지를 파악하는 능력이었다. 그녀는 선거 기간 동안 여성 교육가, 대한민국 최초의 미국 박사학위 취득자, 이화여대의 수장, 기독교인과 같은 정체성을 가지고 스스로 무엇을 할 수 있고, 어떤 새로운 사회적 성취를 획득할 수 있을지 질문해야 했다.[35]

이화여대 총장으로서 김활란은 교육과 정치라는 두 공적 영역의 매개자가 되기로 결심했다. 그녀는 여성 지식인이 정치라는 공적 영역에 진입하기도 어려울 뿐 아니라, 진입한다 하더라도 권력의 언저리에서 비주류의 역할밖에 할 수 없다는 현실적인 판단을 내렸다. 국회의원 선거에서 낙선한 이후부터 김활란의 행보는 언제나 비정치인으로서 정치인을 조력하는 역할에 한정되었다. 김활란은 이화여대의 수장이자 여성 교육자로서 정치인들과 교류하는 것이 현실적이고도 명예를 지키는 일이라고 판단했다. 그런 판단 아래 입신출세와 소명의식이라는 두 가지 명제를 생애 전반에 걸쳐 놓치지 않으려 노력했던 김활란은 자서전 또한 입신立身과 소명召命이라는 두 가지 개념을 주축으로 구성했다. 또한 자신의 삶을 언제나 기독교, 이화, 국가, 여성 등의 개념과 등치시켰으나, 교육 활동 이외의 사회적 행보는 모두 "심부름" 혹은 "봉사"로 규정했다.

김활란은 이승만부터 박정희까지 "정권이 바뀔 때마다 그들의 심부름을 해주는 것이 필요 이상 정부를 가까이하는 것으로 보였는지도 모른다"고 전제하면서도 "나는 이 박사 때부터 박 장군에게 이르기까지 그들의 임시적 사명에 번번

변신하는 여자들

1961년 당시 국가재건최고회의
의장 박정희와 마주앉아
담화를 나누는 김활란의 모습.

이 봉사했던 것이 사실"이라고 시인했다. 또한 그건 자신이 "주관이 없고 우왕좌왕 도무지 절개가 없는 사람"이어서도, "어떤 지도자나 일개인을 돕"기 위해서도 아니고, 대한민국이라는 조국을 위해서였다고 자신의 정치적 이력의 의도를 서슴없이 설명했다. 그 화려한 이력은 계속 이어진다. 6·25 전쟁 중 전시 내각의 공보처장을 지내며 영자신문인 『코리아 타임스』를 발행하는 언론인으로도 활동했고, 국민홍보외교동맹을 조직하여 민간외교에도 적극적이었다. 1948년 8월에는 대통령 구미특사에 임명되었다. 5·16 쿠데타가 일어난 후, 김활란은 미국 정부의 승인을 얻기 위해 노력하기도 했다.

교육과 언론, 정치와 외교에 직간접적으로 참여한 김활란은 자서전에서 정치에 대해 다음과 같은 평가를 내렸다.

나에게는 지금 누가 정권을 쥐고 있느냐가 문제되지 않는다. 또 누가 권력을 행사하느냐 하는 문제도 내가 수행하는 일에는 사실상 작용하지 않는다. 이 나라의 국민임을 의식하는 사람이면 그는 언제든지 나라를 위하여 자기 힘을 아끼지 않을 것이다. 다만 나라를 위하여 하는 일이 국가의 책임을 진 개인이나 정당에 협조하는 형식으로 나타나는 경우를 부인할 수는 없다.
이렇게 지도자들의 변화에도 불구하고, 또 나라가 평화로운 시절이나 전쟁 중이거나 혁명 속에서도 때를 가리지 않

변신하는 여자들

고 시종여일 일할 수 있었던 것은, 내가 대한민국 국민이라는 것을 자각하고 있었기 때문이다. 한국의 현재는 어둡다. 가난하고 슬픈 현상뿐이다. 그러나 절망해서는 안 될 것이다.[36]

김활란은 자서전에서 나라를 위해 자신이 수행하는 일이 정권과 권력보다 중요하다고 밝혔다. "누가 정권을 쥐고 있느냐"와 "누가 권력을 행사하느냐"가 정치의 본질 중 하나라는 사실을 김활란이 과연 몰랐을까? 식민지 시기 미국 선교사와 총독부 사이에서 학교 운영의 문제를 놓고 권력의 역학관계를 처절하게 체감했던 김활란이 권력의 주체가 누구인가를 불문의 영역으로 상정한 채, 자신의 정치 참여에 대해 "나라를 위하여" "시종여일 일할 수 있었"다고 설명한 것은 스스로를 조력자의 신분으로 한정하기 위함이 아니었을까.

자신을 둘러싼 이야기를 "어느 모로 보든지 정치라는 것과는 거리가 먼 인물임을 나 스스로가 잘 알고 있다"는 말로 일축한 김활란은 정치와 관련된 그동안의 활동을 모두 "나라를 위한 일"로 규정하고, 다시 이화로 공간을 옮겨 자서전의 후반부를 마무리한다. "이화에 머물러 일한 지 40년이 되는 해"인 1958년 김활란은 이렇게 회고했다. "한 인간이 오로지 한 가지 일에 봉사하기 위하여 한평생을 바쳤다 하면 지루하고 융통성 없는 것으로 보일지는 모르지만 다른

1958년 자신의 이화여대 봉직
40주년을 기념하는 축하식에 참석한
김활란(정면 맨 오른쪽)의 모습.

한편으로 볼 때 너무도 짧고 속절없는 것일 수도 있다."

김활란은 자서전에서 사회적 성취와 공적 영역의 활동을 중심으로 자기 생애를 구성하는 한편, 스스로를 어떠한 사적 이익도 추구하지 않은 여성 지식인으로 자아의 정체성을 구축했다. 퇴임 후에는 공관을 떠나 "이화의 뒷면 전부가 바라다보이는" 곳에 새 집을 마련했다. "그만큼 보살피고 평생을 바치시고도 모자라서 또 이 뒤쪽에 앉아서 학교만 바라보고 계실 참이시군요"라는 졸업생의 말에 김활란은 "나를 완전히 이해하고 있는 말이 못 되었다. …… 나는 하여간에 학교의 뒷면이 바라다보이는 새집에다 여생을 의탁한 것이다"라고 답하며 총장 퇴임 후 자신의 삶마저 이화와 동일시했다.

40년간 이화여대에 '봉사'해온 김활란은 제자 김옥길을 총장으로 추천하고, 1961년에 총장직을 사임한다. 총장 공관을 떠나 새 집으로 이사한 후부터 자서전 속 김활란에게 다른 '역사적' 사건은 일어나지 않았다. 김활란의 자서전은 이화학당의 학생에서 출발해 이화여전의 초대 한국인 교장에 취임하는 성장 서사의 구조를 취하며 식민지 조선과 한국에서 여성 지식인으로서 겪은 고난과 성취를 일종의 영웅담처럼 제시한다.

화려한 승리의 길

김활란의 자기서사가 가지고 있는 특징 가운데 하나는 그녀가 스스로를 "어느 모로 보든지 정치라는 것과는 거리가 먼 인물"로 규정했다는 점이다. 하지만 역설적이게도 김활란은 정치와 교육의 경계에서 교육보다는 정치가 발휘하는 영향력을 더욱 크게 인정하며 정치인들의 조력자를 자처했다. 특히 해방 이후 나라를 위한 역할을 회피하지도 부인하지도 않았다는 일관된 자기서사 논리를 통해 김활란은 여성 교육기관의 수장으로서 자신이 또 다른 공적 영역이자 남성들의 전유물이었던 정치에 뛰어들 수밖에 없었음을 반복적으로 설명하고 있다.

그러나 정작 검토해야 할 부분은 그녀의 정치 참여가 과연 여성들의 공적 영역 진출에 어떤 가능성을 열어주었는가의 문제이다. 이배용은 김활란이 해방 이후 정부 수립에 적극적으로 참여함으로써 여성의 지위가 향상되었다고 긍정적으로 평가한 바 있다.[37] 김활란이 교육, 정치, 언론, 외교를 넘나들며 여성 지식인으로서의 새로운 모델을 제시한 측면이 있다는 점은 부인하기 어렵다. 하지만 그렇다고 할 때 그녀가 자서전에서 일련의 모든 공적 활동들을 '봉사'라는 범주 안에 구획한 것을 어떻게 설명해야 할까? 국회의원 선거에 출마해 낙선을 경험한 것에 대해 스스로 "나를 정치의 길에 나서지 않게 해준 하늘의 뜻에 오히려 감사"한다고 회

변신하는 여자들

고했지만, 정작 선거 과정에서 여성 지식인에게 정치인이라는 직업과 역할이 쉽게 허락하지 않는 현실을 절감하고 체념한 것은 아니었을까? "여성은 여성 대표를 찍읍시다!"[38]라는 선거 구호는 해방 이후 여성 정치인들의 호소 대상이 여성에게 국한되어 있었음을 증명하지만, 실제 현실에서 여성 정치인은 여성들에게 환영받지 못했다. 김활란은 자신에게 주어진 역할이 "국가의 책임을 진 개인이나 정당에 협조하는 형식으로 나타나는 경우를 부인할 수는 없다"고 시인했다. 그러나 왜 부인할 수 없었는지 이야기하지 않는 것이 문제적임을 김활란은 외면했다.

그녀는 모든 정치적 상황을 정치와 무관한 일들로 규정함으로써 자신의 정치적 판단에 대한 책임을 무마하려고 했다. 또한 자신의 '비정치적'인 '봉사' 활동이 남성들이 진출한 공적 영역에 도전하는 일이 아님을 강조했다. 김활란은 여성 지식인이 사적 영역에서 남성 정치인과 지식인을 도와 공적 영역을 공고화하는 과정에 협조했고, 거기서 자신의 존재 이유를 확인했다. 그런 점에서 일체의 모든 정치 행위를 비정치적인 것으로 규정하며 스스로에게 정치 참여에 대해 평가받지 않아도 되는 면책권을 부여했던 태도는 별반 놀랍지 않다.[39]

다시 처음으로 돌아가 김활란이 자서전 집필의 목적으로 밝혔던 '사실들의 정확성'이 과연 무엇을 위한 것이었는지 질문해보자. 김활란의 자기서사는 기독교가 한국 근현대사에서 여성 지식인에게 권력의지와 정치적 야망의 원동력이 되었음을 일관되게 이야기했다. 이 과정에서 확인할 수 있는 것은 종교적이고 정치적인 행위, 구체적으로는 영성의 고백이나 자서전 집필이 한 사람의 정체성 형성과 밀접한 관계를 맺고 있다는 사실이다.[40]

김활란은 이화여대 초대 총장으로 자신의 삶을 역사에 기입했다. 그리고 죽음을 두려워하지 않는 기독교인으로 자기서사를 마무리했다. 김활란의 유언은 비장했다. "인간의 생명이란 불멸하여 육체가 없어지더라도 죽은 사람이 아니므로 장례식 대신 화려한 승리의 길로 환송해주는 환송예배를 해주길 바란다."[41] 김활란이 지향했던 '화려한 승리의 길'은 과연 사후의 세계였을까? 그녀의 자서전은 그 길이 세속으로 연결되어 있음을 시인하고야 말았다.[42]

5

장관과 당수

임영신의 자찬

나의 아버지와 나에 대한 그의 기대감.
지난 40년간의 투쟁은 여자라도 남자의 세계에서 성공할 수 있으며,
딸자식도 아들 못지않다는 것을
아버지가 인정하도록 하기 위한 것이기도 했다.

—임영신[1]

여성 자서전 작가들의 권위는 모계로부터 나오지 않는다.
그녀들의 영향력을 인정해준 아버지로부터 권위가 형성된다.

—시도니 스미스[2]

아버지와 남자 형제들

임영신은 아버지의 이야기로 자서전을 시작한다. 김활란과 박인덕 등 한국의 근대 여성 지식인들 대부분이 자서전에서 기독교 신앙을 받아들이고 딸의 교육에 적극적이었던 어머니와의 관계를 집중적으로 이야기한 것과 다른 방식이다. "내가 진심으로 원하는 것은 아버지의 사랑이었다. 나는 아버지가 남자 형제들을 대하는 것처럼 나를 대해주기를 원하였던 것이다. 그리고 그것을 위해 그 후의 모든 고난을 이겨 낼 수 있었다."

서문에 쓰인 이 문장에서 짐작할 수 있듯, 임영신은 남자들의 세계에 진입하고 성공하여 인정받기 위해 분투했다. 그녀는 중앙대학교 설립자이자 총장이었고, 장관 및 국회의원을 역임했다. 임영신이 평생 꿈꿨던, 남성들의 세계에 진입해 성공을 거둠으로써 아버지의 인정을 받는 이상理想과

견줘도 부족함이 없는 삶이었다. 1951년 자서전을 발간한 임영신은 출생부터 장관 사임 그리고 한국전쟁 발발 소식까지를 연대기 형식으로 서술했다.

1899년 충남 금산에서 태어난 임영신은 자신이 고려시대에 중국에서 파견된 사신 임온의 후손임을 밝혔다. 이렇듯 그녀는 가문의 계보 속에서 자기 자신을 설명하며 자서전을 시작한다. 그녀의 아버지는 전통적인 가부장이었고, 교육은 아들들에게만 시키면 된다고 생각했던 인물이었다.

나는 자주 남자 형제들에게 이야기를 하고 계시는 아버지의 방으로 숨어들어가 아버지의 이야기를 듣고 하였다. 희미한 등불 아래 아버지의 눈은 빛났다. 그는 1876년 일본 전함이 조선 해역으로 침입해 들어온 일에 관하여 이야기하고 계셨다. …… 그런데 내가 갑자기 재채기를 하는 바람에 아버지와 남자 형제들의 시선이 내게로 돌려졌다.
"너 거기서 뭘 하는 거냐?"
"저는 아버지의 이야기를 듣고 있었습니다."
그러나 아버지는 못마땅한 눈치를 보이셨다.
"계집애가 머슴애처럼 여기 있으면 안 돼. 어머니한테 가거라."
나는 울음을 터뜨렸으나 아버지는 모른 체하시고는 남자 형제들에게로 돌아앉으셨다. 나는 아버지 방을 나가면서 아버지가 나를 사랑하지 않는다는 것 때문에 한없이 울었

변신하는 여자들

다. 그는 나에게 관심이 없었다.[3]

임영신은 아버지에게 인정받기 위해서는 반드시 남자 형제들보다 뛰어난 성공을 거두어야 한다고 어릴 때부터 다짐했다. 임영신에게 아버지는 절대적인 존재였다. 아주 우연한 기회에 아버지에게서 "나는 기독교 신자이다. 그런데 이 일은 내가 딴 사람들이 알아도 좋다고 생각할 때까지 너와 나 사이의 비밀로 해두자"라는 이야기를 듣고선 바로 기독교에 입문한 것만 보더라도 그렇다. 아버지에게 사랑받기 위해 공부를 하고 기독교인이 된 임영신은 충남 금산에서 의병들과 일본인들이 대치하는 상황이 벌어지자 "의병들을 따라가고자 했다".

나는 의병들을 따라가고자 했다. 그러나 아버지는 그런 일은 생각조차 할 수 없는 일이라고 말리셨다. 아버지는 나라를 위하여 싸우는 것은 남자의 일이라고 말리셨다. 하지만 나는 아버지를 믿을 수가 없었다. 금산의 남자들은 여자처럼 무기력해 보였기 때문이었다.
아버지는 나를 사흘 동안이나 방에서 나오지 못하도록 하셨다. 나는 방에서 어떡하면 왜놈들을 쫓아낼 수 있을까를 궁리하면서 시간을 보냈다. 그리고 나는 잔 다르크처럼 되어야겠다고 결심하였다. 우리나라를 자유로운 나라로 만들고 아버지께 딸도 아들 못지않다는 것을 보여드리리라

생각하였다. 아버지는 만나는 사람마다 자신의 딸을 자랑
스럽게 이야기할 것이었다.[4]

이처럼 임영신은 유년 시절부터 아버지에게 인정받는 딸로 성장하겠다는 다짐을 굳힌다. 그러나 그녀가 열두 살이 될 무렵 집안에서는 결혼을 권유한다. 결혼을 주선하러 온 "중매장이"는 임영신과 대화를 나눈 후 "마나님, 따님은 보통 아이가 아이올시다. 강제로 혼인시켜서는 안 돼요. 따님은 많은 이야기를 하는데 여자일보다도 남자가 하는 일을 생각하고 있습니다"라고 임영신의 부모를 설득했다. 임영신은 자신의 생애를 그 누구에게도 바치고 싶은 생각이 없다는 이유로 혼담을 물리친다.

한국을 구제하는 일

임영신은 결혼 대신 유학을 선택했다. 아버지는 딸이 혼자서 집을 떠나 공부하는 것을 패가망신의 지름길로 생각했다. 임영신은 물러서지 않았다. "아버지에게 말씀드려주셔요. 학교에 갈 수 없다면 전 살고 싶지 않아요." 임영신은 상급학교 진학을 반대하는 아버지의 의사를 꺾고 전주의 고등학교로 떠났다. 그리고 이 시기부터 임영신은 본격적으로 역사와 기독교에 눈을 뜬다. "한국을 구제"하는 일이 장래희

변신하는 여자들

망이라고 밝힌 임영신은 1918년 고등학교를 졸업하면서 아버지로부터 한 가지 제안을 받는다. "너를 이화대학에 보내주겠다. 그것은 네게 4년 동안 더 공부할 기회를 주는 것이야. 그리고 공부가 끝났을 때 결혼을 하는 게다." 그러나 임영신은 아버지에게 자신의 인생 목표는 '결혼'이 아니라고 재차 강조했다. "어떤 사명을 완수할 때까지는 결혼을 할 수가 없습니다." 스스로를 아버지의 '아들'로 규정했던 임영신은 사회에 진출하기 전까지는 절대 결혼할 수 없다고 생각했다. 이는 식민지 시기 근대교육을 열망하고 체험했던 여성 지식인들이 한 집안의 딸로서 겪어야 하는 상황이기도 했다. 나혜석이 그랬던 것처럼 임영신 역시 결혼 압박이라는 문제 상황에 부딪혔다. 나혜석과 임영신은 평생 만날 일이 없었던 사람들처럼 다른 생애를 선택했지만, 원치 않은 결혼을 종용하는 아버지와 부딪혀야 했다는 공통 분모가 있었다.

임영신은 필사적으로 결혼을 거부하고 서울로 유학을 떠났지만, 1919년 3·1운동에 연루되어 집행유예 3년 6개월을 받게 되자 이화학당이 아닌 일본 유학으로 진로를 수정한다. 그리고 일본에서 대학을 졸업할 즈음에 자신과 나라를 '구제하는 방법'을 찾기 위해 미국 유학을 결정한다.

미국에서 석사학위를 마친 뒤, 임영신은 6년 동안 청과물 사업과 주유소를 경영해서 모은 돈으로 "한국으로 돌아갈 준비"를 했다. 그녀는 오랫동안 구상해온 여성 교육기관

"아버지에게
말씀드려주셔요.
학교에 갈 수 없다면
전 살고 싶지 않아요."

설립을 위해 1932년에 조선으로 돌아온다. 귀국 직후 그녀가 마주한 식민지 조선의 현실은 크게 달라져 있었다. "모든 큰 건물들, 가장 좋은 백화점, 그리고 가장 적은 시장이라 할지라도 일본인들의 소유가 되어 있었다. 교육은 완전히 일본인의 손 안에 있었다."

그러나 무엇보다도 심각한 것은 1919년 3·1운동의 거화가 한국인의 가슴 속에서 거의 꺼져가고 있다는 것이었다. 수년 동안의 고문, 투옥, 살인 횡포, 그리고 빠른 시일 내의 독립의 희망이 없어지자 저항운동은 지나간 날의 그림자로 퇴보되었던 것이었다. 독립운동의 잔해는 임시정부로부터의 비밀 통신에서나 겨우 찾아볼 수 있었다. 그 임시정부는 때로는 상하이에, 때로는 중국의 딴 지점에 본부를 두고 있었다. 그리고 시베리아에서도 독립운동이 커가고 있었고, 많은 한국인 애국자들은 공산주의자들 사이로 피난처를 찾고 있었다. 한국 자체 내에서는 1919년의 독립운동가들의 후계자를 자처하는 소수의 지식인들이 있었고, 공산당은 점차 세력이 증대되어가고 있었는데, 일본 내 동조자들을 가지고 있는 한 사회주의자 집단도 있었다. 그러나 대체로 1932년 저항운동은 미약하기 짝이 없었다.[5]

임영신은 귀국 후 자신이 지하운동에 참여했다고 털어놓으며, 당시의 자신에 대해 이렇게 평가했다. "송진우씨와 여운형씨와 같이 서울 지하운동의 삼거두로 불렸다. 송진우씨는 우파였고, 여운형씨는 좌파였으며 나는 그 중간이었다. …… 지하운동에 있어서 나는 어떤 의미에서는 특수한 존재였다. 왜냐하면 나는 유일한 여자로서 광범위한 지도적 입장에 있었기 때문이었다. 나는 아무리 어둡고 위험한 상황이라도 용기를 잃지 않았으며 다른 사람에게도 믿음을 줄수 있었다." 하지만 임영신이 "서울 지하운동의 삼거두"였다는 증언이나 기록은 그녀의 자서전 이외에서는 찾아보기 어렵다. 한편 임영신은 식민지 조선에서 교육 사업과 저항운동의 방법을 모색하던 중 박희도와 김상돈에게서 그들이 세

임영신이 중앙보육학교를 인수했고, 기부금 모금 활동을 마치고 9월 중순에 귀국한다는 소식을 보도한 1932년 8월 1일자 『동아일보』 기사.

운 중앙보육학교의 경영을 요청받게 된다. 유치원 교사 양성의 필요성을 절감했던 임영신은 중앙보육학교를 인수했다. "그것은 지하운동을 위해서도 쓰일 수가 있었다. 일본인들은 유치원이나 초등학교 선생을 양성하는 학교에는 별 주의를 돌리지 않기 때문이기도 했다." 1932년 중앙보육학교를 인수한 임영신은 학교 운영 및 독립운동에 필요한 자금을 마련하기 위해 미국으로 되돌아갈 마음을 먹는다.

임영신은 자서전에서 식민지 시기 자신의 정체성을 "지하운동가"이자 "교육가"로 일관되게 기록하고 있다.[6] 1930년대 중반부터 여운형, 송진우와 함께 '지하운동의 전략을 구상'할 수밖에 없었다는 것이다. 여운형과 송진우는 학교를 저항운동의 기지로 사용한다는 임영신의 생각에 전적으로 동의했다. 임영신은 교사들을 양성하면 전국적인 운동 조직망을 확보할 수 있을 거라고 판단했다.

가정생활 이탈

중앙여자대학 설립을 위해 임영신은 1937년 3월에 다시 미국으로 건너가 전역을 누비며 모금 활동을 한다. 이때 루스벨트 대통령의 부인인 엘리너 루스벨트를 만나 식민지 조선의 현실을 알렸다. 엘리너 루스벨트는 자국의 신문에 조선에 관한 이야기를 기고했다. 임영신은 헨리 포드, 토머스 에

153   5. 장관과 당수: 임영신의 자찬

디슨, 록펠러 2세 부부 등 미국의 인맥을 총동원해 이들에게 직접 학교 설립에 관한 계획을 설명하고 후원금을 지원받았다. 또한 이때 미국에서 한국인 사업가를 만나 결혼했다.

> 10월 초순경, 미국에서의 운동을 마무리짓기 위해 바쁘게 활동하는 도중 한 방문객이 뉴욕의 인터내셔널 하우스로 나를 만나러 왔다. 그는 젊은 한국인 허진엽씨였다. 그는 친구 한 사람을 소개했는데 이름은 한순교라고 하였다. 그때부터 한순교씨는 끊임없이 나를 방문했고, 얼마 안 가서 우리들은 결혼했다. 그러나 그는 나의 지하운동에 찬성할 수가 없고 나를 동반하기를 원치 않았으므로 가정생활 이탈이라는 이유로 이혼을 제기했다.[7]

결혼과 이혼 과정에 대한 임영신의 회고에는 어떠한 개인적인 감정도 개입되어 있지 않다. 결혼과 이혼의 인과관계를 설명한 임영신의 자기서사는 당시 임영신의 결혼 소식을 보도한 『동아일보』의 서사 구조와 큰 차이가 없어 보인다.[8] 임영신은 사적인 감정이나 인간관계에 별다른 비중을 두지 않았다. 정치적인 지향점이 다른 남성과 결혼 생활을 유지할 수 없었다고 이야기하는 대목에서도 임영신이 삶에서 공적인 가치에 큰 비중을 두고 있었음을 알 수 있다. 3·1운동, 미국 유학, 지하 독립운동, 교육 사업, 정부 수립 이후 정치 활동 등이 그녀가 구성한 자기 생애의 중요한 사건들

엘리너 루스벨트. 임영신은 1937년 미국에서 모금 활동을 벌이며 루스벨트 대통령의 부인인 엘리너 루스벨트를 만나 식민지 조선의 현실을 알렸다.

이었다. 이처럼 임영신의 자서전은 아버지와 이승만, 기독교와 중앙보육학교, 상공부장관과 국회의원을 제외하고는 그녀의 생애를 결정할 만한 사람과 사건이 없었음을 확인시켜준다. 물론 자기 자신에 관한 사실의 진술보다 지나간 시간에 대한 감정 표현에 초점이 맞추어진 내용을 자기서사로 볼 수 없다는 관점도 있다.[9]

자기서사가 "나는 누구인가?" "나의 생애는 무엇이었는가?"라는 문제의식에서 출발한다고 할 때, 결국 이 질문은 "나의 삶은 어떤 가치가 있는가?" "나의 삶에서 중요했던 가치는 무엇인가?" "나의 생애는 어떠한 사건들로 구성되었는가?"라는 물음들을 불러일으킨다.[10] 이러한 관점을 임영신의 자서전에 적용해본다면, 결혼이나 이혼은 그녀의 삶에서 별다른 의미를 갖지 않았다고 분석할 수 있다. 즉 그녀는 결혼이 자신의 삶을 고양시켜줄 수 없다고 판단했고, 공적 영역으로 진출하는 데 별다른 도움이 될 수 없다는 사실을 경험했다. 이혼의 사유가 자신의 "지하운동"을 이해하지 못한 남편의 태도 때문이었다고 설명하는 대목 또한 같은 맥락으로 이해된다.

그러나 스스로 그토록 반복적으로 거론한 "지하운동"에 임영신이 얼마나 적극적으로 투신했는지 확인할 방법은 없다. 자서전에 나오는 내용처럼 임영신은 정말로 송진우, 여운형과 함께 1930년대 "서울 지하운동의 삼거두"였을까? 지하운동이 말 그대로 공개되지 않은 활동이었기 때문에 임영신의 자기서사가 어디까지 사실인지 증명하기란 어렵다. 하지만 임영신이 그녀 자신의 표현대로 "서울 지하운동의 삼거두"였다면, 1940년대 이후 임영신의 행보는 그야말로 엄청난 변화이다. 지하운동의 내용과 달리 역사적으로 확인되는 1940년대 이후의 임영신의 행보는 '친일'로 평가받을 수밖에 없기 때문이다. 하지만 그 시절에 대한 임영신의 자기서사 방식은 역사적 사실과 크게 다르다.

임영신은 1942년 조선임전보국단에 참여했고, 같은 해 김활란 등과 함께 조선임전보국단 부인대의 지도위원이 되었다. 그러나 자서전에서는 이와 관련한 어떤 언급도 등장하지 않는다. 임영신은 자서전에서 자신이 1942년에 "저항운동의 지도자들과 만나 우리가 동맹군들을 어떻게 도울 수 있는가를 검토"하는 일을 했고, 미국 스파이로 의심을 받아 서대문경찰서에서 고문을 받으며 자백을 강요당했다고 기록했다. 박인덕이 자서전에서 간접적으로나마 "칼자루를 쥔" 일본에 순응했다고 밝히고, 김활란이 이화학당을 지키기 위해 어쩔 수 없이 전시체제에 협력했다고 회고하면서 친일 행적 논란에 정면으로 응답한 것과는 큰 차이가 있다. 오히려 임영신은 자서전에서 자신이 지하 독립운동에 몰두하며 중앙보육학교를 지키기 위해 어떤 타협도 하지 않았던 그 시기에 김활란이 얼마나 적극적으로 친일 협력을 했는지를 설명하며 그녀를 강도 높게 비판했다.

일본군 장교들이 학교를 인수하기 위해 왔다. 나는 그들을 막아서며,
"나를 죽이기 전에는 한 발도 이 학교에 들어올 수 없소! 나는 이 학교를 설립하기 위해서 10년 동안의 긴 세월을 밤낮을 가리지 않고 일을 했으며, 수만 리를 여행했다. 나의 영혼이 지구상에 남아 있는 한 나는 당신네들을 들여놓지 않을 것이오. 이 학교는 한국인을 교육시키는 이외에는 어떠한 목적으로도 사용될 수 없소!"
일본인들은 달래기도 하고 위협도 했다. …… 나는 타협하지 않았다. ……
나는 그들로부터 이화여자대학교에 관하여 들었다. 일본인들은 한국에서 철물을 수집하고 있었는데 이화대학교

의 학장인 김활란이 이화여자대학교의 건설을 도운 미국인의 인사말이 새겨져 있는 동판을 제공했다는 것이었다. 그녀는 그 동판을 일본인들에게 건네주면서 이렇게 말했다고 했다.

"미국인들을 죽이기 위해서 이것을 사용하라."

다음 날 한국 신문들은 그 행동을 보도했다. 나는 그것을 믿기 어려웠다. 지금도 그렇다. 그것을 수치스럽게 회상하는 것이다.[11]

임영신은 김활란의 친일 행위를 "수치스럽게 회상"하며, 여운형, 장덕수, 송진우에 대한 이야기로 일제 말기의 상황을 설명한다. 김활란이 학교 동판까지 헌납한 것과 달리 자신을 비롯한 남성 지식인들의 상황 인식과 대응 방식은 달랐다는 것이다. 특히 최고 지위의 행정가가 되어달라는 조선총독부 총독의 제안을 거절한 송진우의 일화를 김활란의 친일 행적을 열거한 대목 뒤에 배치한 것은 임영신 나름대로의 전략이었다.

여자국민당과 상공부

임영신은 남성들의 공적 영역에 진입하여 성공하고 그들로부터 인정받는 것을 평생의 목표로 삼았다. 가정 내에서 아버지의 인정을 받기 위해 사회적 성취를 이루어나갔다면, 성인이 되어서는 이승만을 비롯한 남성 정치인들과의 교류에 몰두했다. 임영신은 사회 주류에 속하는 남성 지식인들과 자신을 동일시했다. 그리고 그들과 친밀한 관계를 유지하며 식민지 시기와 해방 이후 정치인, 관료, 대학 총장 등과 같은 요직을 차지했다. 해방 정국에서도 임영신은 여운형, 안재홍, 윤치영, 이승만 등과 교우하며 자신의 입지를 넓혀나가는 한편, 여성 단체 가입에도 기민했다. 무엇보다 해방 직후 조선여자국민당을 창당했다. 대한민국 정부 수립 이후 조선여자국민당은 대한여자국민당으로 당명을 변경한다.[12] 임영신은 '건국'의 주역이 되고자 했다.

미국 유학 시절부터 오빠를 통해 소개받은 이승만과 정치적 동지 관계를 형성하고 있었던 임영신은 미국에서의 짧은 결혼 생활을 정리하며 독신으로 살아가기로 결심한다. 이승만의 청혼을 거절하고 나라를 위해 일하며 이승만을 보필하겠다고 답한 것도 같은 이유였다. 임영신은 여성으로서의 역할이 아닌 여성 정치가, 여성 행정가, 여성 교육가로서 독보적인 지위에 오르겠다는 꿈을 가졌고, 그 꿈은 이승만이 대통령이 되면서 이루어진다.

이승만이 한국으로 돌아와 돈암장에서 정치 지도자들을 소집했을 때, 임영신은 '집행위원에 지명'되었다. 권력의 중심부에 진출한 최초의 여성이 되었다는 사실에 임영신은 크게 만족했다. 이승만이 초대 대통령이 된 후, 임영신은 초대 상공부장관에 임명되었다. 장관 임명이 확정되자, 임영신은 아버지에게 단도직입적으로 따져 묻는다.

> **"아버지는 아직도 제가 아들로 태어나지 않은 것을 서운하게 생각하십니까?"**
> 그의 눈이 반짝 빛나더니 코를 쓱 문지르고는 웃으며 대답했다.
> **"어찌 아들이 네가 한 일을 해낼 수 있겠느냐. 아니다, 너는 어떤 아들보다도 많은 일을 해냈다. 나는 네가 임씨 가문에 태어난 것을 기쁘게 여긴다."[13]**

임영신은 장관이 되어 그토록 원했던 아버지의 인정을 얻어낸다. 여성이 남성보다 훨씬 더 훌륭한 역할을 해낼 수 있다는 사실을 증명해 보이며 비로소 "임씨 가문"의 일원으로 인정받게 된 것이다. 남성 세계의 패권 경쟁에서 승리하여 아버지로부터 칭찬을 받은 임영신은 이후 권력과 명예에 더욱 집착하게 된다.[14] 최초의 여성 상공부장관이라는 직책은 임영신 자신에게는 물론 다른 여성들에게도 분명 큰 의미가 있었다. 그러나 임영신은 자신이 남성 행정가·정치가·지도자들과 같은 반열에 올랐다는 사실 자체에 더욱더 의미를 부여했다. 여성으로서 행정 관료가 되고 국회의원이 되었다는 데 의미를 두기보다 자신이 남성들과 같은 지위를 누리는 공인公人이 되었다는 사실에 더욱 큰 의미를 부여했던 것이다.

국회의원 선거 출마

그러나 "어떤 아들보다도 많은 일"을 해낸 임영신에게도 정치적 위기가 찾아온다. 뇌물수수 혐의로 상공부장관 사임 압박을 받게 된 것이다. 임영신은 이승만에게 직접 사건의 전말을 보고하고 개인적인 뇌물 수수가 아니었음을 항명했지만, 항명의 내용은 설득력이 없었다. "제가 아니고 상공부가 받았습니다. 수일 전 국장들과 대통령께 생일 선물로 드리겠다고 의논을 하였습니다. 산림 조성을 위한 기금으로……"라고 결백을 주장하는 임영신에게 이승만은 "영신은 중대한 과오를 범했소. …… 영신이는 사임해야 하오"라고 답했다. 임영신은 사퇴를 피할 수 없었다.

　임영신은 정치를 결코 포기할 수 없었다. 1949년 1월 13일, 제헌국회 시절 경북 안동을 지구 보궐선거에 출마한 임영신은 장택상 전 국무총리와 대결에서 승리한다. 대한민국 최초의 장관은 대한민국 최초의 여성 국회의원으로 정계에 복귀했다. 김활란이 국회의원 선거에서 낙선한 후 중요한 것은 "지금 누가 정권을 쥐고 있느냐" 혹은 "누가 권력을 행사하느냐"가 아니라는 말로 정치의 영역을 한정하지 않았던 것과 달리, 임영신은 어떤 수모를 당하더라도 당수, 장관 혹은 국회의원 등의 '높은 자리'에서 내려오기를 거부했다. 이화여대가 김활란에게 정치를 활용하거나 능가하는 공간으로 존재했다면, 임영신에게 정치는 행정부, 입법부 혹은 정당이라는 권력이 작동하는 공간에서만 오롯이 실천될 수 있었다. 김활란과 임영신이 정치에 참여하는 방식은 분명 달랐지만, 두 여성 모두 자서전에서 자신의 정치적 욕망이 '소명의식'에서 비롯되었음을 공통적으로 강조하고 있었다.

"당신은 이 나라에서 어떤 정치 활동도 해서는 안 됩니다" 하고 그는 말했다.
"당신의 학교를 위해서 활동하시오. 당시의 미국 친구들을 만나시오. 그러나 지금의 정치 상황은 대단히 미묘하니 뛰어들지 마시오."
"나라가 없는데 학교가 무엇입니까?"하고 나는 대답했다.
······
나는 대학 총장이 되는 일에 전념하리라 생각했다. 지금도 만일 그렇게 되었더라면 편안했을 것이라 생각한다. 학교를 관리하며, 교과 활동을 감독하고, 새로운 건물을 세우거나, 책을 살 자금에 대해서 걱정하는 등의 일일 것이다. 그러나 나를 부르고 있는 일이 있었다. 그것은 사람들이 걱정 없이 행복하게 사는 한국을 만드는 일이었다. 그래서 나는 서울로 되돌아와 국회의사당에서 얼마 떨어지지 않은 회현동에 집을 사 정착했다.[15]

변신하는 여자들

임영신의 부통령 후보 출마
홍보 포스터.

자신의 소명의식과 달리 임영신의 정치 이력은 길게 이어지지 못한다. 임영신은 1949년 안동의 보궐선거에서 대한여자국민당 후보로 출마하여 장택상을 물리치고 제헌의원에 당선되었으며, 1950년대 2대 국회의원 선거에서 고향인 충남 금산에 출마하여 유진산을 제치고 민의원이 되었다. 2대 선거에 당선된 여성은 충남 금산의 임영신과 서울 종로의 박순천 단 두 사람뿐이었다. 여성운동을 위해 국회에 진출했다는 박순천과 "사람들이 걱정 없이 행복하게 사는 한국을 만"들기 위해 국회의원이 되었다는 임영신은 여성 정치인으로서 서로 다른 정체성을 가지고 있었고, 이후 이들의 정치 행보는 확연하게 달라진다.[16] 임영신은 1952년 정·부통령 선거에 부통령 후보로 출마했으나 참패했다.[17]

임영신의 자서전은 1951년에 발간되었지만, 자서전 속 시점과 공간은 1950년 6월 24일 뉴욕에서 끝이 난다. 뉴욕에서 한국전쟁이 발발했다는 소식을 접한 임영신이 교회에 들어가 기도하는 것으로 자서전은 끝난다. 임영신은 자서전의 마지막을 기도로 구성했다. "그 교회가 천주교인지, 개신교인지, 유대교인지도 기억하지 못한다. 나는 그 교회에 들어가서 뒷자리에 앉아서 눈을 감고 기도했다. 나의 민족을 위하여, 평화를 위하여." 기도와 영성은 김활란과 박인덕의 자서전에서도 현실을 돌파해가는 원동력으로 제시된다.

직분과 자기 혐오

임영신, 김활란, 박인덕. 공교롭게도 이 세 여성의 자서전은 기독교와의 만남으로 운명을 개척하고, 회심의 시간을 통해 참회하며, 영성을 통해 현실의 시련을 극복하고, 기도로 자신들의 공동체를 지켜가는 태도를 일관되게 재현하고 있다.[18] 막스 베버가 기독교의 세속화 개념이 근대적 정신의 탄생을 설명하는 핵심 원리임을 밝힌 이래로, 현실은 구원을 위한 수단이 아니라 신이 예비한 구원을 증명하는 결정적인 표식으로 이해되어왔다.[19] 세 여성은 현실에서 구원의 확실성을 증명하기 위해서라도 자신들의 직분을 천직으로 정당화해야 했다. 식민지 시기부터 유신체제에 이르기까지 이들은 "근대 국가학의 모든 중요한 개념은 세속화된 신학 개념"[20]이라는 칼 슈미트의 정치신학 이론과 합치되는 방식으로 정치적 삶을 살았던 셈이다. 즉 한국의 여성 기독교인들에게 초월이라는 개념은 쉽게 허용되지 않았다. 특히 기독교 여성 지식인에게 현실의 초월은 직분의 태만과 연관되는 의미로 작용했을지도 모른다.[21]

가라타니 고진은 "실제로 기독교의 영향이라는 관점을 취한다면 우리의 시야는 한정되어버릴 수밖에 없다"[22]고 지적한 바 있지만, 기독교가 한국 근대 여성 지식인들에게 미친 영향을 단순히 '시야의 한정'으로만 설명하기 어려운 측면이 있다. 김활란, 임영신, 박인덕의 자서전에서 확인할 수 있듯, 이들은 자기 삶과 행위의 의미를 믿게 만드는 정당성의 토대를 종교적 체험 혹은 영적 체험에서 발견했던 것이다.[23] 그녀들이 자서전에서 재현하고 있는 영성의 충만함은 식민지와 해방, 정부 수립이라는 압축적 근대화의 시간 속에서 여성 지식인으로서 부딪혀야 했던 수많은 난관들을 때로는 정면으로 돌파하고 때로는 보신保身하며 현실과의 접점을 잃지 않도록 했다.

임영신은 한국전쟁 이후 1954년 『여자계』를 발간하는 등 공론장에서 우익 여성 정치인으로서의 영향력을 확보하기 위해 노력했으나, 1960년 이승만 정권이 막을 내린 뒤 정치 일선에 등장하지 못하게 된다.[24] 그녀가 다시 정치적인 활동을 시작한 것은 박정희 정권이 들어섰을 때였다. 임영신은 1969년 윤치영과 함께 박정희의 3선개헌을 강력하게 지지했고, 10월 유신 출범 이후 1972년부터 1976년까지 통일주체국민회의 대의원 및 운영위원 등을 지냈다.[25] 1977년 사망 직전까지 정계에 머무르고 싶어 했지만, 정부 수립 때처럼 내각이나 국회에 다시 진입하지는 못했다.

임영신의 자서전은 임영신과 그녀의 아버지 그리고 이승만을 비롯한 남성 정치인들의 관계를 중심으로 구성되었다. 남성 주류 사회 진입을 생의 목표로 삼았던 그녀는 사회적 성공을 거둘 때마다 크게 만족하며 자신의 인생을 '신화'에 가깝게 써내려갔다. 임영신의 자서전은 '딸'로 태어난 저자가 남성들이 구축한 사회적 연속체에 편입될 수 있는 가장 확실한 방편인 권력을 획득하고 유지하기 위해 분투한 이야기로 구성되어 있다. 임영신은 자서전에 하나같이 고위직에 진출한 남성 인물들만을 등장시켰다. 아마도 그녀는 남성 동성사회성을 지향했던 듯하다.[26] 권력 경쟁에서 승리한 남성들에게 인정받는 것을 사회적 성공으로 인식하고 있었던 임영신은 권력을 차지하면 명예와 부도 함께 얻게 된다고 믿었다. 그런 임영신에게 아버지 이상으로 중요한 인물이 이승만 대통령이었던 것은 어쩌면 자연스러운 결과인지도 모른다.

그렇다면 한 가정에서나 한 국가에서 최고 권력을 획득한 남성들을 중심으로 자서전을 구성한 임영신의 자기서사를 어떻게 평가할 수 있을까? 자서전의 규약을 제시한 필립 르죈의 논의에 따르면, 자서전이라는 장르는 여타의 글쓰기 양식과 분명한 차이가 있다. 소설에 허구의 인물을 등장시키는 것과 달리 자서전은 실제 인물을 바탕으로 하고, 개인적인 삶 혹은 개성이 드러난다는 점에서 공적인 삶을 기록하는 회고록과도 분명한 차이가 있다. 자기 자신의 존재를 소재로 삼는다는 점에서 타인의 삶을 서술하는 평전·전기와 뚜렷이 대비되며, 현재형의 시점을 쓰는 일기와 달리 과거 회상형의 시점을 쓴다는 점에서 고유한 장르적 특징을 갖는다.[27]

이런 기준으로 볼 때, 임영신의 자서전은 허구의 인물이 등장하지 않으므로 분명 소설이 아니다. 개인적인 삶 혹은 개성이 드러나는 이야기와 공적인 삶이 대부분 일치하기 때문에 일정 정도 회고록의 성격을 내포하고 있다고 볼 수 있다. 자기 자신을 소재로 했지만 자신에게 큰 영향을 미친 아버지와 이승만에 대해 자세하게 기술했다는 점에서 평전의 특성도 부분적으로 엿보인다. 현재형의 일기는 아니지만, 발간 직전까지의 이야기를 담았다는 점에서 과거형으로 그치지 않으며, 앞으로 펼쳐질 역사가 기대되는 현재 진행형의 시제로 서술되고 있다고 해도 무방하다. 물론 전통적인 자서전의 규약을 모두 따라야만 자서전으로 인정받을 수 있다고 주장하는 것은 결코 아닐뿐더러, 임영신의 자기서사를 자서

5. 장관과 당수: 임영신의 자찬

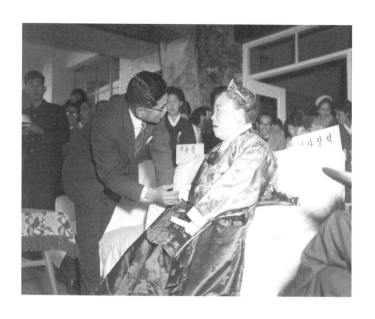

1959년 중앙대학교에서 열린
자신의 동상 제막식에 참가한
임영신의 모습.

1963년 중앙대학교 3대 총장
취임식에서 연설하는 임영신의
모습. 임영신은 1953~1961년까지
초대 총장을 역임한 후 3대
총장으로 다시금 중앙대학교에
복귀했다.

전의 요소를 충족시키느냐 그렇지 못하느냐의 기준으로 평가하고 싶은 의도도 없다. 다만, 임영신의 자서전에서 무엇을 확인할 수 있는가를 다시 한 번 점검할 필요를 느낀다.

임영신은 교육, 정치, 행정, 국가, 아버지, 대통령 등의 개념들을 자신의 삶에서 전유하고자 했다. 남성들이 구축한 공적인 질서에 편입되기 위해 임영신은 지위와 서열을 놓고 각축을 벌이는 권력 패권 경쟁에 기꺼이 뛰어들었다. 집안에서 소외받는 딸로서의 입지를 극복하고자 분투했던 임영신은 남자 형제들을 뛰어넘는 능력으로 아버지의 인정을 받은 뒤, 국가의 최고 지도자인 대통령을 정치적 동반자로 설정했다.

남성들의 세계에서 남성들과 함께 남성들의 일을 해내겠다고 결심했던 임영신은 자신의 삶을 글로 써내려가며 성공한 남성들로부터의 인정과 평가 자체를 '권력'으로 받아들인 스스로의 모습을 조금도 감추지 않았다. 그녀의 자서전이 자화자찬으로 구성된 것은 결코 우연이 아니었던 것이다. 임영신은 자신이 '여성인 자기 자신'을 혐오하고 있다는 사실을 끝내 알아차리지 못했고, 그것을 자서전에서 시인하고야 말았다.

변신하는 여자들

6

연설가와 농촌운동가

박인덕의 재기

나는 정말 할 말을 갖고 있어서 행운아인 것 같다고 생각했다.
―박인덕[1]

내가 조선사람이라는 사실은 모든 일에 대해서 더욱 나를
조심스럽게 만듭니다.
―최승희[2]

가정에서 사회로

1931년 10월 15일, 미국 유학에서 돌아온 박인덕이 남편과 이혼을 준비 중이라는 소문이 떠돌자 『매일신보』는 박인덕과 남편 김운호를 인터뷰하는 기사를 싣는다.[3] 박인덕은 "나는 여자이니 어디까지든지 남편의 종이 되라는 말입니까?"라고 항변하며 이혼 사유를 밝힌다. 10년 가까운 결혼 생활 동안 남편이 경제적으로 무능했다는 것이 주된 사유였다. 박인덕은 자신이 미국에서 유학을 하면서도 남편과 아이들의 양육비를 책임진 데 반해, 남편은 자신이 미국에서 보내준 돈으로 첩을 두고 생활했으며 경제 활동에 대한 의지를 전혀 보이지 않았다고 설명했다.

박인덕의 남편은 별거를 요구하는 그녀에게 "별거와 이혼이 무엇이 다르냐고 이혼해주마" 하면서도, "이혼을 해줄 터이니 돈을 내"라고 요구했다. 이에 박인덕은 "자기의 자식

"나는 여자이니 어디까지든지
남편의 종이 되라는 말입니까?"

김일엽과 함께 박인덕의
동갑내기 친구였던 나혜석. 두
사람은 예술과 교육 방면에서
각기 왕성한 활동을 펼쳤다.

을 자기가 기르지 아니하고 아내에게 양육비를 달라는 어리석은 말이 어디 있습니까?"라고 비난한다. 하지만 남편 김운호의 말은 달랐다. 그는 같은 지면에서 다음과 같이 입장을 밝혔다. "내가 이혼을 하여줄 테니 돈을 내라고까지 했다는 말이 세상에 돌아다니나, 나는 그러한 요구를 한 바도 없었고 또한 준다 하여도 받지 않을 것입니다."

기사가 발표되고 약 열흘 후인 1931년 10월 26일 박인덕은 남편과 법적인 이혼 절차를 마쳤다. "준다 하여도 받지 않을 것"이라던 김운호에게 박인덕이 위자료 2000원을 주는 것으로 이혼은 성립되었다. 자녀 양육권 소송을 제기한 박인덕은 두 딸의 양육권도 얻게 된다. 남편에게 위자료를 지급하고 양육권을 획득한 박인덕은 '조선의 노라'[4]로 불리며 논란의 중심에 섰다.

1896년생 동갑내기 친구들

1920년대 초반 결혼을 하면서 주목을 받았고, 1930년대 초반 이혼을 하며 사회적 파장을 일으킨 여성 지식인으로는 박인덕 이외에도 나혜석, 김일엽 등이 있다. 박인덕, 나혜석, 김일엽은 모두 1896년생으로 10대 시절부터 가까운 친구 사이였다. 김일엽과는 진남포 삼승학교 동창생이었다면, 나혜석과는 1919년 3·1운동 당시 이화학당 학생 만세사건으로

당대의 주목받는 인재였던
박인덕의 이혼은 세간의 대대적인
관심을 끌었다. 『신동아』 1931년
12월호에 실린 기사 「조선이 낳은
현대적 노라 박인덕」.

함께 검거되어 수감 생활을 했다. 박인덕과 나혜석은 1920
년대 식민지 조선의 대표적인 지식인 여성으로서 여성 문제
에 깊은 관심을 갖고 예술과 교육 방면에서 각기 왕성한 활
동을 펼쳤다. 세계 일주와 해외 체류 경험도 이들의 공통점
이다.

둘은 1930년대 초반 이혼으로 인해 추문의 대상이 되었
으나, 이혼의 과정과 결과는 매우 달랐다. 나혜석은 이혼을
피해보려 노력했지만, 남편 김우영은 이미 이혼을 확고하게

변신하는 여자들

결심한 상태였다. 세 아이의 양육권은 김우영이 가졌다. 반면 박인덕은 남편에게 이혼을 요구하고 위자료를 지급하며 두 딸의 양육권도 획득했다. 비슷한 시기 추문의 대상이었던 두 여성 지식인들의 행보는 이후 달라진다. 나혜석은 조선 사회로부터 추방당하다시피 예술가로서의 입지를 상실하고 신경쇠약과 반신불수의 몸으로 양로원 생활을 하다가 1948년 12월 행려병자로 생을 마쳤다.[5]

이와 반대로 박인덕은 이혼 후 비난과 추문이 쇄도하던 시기 사회 활동을 중단한 채 미국에서 종교 연설가로 활동하며 재기를 모색했다. 박인덕은 미국과 유럽, 조선을 넘나들며 식민지 조선에서 조금씩 자신의 목소리를 내기 시작했다. 1932년 조선직업부인협회를 조직해 여성들을 위한 경제학 강연을 주도하며, 야학 개설과 덴마크식 소비조합 결성을 비롯해 감리교 농촌 부녀지도자 수양소를 열어 지도자를 양성하는 등 농촌 계몽운동과 여성 교육을 위해 활동의 폭을 넓혀나갔다. 한편 1932년에 『丁抹國民高等學校』(덴마크 국민고등학교)를, 1935년에 『농촌 교역지침』을, 1941년에 『세계일주기』를 출간했다.[6] 덴마크를 방문한 뒤 그곳의 모범적인 고등학교와 협동조합 운영 프로그램이 조선에 정착되기를 희망했던 박인덕은 기독교계에서 김활란과 함께 덴마크식 농촌운동을 주장한 대표적인 인물로 알려졌다.[7]

덴마크에 다녀온 이듬해인 1932년 박인덕은 덴마크의 고등학교 시스템을 알리기 위해 그에 관한 책을 발간했다.

덴마크식 교육 시스템에 대한 동경을 현실화하겠다고 다짐한 박인덕은 대략 10년 후인 1941년 덕화의숙 설립으로 그 결실을 맺었다.

해방 이후인 1946년 신탁 문제를 둘러싸고 우익 여성운동이 성장하기 시작할 무렵 박인덕은 각종 강연회의 연사 및 사회자로 다시 등장했다. 반탁운동 관련 여성 단체들이 총집결한 독립촉성애국부인회의 전국부인대회에서 '민주주의와 여성'이라는 주제로 강연했고, 부인회의 정보부장으로 활동하면서 미군정의 주선으로 미국에서 개최된 1회 국제여성대회에 남한 대표로 파견되어 미국에서 반탁 여론을 조성하는 데 상당한 역할을 했다.[8] 또한 미국에서 한국 문화를 알리고 선교에 앞장서는 강연자로 오랫동안 활동했다. 1929년 해외선교를 위한 학생자원봉사운동SVMF[9]에서 연설을 시작해 1976년까지 "북미에서 3000회 이상의 강연"[10] 성과를 올렸다. 식민지 조선에서 세간의 수군거림과 함께 '조선의 노라'로 일컬어지며 이혼을 치러낸 박인덕은 어떻게 재기에 성공할 수 있었을까?[11] 또한 식민지 조선의 여성 지식인들에게 기독교는 어떤 영향을 미쳤을까? 기독교는 여성들에게 젠더 위계화를 초월하는 가치를 제공했을까?

개명과 남장

박인덕이 여성 지식인으로 한국과 미국에서 왕성히 활동할 수 있었던 원천은 어머니의 남다른 교육열에 있었다. 박인덕은 1896년 평안남도 진남포의 불교 가정에서 태어났다. 자서전의 한 구절에 썼듯, 그녀는 어머니와 생계를 걱정해야 하는 어려운 상황에서 성장했다. "아버지는 선비였읍니다. 돈 벌 생각도 없이 오직 글을 숭상하시는 것을 일삼으셨읍니다. 내가 나기 전엔 늘 서울로 과거보려 다니셨다는데 바로 내가 나든 해부터「과거」법이 없어저서 집에 게시면서 고요히 공부만 하시였읍니다. 그러다가 내 나이 일곱 살 적에 아버지는 그만 도라가시였습니다. …… 선비 노릇만 하시든 아버지라 유산이 있을 리 없읍니다."[12] 박인덕은 "하나님은 너의 아버지"[13]라는 어머니의 말을 새겨 기독교인으로 성장했다. 박인덕이 다닐 여학교가 인근에 없던 상황에서도 어머니는 딸을 남자 이름으로 개명시키고 남장을 시켜 서당에 보낸다. 박인덕과 어머니에게 기독교는 성차를 초월할 수 있는 유일한 통로였다. 딸을 아들로 만들어야 하는 궁극적인 이유는 진학이었다.

> **분홍색 웃옷과 어머니의 치마로부터 만든 검은색 바지를 입히고 빨간 리본 대신에 검은 색 리본을 달게 하고, 마을의 다른 남자아이들이 하는 것처럼 머리를 땋고 나자 나는**

박인덕(뒷줄 맨 왼쪽)의 이화학당
졸업 사진.

이화학당의 중학과 및 대학과 학생들.

함께 서당에 다닐 남자아이들과 비슷한 모습이 되어 있었다. 그리고는 내 이름을 임덕에서 남자아이 이름인 "인덕"으로 바꾸셨다.[14]

박인덕은 서당을 그만두고 진남포에 처음 생긴 삼숭학교에 진학하여 윤심덕, 윤성덕, 김일엽과 함께 학교 생활을 했다. "윤심덕 형제들이 서울 가서 공부하는 것이 어떻게 부러웠든지 누구와 물어보지도 않고 그들이 여름 방학에 내려갔다가 2학기에 상경할 때 따라나서"[15] 교장을 직접 설득하여 이화학당에 입학한다. 박인덕이 이화학당으로 떠나던 날 어머니는 "너는 내 아들이다. 용감하거라, 내가 너에게 준 이름을 기억하렴. 나는 곤경에 부딪혀 어려워한 적이 없다. 곤경이 나를 어려워했지. 하나님을 믿고 네 역할을 다해라. 그러면 일이 다 잘될거야"[16]라고 격려했다. 이 말에는 딸이 공부를 통해 아들의 역할을 수행하기를 기대하는 마음이 담겨있었다.

이화학당에 다니는 상당수 학생들의 어머니들처럼 박인덕의 어머니도 혼자 딸을 키웠다. 어머니는 방물장수를 하며 생계를 책임졌다. 어머니는 "나는 너를 위해 최선을 다하고 있단다. 그러니 너도 공부에 전념해서 네 역할을 다해야지"라고 딸에게 항상 공부를 강조했다.[17] 박인덕 역시 학교를 다니며 아버지의 부재를 극복할 수 있었음을 털어놓았다. 자서전에는 "나는 이제 아버지가 없다. 그러나 연필을 가지게 되었다"[18]라고 고백하는 구절이 등장한다. 박인덕은 어린 시절 주일학교에 처음 참석해 크리스마스 선물로 노란색 연필과 메모지를 선물로 받았을 때의 기쁨을 평생 잊지 못했다. 박인덕에게 학교와 기독교는 동의어에 가까웠다.

식민지 조선에서 상당수 부모들이 결혼에 방해가 된다고 생각해 딸의 상급 학교 진학을 반대하거나 가사과 혹은 사범학교로의 진학을 권유했지만 박인덕의 어머니는 달랐다. 박인덕의 어머니는 그녀에게 결혼이 아닌 미국 유학을 권유했고, 딸이 선교사가 되기를 희망했다.[19]

미국 가는 언니

하지만 박인덕은 어머니와 주위 사람들의 강력한 반대를 무릅쓰고 1921년 7월 결혼을 했다. 그런데 남편에게는 오래된 '첩'이 있었다. 그 사실을 뒤늦게야 안 박인덕은 하늘이 무너지는 것만 같았다. 설상가상으로 남편이 사업에 실패하면서 생활고까지 심해졌다. 1938년 11월호 『삼천리』에 발표한 「사진 자전, 파란 많은 나의 반생」에서 "내 결혼 생활은 지금 여기서 이야기하기도 싫습니다. 6년을 사느라고 사는 사이에 나는 내 자신까지 아주 깜아케 이저버리도록 정신을 차릴 수 없었습니다. 마음과 몸이 함께 한가할 수 없었습니다. 배화학교 시간교수 대천교당, 개인 교수, 어쨋든 하로에 열

네 시간 로동으로 몸은 피로할 대로 피로하고 마음도 또한 그 이상으로 피곤하고 우울하고 괴롭고 했습니다. 지옥에서 사는 것이였습니다"라고 밝혔던 박인덕은 자서전에서 결혼생활이 파탄으로 치닫자 자살까지 시도했음을 고백했다.

어느 날 밤 이대로는 계속 살아갈 수 없으므로 나는 우리가 무엇을 할 것인지 남편과 이야기해보려 했다. 빚을 갚는 것 뿐 아니라 먹고살기 위해서라도 남편이 직업을 가져야 한다고 이야기하자 그는 너무나 격렬하게 화를 내며 나를 때리고 발로 찼다.

짐승처럼 잠자리에 누우며 나는 얻어맞은 상처보다 절망과 실망감으로 더욱 마음이 아팠다. 잠을 잘 수가 없어서 나는 한밤중에 일어나 2.4킬로미터쯤 떨어져 있는 남산까지 절망적인 마음으로 걸어갔다. 감정적으로 막다른 길에 직면하여 나는 어둠 속에 길을 잃었고 내 믿음은 너무나 산산이 부서져 자살을 결심했다.

나의 어머니는 내 행동에 대해 아직도 화를 삭이지 못하셨고 내 친구들은 나를 떠났으며 남편은 부정한 사람이었고 게으름뱅이에다 거짓말쟁이였고 짐승 같았다. 나는 목을 맬 나무 가지를 찾았다. 이 모든 일을 생각하느라 나의 육체적 반응이 무뎌졌다.

나는 큰소리로 말했다. "난 정말 바보구나! 스스로 내 목숨을 뺏으려 하다니!" 나는 무릎을 꿇고 하나님께 용서를 빌

었다.[20]

　박인덕은 자살 기도 이후 "새로운 위엄과 결심을 담아" 스스로 자신의 "미래를 계획해나갈" 것을 선언했다. 박인덕은 스스로를 야곱에 비유한다. "야곱이 천사와 씨름을 하는 성경 속의 장면을 떠올리며 나는 하나님과 교통하면서 더욱 그분께 의지하고 매달렸다." 죽음의 두려움 앞에서 홀로 기도했던 야곱처럼 고통스러운 시련 앞에 좌절하지 않고, 다시 한 번 자기 삶의 결정권을 가져보기로 한다. 여러 번의 실패 끝에 박인덕은 취직을 했다. 결혼으로 어긋난 생활을 원상 복구하기 위해서는 직업을 갖는 것이 가장 시급하다고 판단한 박인덕은 취직 이후 다음 행선지를 미국으로 결정했다.

　박인덕이 용기를 낼 수 있었던 데는 어머니의 역할이 컸다. 박인덕의 어머니는 딸에게 결혼 생활로 괴로워하지 말고 아직 늦지 않았으니 유학을 가서 새로운 삶을 개척하라고 딸을 격려했다. 박인덕은 1920년에 왕복 승선비 및 장학금을 받고 미국 유학을 가기로 예정되어 있었지만, 김운호와의 결혼으로 유학을 포기한 바 있었다. 결혼과 함께 미국 유학뿐 아니라 이화학당의 스승과 친구들도 하루아침에 잃고 말았다. 아무도 박인덕의 결혼식에 참석하지 않은 것은 물론, 남편의 경제적 무능력으로 취직을 결심한 그녀에게 별다른 도움을 주지 않았다. 1916년 이화학당 대학부 졸

　　　　　　　변신하는 여자들

1926년 7월 16일 『동아일보』는
미국으로 유학을 떠나는 박인덕의
소식을 보도했다.

업생 대표로 '영어 연설'을 했던 박인덕은 결혼 직후 파문당하다시피 했다. 아펜젤러 교장과 사적인 교류를 재기한 것도 미국 유학 이후에나 가능했다.[21] 하지만 이혼과 미국 유학을 결행한 후에도 박인덕은 끝내 이화여전의 교수가 되지 못했다. 다른 길을 모색해야 했다.

김운호와의 결혼이 잘못된 선택이었다는 것을 깨달은 박인덕의 옆에는 오직 어머니밖에 없었다. 박인덕의 어머니는 딸에게 미국 유학을 거듭 권유했다. 박인덕은 유학을 결심하고 구체적인 방법을 모색하기 시작했다. 하지만 미국 유학은 결혼 후 5년이 지나서야 가능했다. 1926년 8월 박인덕은 배화학교에서 음악을 가르치던 동료 교사의 주선으로 장학금을 받고 미국으로 떠났다.

　박인덕이 오랫동안 미국 유학을 꿈꿔온 이유는 미국이 "영어의 조국"이었기 때문이다.[22] 어릴 때부터 영어를 열심히 배웠고, 이화학당과 감리신학교, 배화학교에서 영어를 가르치기도 했던 박인덕은 미국 유학 기간 동안 영어를 완벽하게 익히겠다는 목표를 세웠다. 그 영어 실력이 유학생으로서는 물론이고 이후 미국과 유럽에서 강연자로 활동하는 데 버팀목이 되었다.

　하지만 미국 유학이 결혼이라는 선택이 남긴 파장을 완전히 소멸시키지는 못했다. 유학을 마치고 돌아온 박인덕은 이혼 결심 이후 또다시 사회에서 격리되었다.

애들 아버지는 첩들과 함께 절이나 좋은 음식이 나오는 별장에서 호의호식하며 지냈단다. 나는 지금 무엇을 해야 되는지 알고 너도 알고 있으리라 믿는다. 너는 법적인 이혼을 해야 한다. 너의 결혼은 실수였고 그 실수를 계속할 필요는 없다. 나는 단지 네가 이혼이 불러올 비난을 견뎌낼 수 있을지가 궁금하단다. …… 우리는 얼마 동안 침묵하면서 같은 문제에 대해 생각하였다. 한국 남성은 아내와 이혼을 할 수도 있지만 여성은 절대 남편과 이혼하지 않는다. 게다가 기독교인은 이혼을 인정하지 않았다. 그렇기 때문에 나와 어머니도 아주 심각한 문제가 아니라면 이혼을 인정하지 않았다. 우리는 기독교인에게 비난을 초래하

『여성』지 1939년 3월호에
실린 박인덕의 글 「나의
자서전」.

는 어떤 행동도 하고 싶지 않았다. 게다가 내가 고국으로
돌아와서 처음으로 하는 일이 남편과의 이혼이라면 나는
지식인 사회에 감화를 주기는커녕, 세평도 안 좋아져 아마
입회조차도 못 할 수도 있다. 미국에도 나쁜 소문이 전해
질 수도 있었다. …… 내가 이혼을 한다면 나는 어머니를
제외하곤 완전하게 혼자가 될 것이다. 남편도, 아이도, 친
구도, 교회도 없을 것이다.[23]

박인덕은 지식인 사회에 다시 "입회조차도 못 할 수도"
있는 상황이 현실화되자 해외에서 자신이 할 수 있는 일을 찾아나갔다. 박인덕은 미국 웨슬리언여자대학에 편입하여 1928년 6월에 졸업한 후 1928년 9월부터 만국기독교청년회의 초청을 받아 학생선교회 순회간사로서 미국 전역과 캐나다에서 순회강연을 했고, 1931년 봄에는 영국에서 각지 중요 대학의 초청을 받아 순회강연을 했다. 순회강연은 세계 여행으로 이어져 1928년 8월부터 1931년 10월까지 유럽, 중동, 아시아 등지를 일주했고, 이때의 체험을 1937년에 책으로 발간했다.

그러나 기독교 단체에서 근무하는 일조차 허락되지 않았고, 기독교인들의 문제 제기로 주일학교의 학생들을 가르치는 직무에서 배제되기도 했다. 이 사건을 계기로 국내에서의 입지를 결혼 이전처럼 회복하기는 어려울 것으로 판단한 박인덕은 자신의 역할을 해외에서 찾을 수밖에 없었다. 이화학당 2년 후배인 김활란이 독신 여성이자 이화여전의 교수로 여성 지식인들 사이에서 상당한 영향력을 확보해가고 있었던 데 반해, 박인덕은 파란 많았던 결혼 생활과 이혼녀라는 낙인으로 어쩔 수 없이 해외로 취업을 떠나야 했다.

청중의 환호

박인덕은 웨슬리언여대를 졸업하기 전 미국에서 "사 년에 한 번 열리는 외국 선교를 위한 학생자원봉사운동 총회"에서 연설을 했고, 이때의 경험으로 졸업 후 '연설가'라는 직업을 얻었다.

나는 그들에게 19세기 말에 이루어진 모든 발견 중에, 아시아를 대표해서, 한국의 여성성의 발견이 가장 대단하고 생각한다고 말했다. 이 발견은 기독교 덕분이었으며, 나의 어머니도 기독교를 통하여 새로운 삶의 방식을 시작할 특권을 받게 되었고 그리고 그 어머니를 통해 나도 역시 그 축복을 받게 되었다고 했다. 나는 한국에서 5개월 반 동안 수감되었을 때 하나님의 존재가 얼마나 힘이 되었는지 증언했다. 나에게 원래 주어진 15분 중 11분밖에 쓰지 않았지만 나는 청중의 환호에 여러 번 연설을 멈추고 청중을 진정시키기 위해 허리 속여 인사를 해야만 했다. …… 마지막 학기가 시작될 무렵 퀼리안 박사께서 나를 그의 사무실로 부르더니 뉴욕에서 온 신사가 나를 만나보고 싶어 한다고 했다. 나는 학생자원봉사운동 중앙사무실에서 찾아온 웨이먼 C. 허커비씨를 만났다. 그는 내가 1928년부터 1929년까지 이 기관의 순회비서가 되어줄 수 있는지 물었다. 그는 디트로이트의 회의에 참석했던 대표들이 각각 자기 대학으로 돌아가면서 그중 많은 사람들이 자신들의 대학에서 나에게 연설을 해달라고 부탁했다는 말을 전해주었다. 그래서 월 75달러에 모든 경비를 부담하는 조건으로 나를 고용하고 싶다는 것이었다.[24]

1928년부터 1980년까지 박인덕은 한국과 미국은 물론 유럽을 넘나들며 7000여 회에 이르는 대중 강연을 했다.[25] 1928년 "학생자원봉사운동 최초의 동양인 순회비서"가 된 박인덕은 약 2년간 미국 전역을 비롯해 캐나다의 여러 주를 돌아다녔다. "나는 1만 6000킬로미터를 여행하면서 300개가 넘는 모든 종파의 또 모든 주의 대학에서 연설을 했다. 청중들의 반응은 언제나 나를 깊이 감동시켰다."[26] 미국에서 대학을 졸업하고 연설가로 활동하면서 박인덕은 자존감을 다시 회복했다. "선생님은 내가 영어로 연설을 할 수 있다는 것에 대해 아주 기뻐하였다. 내 모교의 채플에서 연설하러 갈 때는 나는 마치 고향집으로 돌아가는 것 같았다. 나는 미국에서 가장 오래된 정규 대학의 유서 깊은 동문회의 일원이라는 것이 자랑스러웠다."[27]

박인덕은 학생자원봉사운동에 참여하며 컬럼비아대학 여름 학기를 이수했고, 1930년 가을에는 한 학기 동안 사범대학을 다녔다. "60개가 넘는 국적의 사람들"과 "모든 종류의 인종"이 모인 컬럼비아대학에서 박인덕은 다시 한 번 지적 성장의 기회를 가진다. "반드시 한국으로 돌아가야 한다는 명확한 필요성을 느꼈다. 하지만 나는 내가 유럽에 갈 수 있는 기회가 다시 없을 수도 있음을 깨닫고 다른 노정으로 집에 돌아갈 수 있기를 바랐다." 박인덕은 유럽을 순회하며 연설하는 기회를 놓치지 않았으며, 이 과정에서 덴마크의 농촌 사업과 실용교육이라는 가치에 깊은 감화를 받게 된다.

인간에 대한 강렬한 기록

귀국 후 박인덕은 미국 유학과 유럽 순회 경험을 살려 자신의 방향성을 교수도 기독교인도 아닌 여성들을 위한 실용교육가로 설정했다. 박인덕은 여성이 남성에게서, 더 나아가 조선이 일본에게서 독립을 이루기를 바랐고, 그 독립의 최대 변수가 경제적 자립 가능성이라고 판단했다.

박인덕이 자신의 삶에 대해 본격적으로 이야기를 시작한 것은 미국에서 자서전 집필을 시작하면서부터다. 1954년 미국에서 『구월 원숭이』를 발간한 그녀는 미국 출판계의 큰 주목을 받았다. 『뉴욕 타임스』는 "심금을 울리며 매우 감동적인 한 인간에 대한 강렬한 기록이다. 냉담한 독자들만이 책을 읽은 후 눈시울을 적시지 않을 것이다"[28]라고 호평했고, 3주 만에 비소설 부분 베스트셀러에 올랐다. 곧이어 영국, 오스트레일리아, 독일, 노르웨이 등에서 자서전이 번역되었고, 점자책으로도 출간되었다.[29] 이후 1965년과 1977년 미국에서 자서전들을 발간했지만, 정작 한국에서 박인덕의 삶은 별다른 조명을 받지 못했다.[30]

2007년이 되어서야 박인덕이 설립한 인덕대학이 주축이 되어 한국어 번역본이 나왔지만, 그마저도 별다른 관심을 받지 못했다. 이는 여성 지식인으로서 박인덕의 입지가 한국 내에서 협소하다는 것을 의미했다.[31] 게다가 박인덕은 해방 후 대표적인 친일 여성 지식인으로 분류된 상황이었다. 그렇다면 그녀는 왜 자서전을 집필했을까?

> 내가 이 책을 쓰게 된 첫 번째 목적은 하나님의 힘이 사람의 가슴과 마음, 영혼을 다스릴 때에 그 삶에서 어떠한 일이 일어날 수 있는지를 보이고자 함이다. 내 어머니는 오랜 세월동안 내려온 무거운 전통과 인습이 유난스레 세상을 억누르던 시절에 태어난 시골 여인이었다. 기독교의 힘이 지렛대처럼 움직여 과거의 인습이라는 척박하고 단단한 땅으로부터 그분을 떼어내었고 비극과 공포, 미신에서 그분을 구해내었다. 그 힘은 또한 생명의 물로서 그 땅을 비옥하게 만들었다. 나는 이 새로운 땅에서 뿌리를 내리고 영양분을 얻게 되었다.
> 이 책을 쓰는 두 번째 목적은 한국과 북미 두 대륙에서 내게 너무나 큰 은혜를 베풀어 내 삶을 영적으로 확장시키고 소중하게 만들어준 친구들의 은혜에 보답하기 위함이다. 내 마음속에서 한국인과 북미 지역에 사는 사람들은 모두 한 가족이다. 세계의 여러 곳에서 가졌던 내 경험들은 진실로 모든 민족들을 반가운 친족들처럼 느끼게 한다.[32]

박인덕은 자서전 서문에서 어머니의 인생, 즉 조선 사회에서 여성의 삶을 변화시킨 기독교가 자신에게 어떠한 영향을 미쳤는지 이야기하기 위해 자서전을 발간하게 되었다고 밝혔다. 동시에 "하나님의 힘이 사람의 가슴과 마음, 영혼을 다스릴 때에 그 삶에서 어떠한 일이 일어날 수 있는지를 보이고자" 썼다는 그녀의 말에는 기독교적 자서전, 더 나아가 영적 체험의 이야기로 자신의 생애를 재구성하겠다는 의지가 담겨 있다. 실제로 박인덕은 자서전에서 기독교 선교 단체에서 했던 간증에 가까운 연설과 실용교육기관 설립 및 운영을 두 축으로 삼아 자기 삶을 설명하려 했다. 기독교 성향의 미국 유학 출신 여성들 대부분이 공부를 마치고 회귀했던 이화여전에 자리를 잡을 수 없었던 박인덕은 공적 영역에서 자신이 호출될 수 있는 개념이 과연 무엇일까에 대해 항상 고심했고, 매번 자신만의 답을 찾았다. 미국에서 한국의 기독교 여성 지식인이 '하나님의 힘'을 입증하는 자서전을 발간했다는 사실은 비록 국내에서 주목받지 못했다고 해도 그녀가 자신의 독보적인 입지를 어떻게 확립해왔는지를 보여준다. 스스로를 "할 말을 갖고 있어서 행운아"라고 표현했던 박인덕은 동시대의 여성 지식인들 가운데 미국에서 자서전을 발간한 최초의 인물이다.

전통적으로 여성은 자서전을 쓸 수 있는 권리를 인정받지도 획득하지도 못했다. 한국사회에서 자서전은 오랜 기간 공적 영역에서 차지하고 있는 지위와 그 지위를 바탕으로 이룬 사회적 성취를 연대기적으로 회고하는 이야기로 인식되었는데, 여성들에게 공적 영역으로의 진출이 허용되지 않았기 때문이다. 따라서 여성들에게 자서전은 매우 낯선 글쓰기 양식으로 받아들여졌다. 설령 집필을 시도한다고 해도,

여성들의 자서전은 공적 영역에서의 업적이나 영웅적인 성공담과 역사 이야기를 다루지 않았다. 여성들은 자신의 삶을 이상화하기보다 사소하게 치부되는 일상을 담아내고, 스스로 영웅이 되기보다 타인과의 관계를 소중하게 기술하는 특징을 드러낸다.[33] 그러나 박인덕의 경우 이례적으로 남성들이 전유해온 자서전의 형식과 여성 자서전에 나타나는 양상들이 혼재하는 글쓰기를 시도했다.

영어와 일본어

가시적인 성취를 이룬 식민지 조선의 기독교 여성 지식인들에게 여성이라는 성별은 어떤 의미였을까? 이 질문에 답하려면, 결국 이들에게 글쓰기란 무엇이며, 더 나아가 이들이 어떤 식으로 자기를 재현했는지 짐작해보아야 한다. 박인덕이 자서전에서 자신의 친일 행적에 대해 일체 언급하지 않았다는 점은 무엇보다 중요한 화두이다. 그 이유는 무엇이었을까?

박인덕은 1941년 8월에 김활란 등과 함께 임전대책협의회 결성에 참여했고, 9월에는 김동환, 신태악, 신흥우, 윤치호, 이성환, 이종린, 최린 등과 함께 임전대책 연설회에서 "승전의 길은 여기에 있다"는 제목으로 연설했다. 또한 1941년 9월 4일 임전대책협력 강연회와 1942년 2월호에 수록된

변신하는 여자들

영미 타도 좌담회에서 여성들에게 병력 충원을 명목으로 출산을 장려하고 모성의 역할을 강조했다. 그해 12월 20일에는 『매일신보』에「정전征戰을 뒤에 지키는 맹서」를 기고하고 조선교화단체연합회 부인계몽독려반으로 학병 동원에 가담했다. 해방 직후 박인덕은 친미 지식인의 대열에 합류했고, 1945년 12월 애국 여성 단체의 정치교육위원회 위원장으로 활동하면서 미군정에 우호적인 태도를 취했다.

하지만 박인덕은 자서전을 비롯한 어떤 글에서도 자신의 친일 행위에 대한 입장이나 정황을 이야기하지 않았다. 다만 박인덕의 자서전 가운데 1937년 9월부터의 상황을 정리한 부분에 그녀의 현실 인식을 우회적으로나마 확인할 수 있는 내용이 나온다. 약 2년간 미국에서 연설가로 활동하고 유럽, 동남아시아를 거쳐 1937년 9월 조선으로 돌아온 박인덕은 귀국길 동남아에서 일본의 세계 진출 가능성을 확인했다.

콜롬보에서는 일본산이라고 씌어진 상품이 많은 것을 보고 놀랐다. 인도의 판매원들은 내가 일본 사람인줄 알고 일본말로 내게 말을 걸었다. 싱가포르는 내가 마지막 방문한 이래 6년이 지났는데 그동안에 많은 변화가 있었음을 느낄 수 있었다. 어디에 가나 일본 사람들이 있었고, 큰 상점에는 일본 상품으로 가득 차 있었고, 원주민 상인들은 일본말을 자랑스럽게 하고 있었다. 나는 너무도 분명히 여

태까지 영국과 네덜란드가 지배하던 동남아시아를 이제는 일본이 떠맡을 준비를 하고 있다는 것을 알 수 있었다.[34]

동남아에서 일본의 영향력을 체감한 박인덕은 조선으로 돌아와 더 큰 변화를 목격하게 된다. 모두가 일본어를 사용하고 있었던 것이다. 그녀 역시 일본어를 배울 수밖에 없는 상황이었다. 딸들과의 대화는 물론이고, 조선어로 기독교 교육 사업과 농촌운동 등을 진행하는 것이 현실적으로 불가능했다. 마흔이 넘은 박인덕은 일본어 강습회에 등록하고 일본어 잡지를 구독하는 등 일본어 습득을 위해 노력하며 조선에 거주하던 일본인들과 친분을 쌓게 된다. 녹기연맹에서 운영하는 일본어 강습에서 만난 일본 여성 지식인들과 가까워진 박인덕은 연맹에서 활동하기 시작하고, 1941년에는 연맹의 부인부 지도위원이 되었다.[35] 박인덕의 회고에 따르면, 1930년 이전까지 식민지 조선에는 기독교 문명과 선교사들이 그 나름대로의 역할과 비중을 형성하고 있었지만, 1930년 이후부터 상황은 달라졌다.

일본은 미국인 선교사와 방해가 된다고 생각되는 사람들을 추방하기 시작했고, 미국에 우호적이라고 의심되는 지도자급 한국인들을 투옥했다. 일본은 기독교 대신 신의 혈통을 받은 인간-신이라고 여기는 자기 나라의 천황을 숭배하는 신토를 믿게 하려고 안간힘을 썼다. 그리고 우리

한국인과 일본인은 조상이 같은 동일 민족이며 더 힘 있는 강대국이 되기 위하여 두 나라가 합쳐져야 되고, 아시아와 아시아인의 번영을 위하여 협력해야 한다고 주장했다.[36]

박인덕은 성경 읽기 모임이나 농촌 계몽 활동이 모두 금지되자 녹기연맹 부인부가 추진했던 조선인의 생활 개선 운동에 관심을 갖게 된다. 또한 그 운동과 더불어 자신의 오랜 희망이었던 직업·실업교육기관을 시작할 수 있을 것이라는 가능성을 발견하고는 1941년 덕화의숙을 설립했다. 박인덕은 1928년 「조선여자와 직업문제」라는 글에 이렇게 쓸 정도로 일찍부터 "실지로" 직업을 가질 수 있는 교육의 중요성에 눈을 떴다. "현대의 신여성들이 각자의 천재와 취미를 따라 적어도 한 가지는 실지로 배워내 일생의 직업을 철저히 준비하여야 결혼 여부 간에 이 바다를 무사히 건너겠다. 일찍이 획득한 기술이 없어가지고서는 어느 때 기필치 못할 불운과 위험을 방어할 도리가 없을 것이다."[37]

칼날을 쥔 처지

박인덕은 여성들이 경제적으로 자립할 수 있는 조건이 갖춰지지 않는 한 식민지 조선의 봉건적 가부장제에서 자유로워질 수 없다고 판단했다. 고등교육도 중요하지만, 고등교육

자체가 직업을 보장하지 않는 상황이었던 식민지 조선에서 직업·실업교육의 모델이 여성들에게 가장 적합하다고 결론을 내린 박인덕은 미국 체류 기간 동안 자신이 추구해온 이상적인 교육 시스템을 발견했다. 미국 켄터키주에 있는 베레아Berea 학교였다. 식민지 조선의 농촌 현실을 고려할 때, 미국 대도시의 교육기관이 아닌 산골 지역에 위치한 베레아 학교는 입지에서부터 박인덕의 관심을 끌기 충분했다.

산골 지역에 사는 미국인들을 위해 정규 진학 과정과 별도로 운영되었던 베레아 학교는 모든 학생들이 실습 과정에 참여해 예비 직업인으로서 훈련 기간을 가질 수 있다는 장점이 있었다. 가정과, 축산과, 목공과, 인쇄과, 농과 등으로 전공을 세분화했고, 지역 주민들에게 경작, 제과, 요리, 출판, 복식 제작, 제품 판매와 관리, 벽돌 제조 등의 기술을 배우며 돈도 벌 수 있는 교육 과정을 제공했다. 저렴한 학비로 실질적으로 필요한 기술과 이론을 최고의 수준으로 배울 수 있다는 장점은 물론, 보통학교, 중학교, 사범학교, 강습회 코스 등 어린이부터 노인까지 연령대와 성별에 상관없이 1년에 2000여 명의 학생들이 교육 혜택을 누릴 수 있다는 점에 박인덕의 관심이 집중되었다.[38]

하지만 박인덕이 오랜 구상과 준비 기간을 거쳐 1941년에 설립한 여성 직업교육기관 덕화의숙은 베레아 학교와 상당 부분 차이가 있었다. 비록 베레아 학교의 프로그램을 그대로 실현하지는 못했지만, 여고 졸업생들에게 1년간 가정과목과 지도력에 대한 훈련을 제공하는 프로그램으로 운영된 덕화의숙에 박인덕은 만족했다. 박인덕은 1941년 『세계여행기』를 출간하면서 평생교육기관을 설립하겠다는 포부를 밝혔지만, 같은 해 설립한 학교는 그저 '좋은 아내와 며느리감'을 양성하는 기관으로 인지되었다. 조선 여성들의 생활 전반을 개선하겠다는 녹기연맹의 목표와 평생교육기관 설립이라는 박인덕의 이상은 1941년 식민지 조선이 직면한 현실과 절충하며 덕화의숙의 설립으로 결실을 맺었다.

박인덕은 자서전에서 친일 협력에 대한 직접적인 언급을 회피했지만, 일제 말기 조선의 분위기를 묘사한 부분에서 자신이 일본에 협력적인 태도를 취했음을 부정하지 않았다. "칼자루를 쥔 쪽은 일본인이고 나는 칼날을 쥔 처지라, 나의 국민을 위해 해야 할 다른 길을 찾는 게 좋겠다고 마음먹었다." "칼날을 쥔 자리"에 있는 자신이 "칼자루"를 잡을 수는 없다는 것이 박인덕의 현실 인식이었다. 칼자루를 쥔 자리를 노릴 것이 아니라, 칼자루를 쥔 자리에 있는 사람들과 유연한 관계를 형성하는 것이 "칼날을 쥔 자리"에 있는 자신이 할 일이라고 판단했던 것이다. 박인덕은 자서전에서 "그 시절 많은 시간을 기도하고 명상하면서 나는 우리 민족이 일본의 군사정권에 대해 무력으로 (사실 갖고 있지도 못했지만) 싸울 수는 없다는 것을 깨닫게 되었다"[39]고 고백하기도 했다.

해방 후에도 박인덕은 미군정에 적극적인 호의와 기대

를 표명하면서 우익 여성 인사로 활약했다. 마찬가지로 "칼날을 쥔 자리"에 있는 대한민국 여성 지식인들의 활동 가능성을 타진한 것으로 해석된다. 전시동원체제와 내선일체라는 역사적 사건들이 박인덕을 변모시킨 것이 아니라, 식민지 조선의 여성 지식인이라는 주변인으로서 미국과 조선에서 살아남아야 했던 현실이 그녀로 하여금 실현 가능한 범주 안에서 자신의 역할이 무엇인지를 고민하며 당면한 과제를 해결하도록 이끌었다고 할 수 있다. 지극히 현실적이면서도 다른 한편으로 고등교육의 범주와 상당히 거리가 있어 당대의 지식인들이 크게 관심 갖지 않았던 비주류의 영역을 일관되게 개척해나간 것도 박인덕의 가치관과 맞닿아 있다. '무엇을 해야 하는가?'라는 당위적 질문이 아닌 '무엇을 할 수 있는가?'라는 당면 과제를 찾아 나섰던 박인덕에게 '실용'이라는 가치는 초역사적인 '사상'으로 자리매김했다. "싸울 수 없는" 대상과 싸우지 않는 전략 또한 박인덕의 실용적 가치였다.

정치범과 모범수

박인덕은 자신이 실용이라는 가치에 몰입하게 된 계기에 대해 자서전에서 별반 언급하지 않았다. 자신의 현실 인식과 역사관에 대해서도 입장을 밝히지 않았다. 대신 3·1운동에

변신하는 여자들

직접 참여하고 학생들을 주도했다는 이유로 투옥되었던 시기에 대해서만큼은 자서전에서 상세하게 밝히고 있다. 박인덕은 3·1운동 이후에도 애국부인회 사건으로 또다시 수감 생활을 해야 했다. 그녀는 자서전에서 독립운동 시기 겪어야 했던 고통, 그중에서도 특히 감옥 안에서 겪은 수모와 좌절감을 성경을 읽는 시간으로 견뎌낼 수 있었다고 회고했다. 그리고 자신에게 판결을 내린 판사가 했던 말을 자서전에서 다음과 같이 기록했다.

> **모범수로서 바르게 행동했다고 들었다. 너는 정치범이지만 독립을 위해 투쟁한다고 독립을 얻을 수는 없다는 것을 기억해라. 너는 말을 잘 들어야 한다. 좋은 아내와 어머니가 되고 한국의 어린 여학생들에게 그런 헛된 생각을 가르치지 말거라. 넌 그것을 이해할 만큼 감옥에 오래 있었다. 내가 말한 대로 하겠다고 약속하면 너를 석방해주겠다.**
> **나는 대답을 하지 않았다. 나는 간수와 함께 서대문 감옥으로 다시 보내졌다.[40]**

박인덕은 서대문 감옥에서 고통스럽게 수감 생활을 이어가는 어린 여성들을 비롯해 과거 자신의 학생이기도 했던 유관순을 안타까워했으나, "무엇인가 해주고 싶"은 마음과 달리 그녀 자신도 "꼼짝할 수 없는 처지"였다. 이후 유관순은 감방 동료들을 이끌고 시위를 하려다 간수들에게 붙잡

박인덕(뒷줄 가운데)이
이화학당 교사로 재직하던
시절 학생들과 찍은 사진. 당시
박인덕이 가르치던 학생이었던
유관순(뒷줄 맨 오른쪽)의
모습이 보인다.

서대문형무소 수형기록표에
등록된 유관순의 사진.

혀 매질을 당하고, 몇 달 후 숨을 거두게 된다. 반면 박인덕은 자신이 "30원의 보석금을 조건으로" 석방된다는 소식을 마주한다. "네 친구인 B. W. 빌리증 박사가 보석금을 내주었으므로 너는 가도 좋다"라는 일본인 판사의 말을 듣고 "자유를 얻었다". 이때 박인덕과 함께 감옥에서 나온 사람들이 황에스더, 김마리아, 신줄리아다.

수감 생활이 박인덕에게 어떤 영향을 미쳤는지 자서전을 통해 직접적으로 유추하기는 어렵지만, 박인덕 특유의 실용적 가치관이 감옥 안에서 형성되었으리라 짐작해본다. "독립을 위해 투쟁한다고 독립을 얻을 수는 없다는 것을 기억"하고 "좋은 아내와 어머니가 되고 한국의 어린 여학생들에게 그런 헛된 생각을 가르치지 말"라는 판사의 권고를 박인덕은 이후 자신의 생애에 그대로 적용했던 듯하다. 박인덕이 만든 덕화의숙이 좋은 '신붓감'을 양성하는 실용교육기관으로 자리를 잡은 것, 자서전에서 고백했듯 조선의 식민지 상황을 구원할 방법이 "성경" 읽기와 "기도"에 있다고 결론을 내린 것 등 수감 생활은 박인덕의 생애에 일종의 전환점을 제공했다고 해석할 수 있다.

박인덕은 이승만 대통령에 대해 "이 박사에 우호적인 사람도 우호적이지 않은 사람도 있지만, 분명 그는 한국 통일의 상징이며, 한국의 공산주의자들이 가장 증오하는 사람이다. 공산주의자들이 지극히 싫어하는 사람이면 누구나 민주한국에 도움이 되는 사람이다"[41]라고 말하며 정권에 적극

변신하는 여자들

적인 지지를 보냈지만, 김활란, 임영신, 모윤숙 등에 비해 별다른 역할을 부여받지 못했다. 하지만 1955년 미국 워싱턴에 재단법인 부려재단Berea in Korea Foundation을 설립하고 이사장으로 취임했으며, 1962년에는 인덕학원을 설립하고 이사장으로 취임했다. 인덕학원은 1963년 인덕실업고등학교로 확장되었고, 1972년에는 인덕예술공과전문학교로 발돋움했다.[42] 1980년 박인덕은 인덕대학 학장 공관에서 기도하던 중 생을 마쳤다.

마지막 도전

박인덕은 1941년부터 본격적으로 자신의 이야기를 구성하기 시작했다. 스스로의 표현에 따르면, 그녀는 미국에서 돌아온 1937년 9월부터 내선일체와 전쟁이라는 현실과 맞닥뜨려야 했다. 그래서였을까, 그 이전까지 미국과 유럽, 조선의 여학교와 교회에서 했던 연설과는 다른 형태의 자기서사를 시도했다. 박인덕이 찾은 출구는 여행기와 자서전 집필을 통한 자기서사 구축과 자신이 오랫동안 구상해왔던 실용 교육 프로그램에 입각한 학교 설립이었다.

필립 르죈의 정의에 따르면, 자서전이란 "한 실제 인물이 자기 자신의 존재를 소재로 하여 개인적인 삶, 특히 자신의 인성의 역사를 중점적으로 이야기한, 산문으로 쓰인 과

박인덕은 1980년 자신이 설립한
인덕대학 학장 공관에서 기도하던
중 생을 마쳤다.

거 회상형의 이야기"[43]를 말한다. 사실상 박인덕의 자서전은 르죈이 정의한 전통적 자서전의 기준에 부합되지 않는다. 박인덕은 언제나 현재 자신의 삶에서 가장 중요한 과제가 무엇인지를 파악하고, 자신의 존재를 입증할 방법을 모색했던 식민지 조선의 여성 지식인이었다. 다시 말해 그녀는 과거의 자신을 증명하기보다는, 현재 자신의 위치를 재정립하기 위해 개인적 삶을 기록하는 글쓰기를 시작했다. 이혼 후 연설가로 사회 활동을 재기하며 저술가로서 또 한 번, 어쩌면 마지막일지도 모르는 도전을 과감하게 시도한 것이다.[44]

7

저격수와 의사 醫師

이화림의 증언

열심히 공부한 덕에 내 성적은 남에게 뒤처지지 않았다.

—이화림[1]

우리의 삶은 희한하게 분리되어 있었다. 아래층은 오로지
관습에, 위층은 오로지 지성에 지배되었다.

—버지니아 울프[2]

의과대학의 만학도

1945년 1월, 이화림은 옌안延安 소재의 중국의과대학에 입학했다.[3] 41세의 이화림에게 의학 공부는 어려웠다. "학교에서 매일 8시간 수업을 받았다. 강의는 전부 중국어로 진행되어 어떤 내용은 제대로 소화하지 못했다. 필기는 따라갈 수 없어서 친구의 노트를 빌려 적을 수밖에 없었다."[4] 자신이 오랫동안 염원했던 의학 공부를 할 수 있다는 사실 자체에 감격했던 이화림은 언어의 한계를 극복하고 훌륭한 의사가 되기 위해 최선을 다했다. "나는 옌안 최고 의학과에 가게 되어 정말 흥분되었고 꼭 열심히 공부해 진정한 재능과 건실한 학문으로 지도자의 배양에 보답하겠다고 마음속으로 다짐했다."[5] 그녀에게 의사와 독립운동가는 결코 다른 직업이 아니었다.

이화림에게 의대 진학을 권유하고 도움을 준 사람은 조

선의용대 총사령관 무정武亭이었다. 무정은 해방이 가까워지고 있으며 이제 "막중한 건설 사업"을 위해서라도 "전문적으로 훈련받은 의사"를 양성해야 할 때가 되었다고 판단했다. "어느 날 무정 동지가 내게 의학대학에 가서 공부하고 싶은 생각이 있느냐고 물었다. 나는 이전에 광저우에서 의학을 배우다가 중간에 멈추어서 늘 아쉽게 생각하고 있었기에 무정에게 솔직하게 말했다. '만약에 기회가 있다면 당연히 계속해서 의학을 배우고 싶어요. 물론 정말 열심히 할 거예요!'"[6] 무정은 조선의용대 출신인 이화림과 김화 두 사람을 옌안 중국의과대학 20기 학생으로 강력하게 추천했다.

이화림은 1939년 중국 구이린桂林에 본부를 두고 있었던 조선의용대를 찾아갔고, 1941년 초에는 뤄양洛陽으로 파견되었다. 화베이華北 타이항산 지구 팔로군 항일 근거지로 이동한 이화림은 1942년 8월에 "부녀국 대장으로서 가정과 부녀 그리고 아이들을 관리하는 업무"와 "군정학교의 행정업무"를 맡았다.[7] 그녀는 1943년 12월에 "중국 항일전쟁의 중심부" 옌안으로 떠나기로 결심했고, 1944년 4월 7일에 혁명의 성지인 옌안에 무사히 도착했다.[8] 이화림은 옌안에서 조선의용대 군정학교 교장인 김두봉의 간사로서 역사문학 연구실의 자료를 수집하고 정리하는 임무를 맡아 성실하게 수행했다. 무정은 이화림이 의대에 진학에서도 학업을 잘 마치리라고 믿었다.

하지만 1938년 조선의용대에 가입해 1941년 뤄양에서

변신하는 여자들

조선의용대로 이화림과 함께 활동했던 김학철은 그녀의 의대 진학 동기를 전혀 다른 내용으로 기억하고 있었다.

이화림은 동지들에게 일껏 호의를 베풀고도 냉대를 받기가 일쑤였다. 우리가 태항산 항일 근거지로 들어올 때도 이화림은 허울 좋은 하늘타리(연락처 책임자)로 임명하여 뒤에 떨궈놓았었다. 그러나 몇 달 후에 이화림은 결국 적군의 여러 겹의 봉쇄선을 아슬아슬하게 뚫고 태항산으로 들어오고야 말았다. "저게 또 따라왔네!" 우리는 또 키들키들 웃었다. 혁명대오에 이렇게 경박하고 인정머리 없는 일이 있었다는 것은 일반적인 상식으로는 좀 이해하기가 어려운 일이지만 사실 그런 일이 있었으니 어찌하랴. ⋯⋯ 그 후 적군의 '토벌'에 대비하여 부대를 재편성할 때였다. 아무도 여성인 이화림을 데려가겠다는 사람이 없어서 이화림은 개밥에 도토리 모양이 되었다. 그래서 지대장 박효삼은 전원을 모아놓고 엄숙히 비평을 하였다.
"전쟁마당에서 한 동지를, 한 전우를 어떻게 이렇게 대할 수 있는가! 하물며 여성 동지를."
후에 이화림이 싸우는 태항산을 떠나서 연안으로—의학전문학교—로 학습을 가게 된 것도 까놓고 말하면 일종의 경이원지를 당한 것이었다.[9]

김학철의 기억에 따르면, 이화림은 여성이라는 이유로

1938년경 중국에서 활동하던
이화림의 모습.

이화림이 몸담았던 조선의용대.
1938년 10월 10일 중국의
임시수도 한커우에서 창립했다.
의용대 깃발 중앙에 총대장
김원봉의 모습이 보인다.

조선의용대 내에서 차별을 받았고, 끝내 '동지'들과 '전우'들의 인정을 받지 못한 채 1945년 옌안의 중국의과대학에 진학했다. 그 자신이 작가이기도 했던 김학철은 이화림의 '학습'을 남성 조선의용대의 활동, 즉 '토벌'보다 하위 범주의 가치로 평가했다.[10]

김학철은 그때까지 자신이 이름조차 알지 못했던 일본의 마르크스주의 경제학자 가와카미 하지메의 『빈곤론貧乏物語』을 읽어본 적이 있느냐는 질문을 이화림에게 받았을 때의 낭패감을 떠올리기도 했다. 가와카미 하지메는 당시 아시아에서 가장 영향력 있었던 사회주의 이론가 중 한 사람이었다. 도쿄제국대학 강사였던 26세의 가와카미 하지메는 1905년 『요미우리 신문』에 「사회주의 평론」을 연재했다. 부와 빈곤의 대립이라는 현대사회의 문제가 사회주의 발생으로 이어진다는 주장을 펼치며 일본 사회에 큰 반향을 일으켰던 가와카미 하지메는 1915년에 교토제국대학 교수로 부임했고, 1916년 오사카 『아사히 신문』에 「가난 이야기」를 연재한 후 이듬해인 1917년에 『빈곤론』을 출간했다. 『빈곤론』은 일본 공산당 창당에 큰 영향을 미친 책으로 평가받았다. 1920년대 식민지 조선에서 수용된 마르크스주의 이론 역시 가와카미 하지메의 일본어 번역을 기반으로 한 것이었다.[11]

이화림은 일본과 식민지 조선 그리고 중국에서 출간된 중요한 저작물들을 조선의용대 생활 중에도 빠짐없이 읽고 있었고, 민족주의자이자 사회주의자로서의 정체성을 광범

위한 독서 목록으로 확장해나갔다. 김학철은 정치 선동사업을 기획하며 양편의 전호 거리를 치밀하게 분석했던 이화림과 나눈 한 시간 이상의 '개별 담화'가 끝났을 때, "20년 동안 징역살이를 한 죄수가 간수부장의 입에서 떨어지는 '만기석방!' 소리를 듣는 것만큼이나" 고마운 심정이었다고 빗대 표현하며 이화림의 학습 능력과 정치적 역량을 역설적으로 입증했다.

공부와 이동

이화림은 구순이 넘은 나이에 자신의 생애를 뒤돌아보며 '공부' 이야기를 자주 했다. 이화림에게 '학습' 혹은 '공부'는 어떤 의미였을까? 주인공이 자기 삶에서 반복적으로 강조하는 이야기에 주목해야 하는 이유는 한 개인의 삶을 구성하는 본질이 무엇인지 파악하기 위함이다. 더 나아가 그것은 현실에서 그리고 주인공의 삶 속에서 무엇이 어떠한 방식으로 의미 있게 구조화되었는지 찾아보는 시도이기도 하다. 즉 자기서사 연구의 방향이나 목적은 한 사람의 생애가 파란만장하다거나 위대한 성취를 이루었다거나 거듭된 좌절을 겪었다는 식으로 단편적인 인상평을 내리는 데 있지 않다.

김정경은 여성 생애담 연구가 "힘든 삶을 산 여인들의

인생을 소개하는 작업 정도로 이해되어서는 안" 된다는 주장을 펼치며, 구술 텍스트로서 자기서사가 갖는 시학적 특질을 여러 차례 규명한 바 있다. 가브리엘레 루치우스 회네와 아르눌프 데퍼만 역시 자전적 이야기가 단지 이야기하는 상황에 국한되지 않고 인생 전반에 걸친 의미를 지닌다고 지적한다. 그렇기에 자기서사의 화자는 자신이 중요하게 여기는 가치와 경험, 세계관을 드러내게 된다. 이러한 서사적 정체성 개념은 이화림의 회고록을 독해하는 데도 중요한 통찰을 제공한다.[12]

이화림의 생애는 '공부'로 구성되었다. '공부'는 그녀의 삶을 규정하는 본질이었다. 1905년 1월 평양에서 태어나 군산, 청진에서 유아원 교사로 근무했던 이화림이 1930년 상하이로 떠난 이후 95세가 되던 해인 1999년까지 상하이, 광저우, 난징, 충칭, 구이린, 창사, 뤄양, 타이항산, 옌안, 베이징, 선양, 지린, 다롄, 창춘 등지로 끊임없이 '이동'하며 살 수밖에 없었던 원인을 독립운동과 혁명에서 찾는 대신 '공부'라는 키워드로 접근해보면 어떨까?

그런 점에서 지구화 시대 여성 이주가 송출국과 수용국에 어떠한 변화를 미치는지 분석하며, 중국 내 소수민족인 조선족 사회의 위기 담론과 여성들의 이주노동을 경제적, 문화적 차원의 관점에서 해석한 김은실과 민가영의 연구는 이화림의 생애를 재해석할 수 있는 단초가 된다. 김은실과 민가영은 여성이 이주노동으로 공동체 부양 능력을 입증할수록 지역 내부의 가부장제 담론이 여성들을 이전과 같은 방식으로 통제할 수 없게 된다는 사실을 보여주었다. 시간과 공간적 배경은 전혀 다르지만 독립운동에 투신하면서 내면의 '학습' 욕망을 스스로 발견하고, 적극적으로 공부하는 계기를 마련함으로써 사회주의자로서의 정체성을 과감하게 표출한 동시에 모성 및 가정과 결별한 이화림의 생애는 지구화 시대에 이주노동을 수행하는 여성들의 생애와 맞닿아 있다.[13]

실제로 이화림이 이동했던 한국과 중국의 무수한 공간들은 사회적 상호작용의 결정적인 장소로, 다양한 방식의 '공부'를 가능케 했다. 20세기 동아시아의 도시들은 외부와의 상호작용으로 각 장소의 고유한 특성이 끊임없이 변모하고 있었다. 즉 이화림이 '공부'를 위해 머물렀던 모든 공간은 유동적이고 가변적이었다.[14]

이화림이 구순이 넘어 더 이상의 '이동'을 멈추고 마지막으로 매달린 일은 회고록 작업이었다. 그녀는 "구순이 넘었지만 여전히 국내외 큰 사건에 대해 관심을 가지고" 자신의 삶을 정리했다. 『이화림 회고록』에 나타나는 '서사적 정체성'은 그녀가 누구인지 알려준다. 폴 리쾨르는 "정체성"을 실천의 범주로 규정한 바 있다. 한 개인이나 공동체의 정체성을 이야기한다는 것은 누가 그런 행동을 했는지 그리고 누가 그 행동의 주체인지 규명하는 과정과 동일하다는 것이다. 자기 이름으로 지칭된 행동의 주체를 삶 전체에 걸쳐 동

　　　　　　　변신하는 여자들

일한 사람이라고 판단할 수 있는 근거는 무엇인가? 이 질문에 대한 답은 결국 서사적인 구조의 여부이다. 이러한 이유로 "삶은 곧 이야기"라는 한나 아렌트의 주장은 타당하다.[15] 그렇다면 이화림의 회고록에서 나타나는 서사적 정체성은 과연 무엇일까?[16] 결론부터 말하자면, 이화림은 '공부'할 수 있는 곳을 찾아 평생 '이동'한 여성이었다.[17] 민족해방과 혁명 등의 이념은 공부라는 구체적인 행위 속에서 이화림 스스로가 획득한 가치였다. 그리하여 『이화림 회고록』을 관통하는 두 가지 키워드는 다름 아닌 '공부'와 '이동'이다.

춘실, 동해, 화림

1905년 평양에서 태어난 이화림의 첫 번째 이름은 '춘실'이었다. 장지연이 을사조약으로 일본에게 외교권을 빼앗긴 분노와 슬픔을 「시일야방성대곡」으로 발표한 해였다. 이화림은 숭실중학 2학년에 재학 중이었던 큰오빠가 집안 형편으로 퇴학할 수밖에 없었던 날의 슬픔을 국권 상실과 결부지어 이야기하는 것으로 회고록을 시작한다. 이화림에게 '공부'를 못하게 되는 상황은 '나라'를 잃게 되는 것만큼이나 큰 사건이었다.

　학교를 다닐 수 없게 되자 서럽게 울고 있던 큰아들에게 무능한 아버지는 "우리 집이 입에 풀칠하기도 힘든데 공부는 무슨 공부냐! 너도 부모와 동생들을 생각해 일거리를 찾아 돈을 벌어야 되지 않겠냐?"[18]고 야단치기 바빴고, 그 광경을 지켜보던 이화림은 깊은 충격과 슬픔에 빠졌다. 다행히도 이화림의 큰오빠와 어머니는 교육열이 높았다. 미국 선교사 집에서 가정부로 일하고 있었던 어머니는 이화림을 사립 기독교 학교인 숭현소학교에 입학시켰다. 이화림은 3학년부터 영어를 배우기 시작했고, 이에 대해 "굉장한 기쁨이었다"[19]고 회상했다. 1919년 3월 1일에 전국적으로 독립운동이 일어나자 이화림은 어머니, 오빠와 함께 전단지를 제작해 배포했고, 그 과정에서 영어 공부 못지않은 보람과 희열을 느꼈다. 그러나 일본인 경찰의 추적과 감시가 점차 강화되었다. 이화림의 오빠는 독립운동을 위해 중국으로 망명한다.

중학교 1학년 때 극심한 가난으로 어쩔 수 없이 자퇴했던 그녀는 "공부를 계속하고"자 했다. 돈을 벌면서 공부할 수 있는 직업이 무엇인지 수소문했다. 이화림은 유아원 교사가 되기로 결심했고, 그 무렵 "평양고등학교 학생들이 주도하는" 역사문학연구회에 참가했다. "나는 회원으로서 줄곧 비밀리에 활동에 참가했다. 연구 활동을 통해 나는 적지 않은 혁명 원리를 알았고 공산주의이론 교육을 받았다."[20]

이화림에게 사회주의라는 사상은 '연구'와 '교육' '독서' 행위로 각인되었다. 이화림은 1927년 3월에 전라북도 군산에 위치한 기독교 유아원에 부임했으며, 같은 해 8월에는 함경북도 청진시 기독교 유아원으로 전근을 간다. 그곳에서 역사문학연구회에서 활동한 적이 있었던 평양숭실대학 학생 김문국과 재회한다. 이화림은 김문국의 소개로 1927년 11월 조선공산당에 가입하지만, 비합법 운동 단체의 일원임을 숨겨야 했다. 지하 활동가로만 살고 싶지 않았던 이화림은 고민 끝에 중국행을 선택한다. 이화림이 상하이로 떠나기 전, 김문국은 그녀에게 상하이에 도착하는 즉시 "김두봉 선생을 찾길 바란다"고 당부했다.

이화림에게는 그 말 한마디가 유일한 자산이었다. 그녀는 혼자 상하이로 떠났다. "중국어를 한 마디도 못해" 우여곡절을 겪은 끝에 1930년 3월 "마침내 목적지인 상하이에 도착"한다.[21] 하루빨리 생활의 안정을 찾고 상하이에 온 목적을 달성하고 싶어 했다. "나와 조선 여인 몇 사람은 점점 친해졌다. 나는 그들의 도움으로 작은 좌판을 하나 마련해 여러 종류의 조선장아찌를 팔았다."[22] 이화림은 상하이에서 생계 수단을 마련하자마자 김두봉을 찾아갔다. "설마 제가 이렇게 계속 채소를 팔고 삯바느질만 하겠습니까?" 이화림은 상하이에서 암살조직인 한인애국단을 이끌고 있었던 김구를 만나고자 했다. 김두봉은 "그 조직의 기율은 무척 엄격하다. 또한 모두 남자들이다. 여자는 받지 않는다. 더욱이 김구 선생은 공산주의를 믿지 않는다"[23]는 정보를 전달했지만, 이화림은 자신의 목표를 철회하지 않았다.

첫 만남에서 김구는 단호하게 말했다. "우리 한인애국

단이 맡은 임무는 여성이 완성하기 어려운 일이다." 그러나 이화림은 "평양에서 상하이까지 머나먼 길을 찾아온 목적"을 설명했고, 자신의 "결심과 의지"를 드러냈다.[24] 이화림은 독립운동을 향한 열망을 적극적으로 표출했다. '조국'이라는 단어를 자주 사용했다. 결국 김구는 이화림이 3·1운동에 적극적으로 참여한 이력을 높이 평가하며 한인애국단 가입을 승인했다. 당시 '춘실'이라는 이름으로 불렸던 이화림은 '동해'로 개명하고, 사격과 무술부터 배웠다. 독립운동가들이 옷에 무기를 숨길 수 있도록 주머니를 달아주는 일을 비롯해 "일본 비밀요원"을 색출하고 제거하는 업무를 맡았다.

윤봉길과 홍커우 공원 테러도 함께 준비했다. 윤봉길과 이화림은 부부로 위장해 홍커우 공원에 입장한 후, 일본 장교들을 향해 폭탄을 던질 계획을 구체적으로 세웠다. 그 과정에서 두 사람이 사전에 발각될 수도 있다는 우려가 제기되기도 했다. "윤봉길의 일본어는 매우 유창"했지만, 이화림은 일본어를 할 줄 몰랐다. 이화림은 자신의 안타까운 심정을 적극 피력했다. "저는 제 손으로 일본의 우두머리 몇 놈을 사살해 우리의 원한을 풀고자 합니다. 제가 평양에서 출발할 때 마음속 깊이 이러한 결심을 했는데, 이처럼 좋은 기회를 그냥 놓쳐야 한다니요."[25] 김구는 반대 입장을 고수하면서 미래를 기약했다. "네가 애국단에 가입을 요청할 때 나는 네가 우리 민족 가운데 보기 드문 우수한 여성 청년이라는 것을 알았다. 원래 우리 애국단은 여성 단원을 받지 않는다. 너는 일반 여성과 다르기 때문에 나는 너를 받아들이기로 했다. 아마 앞으로 더 중요한 임무가 있거나 혹은 남성이 할 수 없는 임무가 있을 때 네가 꼭 필요할 것이다. 너에게는 아직 더 중요한 임무가 남아 있다."[26] 결국 이화림은 김구의 결정에 따르기로 한다. 1932년 4월 29일, 윤봉길은 홀로 홍커우공원에 들어갔다.

중산대학의 독서회

이화림은 상하이에서 저격수나 테러리스트로 삶을 마감하는 것을 원치 않았다. 공부를 하고자 했던 그녀는 1932년 여름 중산中山대학에 젊은 독립운동가들의 모임이 있다는 이야기를 듣고 상하이를 떠나 광저우로 향한다. 김구는 "한인애국단에 남아 있으라고 충고"했지만, 이화림은 "저는 아직 어리기 때문에 그곳의 학교에 들어가서 공부할 수 있어요"라고 답했다. 이화림은 광저우에서 제대로 '공부'를 하고 싶었지만, 김구는 그녀가 '공산주의자'들과 만나게 될 상황을 미리부터 두려워했다.

"그들은 모두 공산주의자라서 자네도 그곳에 가면 공산화될 걸세,"
김구 선생은 내가 이해할 수 없는 말을 했다.

7. 저격수와 의사醫師: 이화림의 증언

나는 김구 선생이 공산주의에 납득할 수 없는 편견을 가지고 있다는 것을 발견했으나 그에게 변론을 할 수는 없었다. 나는 마음속 깊이 김구 선생을 매우 존경하고 그의 애국심에 탄복하고 있었다. 하지만, 그의 혁명 투쟁 방식에 의문이 생겼고 더 이상 그가 이끄는 길을 가고 싶지 않아졌다.[27]

언어학자이자 사회주의자였던 김두봉은 김구와 달리 이화림을 응원하고 격려했다. 그는 이화림에게 "은화 두 닢과 편지 한 통"을 건네며 광저우의 "이두산 동지"를 찾아가라고 했다. "김 선생님은 내게 재차 당부했다. 의학을 배우면 좋을 것이야. 그런 일은 자네를 숨기기에도 좋고 경비도 마련할 수 있으니 말일세."[28] 상하이에서 '춘실'이라는 이름 대신 '동해'로 불렸던 그녀는 광저우에 도착한 직후에 또다시 그 이름을 버리고 '이화림'으로 '개명'했다.

이화림은 법학 공부를 희망했지만, 간호사 과정에 먼저 응시해야 했다.[29] 중산대학 부속병원의 실습 간호사로 일하면서 "일정한 월급을 받고 공부할 시간도 확보할 수" 있었기 때문이다. 동시에 독일어 공부를 시작했고, 중산대학에 재학 중인 한국인들과 정기 독서회를 가졌다. 그곳에서 만난 김창국과 사랑에 빠진 이화림은 1933년 봄 그와 결혼한다. "나의 친구들은 점점 늘었다. 중산대학 각 과에 80여 명의 한국인 학생이 있었는데 그들 대부분과 친해졌다." 이화림은 평

김구(위)와 김두봉(아래).

양 출신의 "진광화 동지"에게 "『자본론』『공산당선언』『국가와 혁명』 등의 책을" 빌려서 읽었다. "모르는 부분이 있으면 남편에게 가르쳐달라고 했다. 처음에는 몇 마디 알려주었으나 시간이 지나면서 귀찮아해 나중에는 진광화에게 물어볼 수밖에 없었다." 이화림은 진광화와 만나면서 중공지하독서회와 청년항일동맹, 혁명구국회의 등의 "공산당 지하조직을 찾게" 되었고, "인생에 무궁한 활력이 생겼다는 것"을 느꼈다. 그러나 남편과의 사이에 점차 균열이 생기기 시작했다. 특히 아들이 태어난 후부터 남편과의 갈등은 증폭되었다. 이화림의 남편은 사회주의 지식인으로 "종종 음식을 만들고 아이를 돌봐"주었지만, 이화림이 "집 밖의 활동"을 하는 것을 매우 싫어했다.

"당신은 가정이 있는 사람이고, 내 부인이며 아이의 엄마야. 당신 마음에 우리가 있기는 한 거야?"
그는 화를 참지 못하고 말했다.
"남편도 아이도 다 원해요, 하지만 일과 활동이 더 중요하다고요."
"일, 일, 언제까지 이럴 거야?"
"평생, 일은 제 생명이에요."[30]

1935년 가을, 이화림은 진광화의 소개로 조선민족혁명당의 지도자인 석정 윤세주의 연설을 듣고 큰 감동을 받는다. 1935년 7월에 난징에서 설립된 조선민족혁명당은 "한국독립당, 조선의열단, 조선독립당, 신한독립당, 그리고 미주 대한인독립당이 연합하여 결성된" 조직으로, 민족의 자유 독립과 진정한 민주공화국 건립 및 평등한 경제 제도 건립을 혁명 원칙으로 공표했다. 이화림은 자신이 조선민족혁명당에서 새로운 '공부'를 시작할 때가 되었다고 판단하고, 남편에게 함께 당원이 되어 난징으로 '이동'하자고 제안했다. 하지만 이화림의 남편은 그녀에게 "여자로서 가사에 더 신경을 쓰라"고 충고하며 "내가 나가서 더 많은 일을 하는 게 낫지 않겠소?"라고 냉담하게 맞받아친다.[31] 이화림은 남편에게 "혁명은 남녀를 불문하는데 대체 왜 나한테 혁명을 하지 말라는 거죠?"라고 반문했지만 돌아오는 답은 없었다.

　　1935년 겨울, 조선민족혁명당은 이화림의 난징 본부 파견을 결정했다. 이화림은 가족과 함께 가길 원했지만, 그녀의 남편은 "광저우의 환경에 이미 익숙해 난징에 가면 한동안 적응하느라 고생해야 하는데 아이가 견디기 힘들 것"이며, "본부의 일에 묶여 더욱 자신과 이를 돌볼 수 없을 것"이라고 완강하게 반대했다. 이화림은 자신의 삶을 모성에 결박시키지 않았다. 일을 포기해야 한다는 것은 그녀에게 곧 '생명'을 내려놓는 일이나 마찬가지였다. "나는 오직 한 가지 길만 선택할 수 있었다. 나는 내게 있어 일이 가장 중요하다고 생각했다. …… 결과는 매우 명확했다. 우리는 이혼했다. 남편이 한 살 반 된 어린 우성을 데리고 갔다."[32] 이화림은 회고록을 작업하며 자신과 헤어질 때 "한 살 반"이었던 아들을 떠올린다. "생각해보니 그는 곧 60세가 될 것이다. 나는 아이가 마음에 걸렸다." 이화림은 '작은 가정'을 포기할 수밖에 없었던 당시의 심정을 그렇게 우회적으로 표현했다.

그녀는 광저우의 중산대학에서 법학, 간호학, 독일어 공부와 함께 마르크스와 레닌의 저작들을 직접 읽어가며 사회주의 지식을 빠른 속도로 흡수했다. 상하이 시절과는 전혀 다른 삶이 그녀 앞에 펼쳐지고 있었다. 중산대학에서 '공부'하면서 이화림은 사회주의 지식인으로 변모했다. 일본의 비밀요원이나 권력자들을 암살하는 독립운동에 근본적인 한계를 느꼈던 이화림은 중산대학에서 사회 모순과 역사의 변천 과정을 구조적으로 분석하는 시간을 가지며 민족해방과 혁명의 가능성에 점차 수긍하게 되었다.

어린 아들과 헤어지고 난 후, 이화림은 "더 많은 아이들에게 제대로 된 생활을 보장해주기"로 결심하고, 조선민족혁명당의 본부로 이동했다. 그렇게 그녀는 1936년 1월 광저우를 떠나 조선민족혁명당 본부가 위치한 난징으로 향한다. 난징에서 조선민족혁명당 간부들의 소개로 만난 "이집중이라는 동지"와 재혼하지만, 얼마 지나지 않아 두 사람 사이에는 큰 문제가 발생한다. 이화림이 부녀국에서 활동하며 바쁘게 지내자, 이집중이 가정과 일 가운데 한 가지를 선택하라고 종용한 것이다. '결혼 후 반년도 안 되어' 부부는 결별 위기를 맞을 수밖에 없었다.

나는 매일 부녀의 지위와 권리는 반드시 남자와 평등해야 한다고 선전하고 있었으나 가정에서는 평등한 대우를 받지 못하고 있었다. 나는 매우 괴로워하며 "남자들은 다 이런 걸까?"라는 생각을 했다. 그가 나를 옌안에 못 가게 저지하는 지경에 이르면서 우리의 갈등은 갈수록 깊어졌으며 나도 매우 화가 나 끝내는 헤어졌다. 나는 그가 나를 속박하게 놔둘 수 없었고 그가 나의 걸림돌이 되게 할 수 없었다.[33]

남편이 옌안으로 가려는 자신을 가로막자 이화림은 결단을 내린다. 이들은 끝내 헤어졌다. 두 번의 이혼을 겪은 이후, 이화림은 독신으로 살았다. 자신에게 공부와 일, 이동을 금지하는 일체의 존재를 평생 부정했다.[34] 이화림은 힘든 순간마다 "생명은 고귀하고 사랑의 가치는 더 높지만 자유를 위해서라면 이 두 가지 다 포기할 수 있다"는 좌우명을 되새겼다.[35] 이화림이 추구한 '자유'는 곧 '공부'였다.

1937년 겨울, 일본이 난징을 침략해오자 조선민족혁명당은 충칭으로 본거지를 옮긴다. 이듬해인 1938년 봄 이화림은 일행들과 충칭에 도착했다. 같은 시기에 임시정부도 충칭으로 망명했다. 충칭으로 이주한 지 얼마 되지 않아 김구 모친의 사망 소식이 전해졌다. 이화림은 문상을 갔다. 김구는 오랜만에 만난 이화림에게 안부 인사를 건네는 대신 다짜고짜 사상 검증부터 하려 했다. 김구는 "동해야, 너는 아직 공산당원이지, 공산주의자 맞지!"라는 말로 압박했지만, 광저우와 난징에서 사회주의자의 정체성을 확립한 이화림은 더 이상 상하이 시절의 '동해'가 아니었다. 이화림은 "저는 공산주의를 믿어요, 저는 공산주의자예요!"라고 "자랑스럽게 대답"했고, 이에 김구는 "그럼 앞으로 우리 다시는 만나지 말자!"[36]고 응수했다.

김구의 『백범일지』에 이화림이 단 한 차례도 언급되지 않는 것이 임시정부와 조선민족혁명당과의 갈등 때문인지 김구의 반공주의 성향 때문인지는 단언할 수 없다. 그러나 이것 하나만큼은 분명하다. 1937년 겨울 충칭에서 김구 앞에 선 이화림은 자신의 정치적 신념을 숨기지 않아도 될 만큼 성장해 있었다는 것이다.[37] 광저우에서 윤세주의 연설을 듣고 크게 감동을 받은 이화림은 조선민족혁명당의 강령을 파고들기 시작했다. 이화림은 사회주의와 공산주의 사상에 공감했고, 조선민족혁명당의 미래를 밝게 전망했다.

조선의용대원의 재정비 교육

이화림은 조선민족혁명당이 창설한 군대의 일원이 되기로 결심한다. "1939년 말, 우리는 구이린에 있는 조선의용대 본부로 가서 일하게 되었다. 한빈, 이춘암, 장수연 등 20여 명의 사람이 나와 함께 충칭에서 구이린 조선의용대 본부로 배치되었다."[38] 1937년 7월부터 일어난 중일전쟁의 소용돌이 속에서 중국과 협력한 조선의용대는 '이동'에 '이동'을 거듭했다. 중국 전역에 흩어져 활동 중이던 운동 세력들과의 규합이 필요했다. "조선의용대가 대이동에 직면하면서 무정은 그들을 받아들이고 그들에게 공산주의 훈련을 실시하기 위해 1941년 8월에 산시성 퉁구에 조선혁명청년간부학교를 설립했다."[39] 학교가 제자리를 찾기도 전에 적의 후방으로 이동해야 할 상황이 닥쳤다.

창사長沙를 거쳐 1940년에 뤄양에 도착한 이화림은 크게 기뻐했다. "중국에서 역사적으로 유명한 수도로 일찍이 고대 정치·경제·문화의 중심지"인 뤄양에서 "재정비 교육"을 받았기 때문이다. 이화림은 새로운 공부에 몰입했다. "매일같이 시사를 공부했고 시국강연회를 들었으며 시국에 대해 논의했다. 또한 훈련을 실시했고 간혹 현지에 가서 대중운동을 했다."[40] 2개월 동안의 집중훈련을 마친 이화림은 항일전쟁을 위해 타이항산으로 떠났다. 1941년 5월 타이항산의 '중심 지역'에 도착한 이화림은 그로부터 한 해 뒤 일본 군대와 싸우면서 "군사훈련에 참여하고 정치문화를 공부해 조선의용대가 전투력을 갖추는 것"[41]을 당면 과제로 파악한다. 1943년 12월 옌안에 조선의용대 군정학교가 설립된다는 소식이 전해지자, 이화림은 '혁명 성지'로의 이동이 험난하더라도 반드시 큰 의미가 있을 것이라고 확신하고 또다시길을 떠났다. 1944년 4월 7일 옌안에 도착한 이화림은 이듬

조선의용대 창립 1주년 기념 사진. 1939년
본부를 구이린으로 이동해 1주년을
기념했다. 그해 말 이화림은 구이린에
본부를 두고 있던 조선의용대를 찾아갔고,
1941년 초 뤄양으로 파견되었다.

해인 1945년 1월 중국의과대학에 진학한다.

　　의대생으로 학업에 매진하던 중 이화림은 해방 소식을
듣게 된다. 이화림에게 의대 입학을 권유하고 후원했던 무
정은 "의학 공부를 절대 중도에서 포기하면 안 된다"는 편지
를 남기고 조선의용대원들과 동베이東北 지역으로 떠났다.
이화림은 "의대 졸업증을 취득한 후 중국의과대학 제1분교
에 배치"되었다. 의사가 된 이화림은 1950년 6월 25일 한국
전쟁에 "조선인민군을 따라" 군의관으로 전투에 참가하지
만, 평안남도에서 비행기 폭격으로 다리에 부상을 입고 퇴
각한다.[42] 한국전쟁에서 입은 부상과 퇴각 결정이 훗날 자신

의 인생에 어떤 파장을 미칠지 그때까지만 해도 이화림은
전혀 예측할 수 없었다.

원로혁명가의 항변

1952년 여름 이화림은 선양沈陽에 도착했고, 랴오닝성 와
팡뎬 현의 캉푸康福 병원에 배치되었다. "전장의 세월과 작
별"한 이화림은 육군 병원에서 "혼신의 힘"을 다해 일했다.
1953년 그녀는 선양의사학교 부교장으로 임명되었고, 1954
년 지린성 위생청 부녀아동과로 자리를 옮겼다. 1955년에는
교통부 위생처 기술과 과장으로 부임했다. 중국 공산당으로
부터 능력을 인정받은 이화림은 1955년 9월 베이징의 공산
당 중앙당교에서 '공부'할 기회를 얻게 된다.[43] 이화림은 중
앙당교의 교육 수준을 매우 높이 평가했다.

> 비록 전쟁 중이라도 나는 공부하는 것을 결코 포기하지 않
> 았다. 여러 차례 전공 공부를 했다. 그러나 이처럼 좋은 학
> 습 기회는 결코 없었다. 중앙당교의 교원은 매우 뛰어났
> 다. 그들은 박학다식했고 교학 방법도 매우 뛰어났다. 뿐
> 만 아니라 사상의 경지가 높았고 정치적 후각이 예민했다.
> 이곳에서의 학습은 내 사상적 성숙과 업무 능력의 향상을
> 가속화시켰다.[44]

이화림의 말처럼, 그녀에게 공부는 "사상적 성숙과 업무 능력의 향상을 가속화"하는 유일한 방편이었다. 1956년 7월에 중앙당교를 졸업한 이화림은 교통부에서 위생기술과 간부로 활동하다 1957년에 옌볜조선족자치주에서 활동을 제안받는다. 이화림은 조선족자치주의 인민대표, 자치주의 당대표, 정치협상 상무의원, 기관당위원회 상무위원 등에 선임되었다.

하지만 1966년 일어난 문화대혁명으로 이화림은 일생일대의 큰 위기를 맞게 된다. 홍위병들은 과거 김구와 독립운동을 함께했던 이력을 문제 삼아 이화림을 두 차례나 잡아들여 사정없이 취조했다. 그들은 이화림의 과거를 함부로 언급했다. "당신은 왜 김구의 품으로 들어갔지?"라는 물음에 이화림은 김구의 품이 아니라 "암살조직"인 한인애국단에 참가했다고 답했다. 그렇게 위기를 넘긴 듯했으나, 홍위병들은 이내 다시 들이닥쳐 한국전쟁 당시 이화림의 경험과 기억을 왜곡했다.

"이화림, 당신은 왜 조선 전쟁터에서 도망쳐 나왔지?"
"왼쪽 다리가 폭격기에 맞아 부상을 입었기 때문입니다."
"가벼운 부상으로는 전선에서 퇴각하지 않는다. 당신은 왜 퇴각했지?"
"제 왼쪽다리에서 이미 두 개의 탄피를 뽑아냈습니다."
"당신, 거짓말하고 있어. 당신이 자유롭게 걷는 걸 내가 봤어."

......

"당신은 탈영병이고 거짓 혁명을 했어."[45]

이화림은 홍위병들에게 자신이 어떤 사람인지 설명했다. "저는 혁명을 위해 모든 것을 바쳤습니다." 홍위병들은 이화림의 이야기를 듣지 않았다. 자신들의 폭력을 정당화했다. 이화림은 홍위병들이 "나의 팔을 비틀고, 나의 몸뚱이를 때리고, 나의 영혼을 유린했다"고 회고했다. "이화림이 투항하지 않으면 없애버려, 이화림을 타도해버려!" "나는 영문도 모른 채 '국민당스파이, 조선스파이, 자본주의 추종자'와 같은 큰 모자를 써야 했다. 나의 '완고함'에 결국 나는 외양간에 갇혀 3년을 보냈다."[46] 중국 대륙을 종횡무진하면서 살아온 이화림은 결국 하루아침에 외양간으로 하방下放을 당한다. "나는 내가 그림자 같은 존재로 느껴졌다."

일과 생명

1930년 상하이에 도착한 이래 이화림이 한곳에서 3년 동안 이렇다 할 활동 없이 머물렀던 적은 없었다. '공부'와 '이동'이 원천적으로 차단된 시간을 자신이 그토록 지지했던 마오쩌둥 주석의 시대에 겪고 있다는 사실은 사회주의자 이화

"85歲 抗日여걸" 찾았다

己未만세운동후 上海로 탈출
尹奉吉의사와 決死대원 활약

金九선생 "共産主義성향" 이유 모든기록 삭제

中國시립양로원 李華林할머니 쓸쓸한 老年

1991년 3월 1일 『경향신문』은 이화림의
항일투쟁을 재조명했다. 당시 85세의
이화림은 양로원에서 노년을 보내고 있던
것으로 알려졌다. 중국 정부는 이화림의
항일투쟁을 높이 평가해 정부의 요직을
맡기고, 1985년 그녀가 은퇴한 후에도
정기적인 연금을 지급했다고 한다. 기사에는
이화림이 북경의 한 출판사에서 회고록
출간을 앞두고 있다는 언급도 있다.

1991년 12월 7일 『조선일보』는 이화림의 근황을 전했다. 같은 해 5월 30일 중국 연길시 소재의 잡지사 『천지』에서 자신의 이름을 딴 화림문학상 2회 수상자에게 상장을 수여하는 이화림의 모습이 담겨 있다.

림에게는 엄청난 고통이었다. 하지만 당장 생존할 방법부터 모색해야 했다. 외양간에 갇힌 이화림은 "틀림없는 사실로써" 자신을 항변하고자 노력했다.

자신의 무고함을 증명하기 위해 "날이면 날마다" 항변을 준비했던 이화림은 1978년에 복권되어 다롄 시찰실의 시찰원과 조선족노년협회 명예회장으로 임명되었다. 이화림은 쉬지 않고 '일'했다. 1988년 9월에는 창춘시 조선족 사회과학종사자협회의 고문으로 초빙되었다. 그리고 구순이 넘은 나이에 "시의 노老 간부 활동실에서 여러 활동을" 하며, 회

변신하는 여자들

고록을 준비한다. 위기의 순간마다 "노동에 적극 참가했고 자신을 개조하려고 노력"한 이화림은 '노동'과 '개조'를 통해 '공부'와 '이동'의 의미를 실천했다.

1999년, 이화림은 95세의 나이로 세상을 떠났다. 이화림은 자신의 삶을 직접 이야기하며 20세기를 정리했다. 이화림의 회고록은 그녀가 누구인지 또 어떤 사람인지 알려준다.[47] 그녀는 저격수이자 의사였고, 한국인이자 중국인이었으며, 독립운동가이자 사회주의자였다. 그러나 그녀의 이야기를 그렇게 축약해서는 안 될 것 같다는 생각이 드는 것은 왜일까?

이화림은 누구인가? 그녀의 삶을 어디에서 찾을 수 있을까? 그녀의 삶을 들여다보기 위해서는 다시 그녀의 이야기로 돌아갈 수밖에 없다. 회고록을 마무리하며 이화림은 "'스스로 일해야 의식이 풍족하다'는 말을 생각했다. 오늘에 와서 과거를 생각하니 감개가 무량하고 노동은 내게 익숙했다는 것을 느꼈다"[48]고 고백했다. "평생, 제 일은 생명"이라고 선언했던 이화림은 삶에서 '공부'로 현실의 모순을 극복하고자 한 여성 혁명가였다. 이제 그녀의 이야기가 '옳은 평가'를 받아야 할 때가 되었다.

8

혁명가와 관료
허정숙의 침묵

그것도 다음에 말씀하지요.
간단하게 대답은 할 수 있지만 그 영향이 뜻밖으로 크니까요.
깊이 생각해 말씀드리지요.

—허정숙[1]

나는 남을 읽지만, 남도 나를 읽는다.

—시몬 베유[2]

너는 누구인가?

1924년 사회주의 해방론으로 조선여성동우회를 창립했던 허정숙은 1932년부터 팔판동에서 3년 동안 태양광선치료원을 운영했다. 그녀는 1929년 제2차 경성 시위사건을 주도한 혐의로 체포되어 3년 동안 구속된 바 있었다. 감옥을 "생지옥이지요, 그 속에서는 사람이 아닙니다"[3]라고 묘사했을 정도로 수감 중 건강이 악화되었다. 자연스럽게 뜸과 침을 비롯한 한의학에 관심을 갖게 된 허정숙은 출옥 후 태양광선치료원을 개업한다.[4] 자신은 물론 함께 투옥되었던 아버지 허헌의 치료 및 생계 대책 마련이 시급했지만, 사회주의 운동가였기에 일종의 위장 개업을 할 수밖에 없었다.[5]

제2차 경성 시위사건 관련 소행조서는 허정숙에 대해 다음과 같이 기록하고 있다. "음험하고 교활"하며 "소행이 극히 불온하여 수인의 정부를 만들고, 또 일정한 직업 갖기

1930년 서대문형무소에서 작성된 허정숙과
그녀의 아버지 허헌의 수형기록표. 허정숙과
허헌은 일제의 주요 감시 대상이었다. 당시
허정숙은 스물아홉, 허헌은 마흔여섯으로
두 사람 모두 독립운동가로 활발히 활동했다.

를 꺼려 항상 주의 운동에 진력하며 고의로 과격한 언동을 일삼아 세평이 불량”. “특히 요시찰인으로 사찰 중인 자로서 공산주의를 찬성하고, 조선 여성운동을 표방하여 주의 선전에 광분하는 자. 근우회에 관계하여 배일 사상을 포지하여 신간회, 천도교와 연락을 갖고 대명회에 속함.” 허정숙은 전향 가능성을 기재하는 “개전의 가망 여부”란에 “희망 없음”[6]이라는 판명을 받을 정도로 조선사상범 보호 관찰령의 주요 감시 대상자였다.

그녀는 태양광선치료원을 운영하며 사회주의 운동과 관계가 없는 것처럼 행동했지만, 1933년 5월에 경상남도 동래의 율전고무공장 여공 파업을 은밀하게 주도했다. 하지만 허정숙은 자신의 활동이 공개되는 것을 극도로 회피했다. 가명으로 파업을 주도하는 한편, 검거 상황이 닥치면 실신을 하는 등 기상천외한 방식으로 위기 상황을 모면했다. 그저 대체의학에 심취한 태양광선치료원 운영자의 일상만을 공개했다.[7]

언론은 허정숙을 비롯한 여성 사회주의자들이 불가피하게 침잠 상태에 접어들자 그들의 일상에 관심을 가졌다. 1935년 『중앙』 1월호에도 유영준, 우봉운, 정칠성, 허정숙을 각각 방문 취재한 특집 기사가 게재되었다.[8] “그 전날 사회제일선상에서 화려하게 활약하던 제 여사들의 최근 심경은? 생활은? 현재에 느끼는 감상은 여하한가를 들어서 이를 궁금히 여기시는 독자제위께 전하려는 것이 이 이동좌담회를 개최하는 본의올시다. 제諸여사 중에는 말씀하기를 회피하는 분도 있고 더 나아가서는 만나기까지를 꺼리는 분까지 있어……"라는 구절로 시작되는 이 기획기사에서 유영준과 우봉운, 정칠성은 각각 "적나라한 남성의 정체"와 "내가 본 남성의 불만"이라는 주제로 인터뷰에 응했다.

하지만 허정숙은 "운동을 떠나신 뒤의 소회를 들었으면 하고" 찾아온 취재진의 모든 질문에 일관되게 "다음 기회에 말하겠다"고 답하며 입장 표명을 회피했다. 기자가 "백방 애청하며 근일 소회를 물었으나" 시종일관 "다음 기회"로 미뤘고, "새로 여성운동 단체가 생긴다면 선생은 또다시 나아가 활동하시렵니까?"라는 질문에 "그것도 다음에"라고 답했다. "이 치료원으로 앞으로 오래 계속하실 작정이십니까?"라는 물음에도 "글쎄요. 모르지요"라고만 답했다. 오히려 허정숙은 기자에게 "저 같은 사람보다 이러한 방문은 지금 사회적으로 활동을 하시는 황신덕씨를 찾아뵙는 것이 어떠세요"라고 조언한다.[9] 기자는 "허헌의 동정을 묻고, 우연히 송봉우를 발견하는 소득을 얻었을 뿐"이라고 자신의 취재가 실패했음을 우회적으로 인정하며, 허정숙이 약속한 "다음 기회"를 믿었다. 하지만 허정숙은 '다음 기회에 말하겠다'는 약속을 지키지 못했다. 그녀에게는 더욱 급박한 시간들이 다가오고 있었다.

조선의 콜론타이

첫 번째 남편이었던 임원근이 제1차 조선공산당 사건으로 투옥되었을 때, 허정숙은 송봉우와 동거를 하며 임원근과의 이혼을 추진했다. 이 때문에 사회주의자들 내부에서도 큰 비판을 받았다. 하지만 송봉우가 전향을 선택하자 허정숙은 그에게 이별을 통보한다.[10] 이후 허정숙은 아버지 허헌의 지인이자 치료소 방문객이었던 사회주의 운동가 최창익과 연인이 되고, 1935년경 그와 함께 중국으로 망명해 무장독립 투쟁에 참여한다.[11] 1930년대 이후 식민지 조선에서 더 이상 사회주의 운동을 지속할 수 없다고 판단하고 '무력'을 획득하기로 결심한 것이다.[12] 허정숙은 1938년 항일군정대학 제 7분교 정치군사과에 입학한다. 1940년 대학 졸업 후에는 최창익과 무정이 결성한 조선청년당에 합류하는 한편, 팔로군 120사단 정치위원으로 활동한다.[13]

　『동아일보』 기자이자 잡지 『신여성』의 편집인이었으며, 중국어, 일본어, 영어 등을 자유롭게 구사할 수 있었던 허정숙은 식민지 시기에는 주세죽, 고명자와 함께 사회주의 여성운동가 트로이카로 불리며 활동했고, 해방 이후 북한에서 여성 엘리트로서 최고인민회의 대의원을 여섯 번이나 역임한 경력을 가지고 있었지만, 정작 자기 삶을 글로 남기지는 않았다.[14] 남성 사회주의자들과의 연이은 결혼과 이혼, 출산 등으로 '조선의 콜론타이'로 불렸지만, 콜론타이와는 근

1918년 배화여고 시절
청계천에서 발을 담그며 즐거운
시간을 보내고 있는 허정숙,
주세죽, 고명자(왼쪽부터).

본적으로 큰 차이점이 있었다.[15] 콜론타이가 자신의 삶을 자전적 소설, 자서전 등의 형식을 통해 이야기한 것과 달리 허정숙은 자기 생애에 대해 단 한 번도 언급하지 않았다.[16] 여성 문제와 사회주의 운동에 관한 논설에 가까운 글들만을 발표했을 뿐이다. 그녀가 쓴 미국 기행문에서 자기 고백적 성격을 읽어낼 수 있다는 주장을 펼칠 수도 있겠지만, 허정숙은 그 글에서조차 자신의 번뇌 가득한 심정을 털어놓지 않았다. 그녀는 사회주의자의 관점으로 미국을 분석하고자 했다.[17] 허정숙은 대체 왜 자신의 삶에 대해 단 한 번도 스스로 이야기하지 않았을까?

물론 식민지 시기 여성 지식인들의 자기서사 부재가 허정숙 개인만의 문제는 결코 아니다. 최경희는 근대라는 시공간으로 논의를 확장해 식민지 조선에서 여성의 자기서사가 부재했던 상황이 당대의 출판 시장 및 검열 제도와 밀접히 연관되어 있었음을 밝힌 바 있다. 여성 자서전이 단행본으로 출간되던 20세기 초엽부터 전 세계적으로 사회주의 혹은 무정부주의 여성운동가들의 자기서사가 눈에 띄게 출판된 흐름은 사회주의 여성운동가들의 자기서사를 찾아보기 힘들었던 식민지 조선의 상황과 확연하게 대비된다.[18] 그런 점에서 여성 지식인의 자기서사 부재를 체제 비판적 담론이 검열 제도에 의해 억압되던 식민지적 특수 상황의 산물로 바라보는 최경희의 관점은 중요한 통찰을 제공한다.[19] 제도 밖의 검열 또한 분명 영향을 미쳤을 것이다.

식민지 조선에서 사생활을 둘러싼 무차별적 공격과 비판의 대상이 된 여성 지식인들은 매우 곤혹한 상황에 처해 있었다. 허정숙의 경우만 하더라도 세 차례에 이르는 결혼과 이혼 과정에서 이부異父 형제들을 출산한 과정이 스캔들로 다뤄졌으며, 그 과정에서 일곱 차례 결혼한 여성으로 과장된 소문에 시달렸다.[20] 나혜석이 「이혼 고백장」을 발표하며 자신을 둘러싼 소문에 정면으로 승부수를 던진 것과 달리, 허정숙은 자신의 삶에 일어난 일들의 진상을 고백하지도 부인하지도 않으며 언제나 "다음 기회"만을 기약했다.

　허정숙은 자신의 삶에 관해 침묵으로 일관했다. 78세의 나이에도 글쓰기를 좋아한다고 고백하며 자신의 삶을 이야기한 콜론타이와 달리 "조선의 콜론타이" 허정숙은 왜 자기서사를 "다음 기회"로 유보했을까? "간단하게 대답은 할 수 있지만 그 영향이 뜻밖으로 크니까요"라는 허정숙의 답변에는 과연 어떤 의미가 담겨 있는가? 1957년에 일어났던 북한의 연안파 숙청사건의 소용돌이 속에서 허정숙이 겪어야 했던 파국적 현실은 여성 사회주의자가 택한 침묵의 의미를 일부 짐작하게 한다.

역사적인 죄악 폭로문

버틀러는 우리가 '우리 자신에 대해 설명하는 것giving an account'이 필요하다는 통찰을 제시한 바 있다. 버틀러는 나의 '책임'이 반드시 '너'와의 관계 속에서 파악될 수 있다고 주장한다. 자기 자신을 설명하는 '나'는 '너'와 인과적 관계를 맺고 있다는 전제를 받아들이게 된다는 것이다. 자기 자신이라는 존재는 결코 고정된 것이 아닐뿐더러 자기 자신을 설명하는 바로 그 과정 속에서 비로소 만들어진다.[21] 따라서 자

러시아혁명의 지도자 중
한 명이었던 콜론타이는
여성해방운동을 펼쳤다.

기 자신을 설명하는 행위 속에는 그 설명을 증여받을 대상이 이미 함축되어 있다.

버틀러의 주장처럼, 인간의 말하기란 이야기를 수신할 상대방을 전제로 이루어지는 행위로, 사회적 존재로서 '나'의 책임을 '너'와의 관계 속에서 상황적 행동으로 재배치한다. 그리고 그러한 사실은 자기 자신에 대한 설명이 곧 설명 불가능성을 인정하는 행위임을 인정하도록 만든다. 자기 자신에 대한 설명은 언제나 난관에 부딪힐 수밖에 없는데, 자신이 왜 그때 그런 행동을 했는지 누군가에게 설명할 때 사용되는 언어는 '나'라는 존재의 대체 불가능성을 보장할 수 없는 사회적 약속과 규범의 언어로 이루어지기 때문이다. 과연 허정숙은 어떠한 난관에 놓여 자기 자신에 대해 끝내 설명하지 않았던 것일까? 어떤 이유에서 자신 앞에 "초래된 고통의 원인이 자기 자신"이었는지 질문할 수 없었을까?

1935년 중국으로 망명해 항일무장투쟁 활동에 참여했던 허정숙은 1945년 12월 연안파로 불리기도 했던 화북조선독립동맹의 일원으로 북한에 들어왔다. 화북조선독립동맹은 1946년 2월에 조선신민당이라는 이름으로 독자적인 정치 세력을 형성했고, 이때 허정숙은 무정, 김창만 등과 함께 북조선공산당에 들어갔다. 1946년 5월 조선민주여성동맹 제1차 대표대회에서 중앙위원으로 선출되고, 1948년 9월 조선민주주의인민공화국 출범 당시 문화선전상으로 임명되었지만,[22] 그녀의 정치적 입지는 안정적이지 못했다.

1950년 말 연안에서 활동했던 세력은 대부분 종파주의자로 낙인찍혀 숙청당했다. 북한이 김일성을 중심으로 일원화되는 시점이었다. 허정숙은 숙청 대상에서는 제외되었지만, 1960년 11월 최고재판소장직에서 해임되었고, 다음 해인 1961년에는 당 중앙위원회에서 제명되는 사태를 겪어야 했다. 허정숙은 그로부터 4년 후인 1965년에야 겨우 회생할 수 있었다.

조선민주여성동맹 부위원장을 시작으로 1972년에 조국통일민주주의전선 중앙위원회 서기국장, 1981년 11월 조선노동당 중앙위원회 근로단체사업 비서직 등을 역임한 허정숙은 1989년 말 당 중앙위원회 비서직에서 물러났다. 허정숙이 1991년 6월에 90세의 나이로 사망한 사실을 감안하면, 생애 말기까지 북한에서 여성 엘리트 정치인으로 활약했음을 알 수 있다. 하지만 연안파 숙청 사건을 겪은 이후부터 허정숙은 정치적 발언권을 갖지 못한 채 북한에서 허헌의 딸이자 그저 상징적인 여성 지도자로 존재했을 가능성이 높다.

최창익, 김두봉 등 연안파 세력들은 1956년경부터 김일성으로 일원화되는 국가체제에 반대하고, 김일성 개인에 대한 우상숭배를 비판하며 종파 사건(같은 해 8월)을 일으켰다. 연안파의 종파 투쟁은 초기에 잠시 성공을 거둔 듯 보였지만, 1년 뒤 김일성의 반격이 시작되었다. 김일성은 1957년부터 반-종파 투쟁이라는 명목하에 연안파를 대대적으

1948년 4월 10일 남북협상에 참석한 허정숙이 여성 단체를 대표해 축사를 낭독하고 있다.

로 숙청하기 시작했다. 김두봉을 조선노동당에서 제명한 후, 1958년 3월 조선노동자 대표자 회의에서 최창익을 공개 비판하도록 했다.[23] 이 자리에서 허정숙은 최창익의 "역사적인 죄악 폭로문"을 읽으며 울음을 터뜨리고 말았다. 최창익은 4개월 후인 1958년 7월경에 쿠데타 기도 혐의로 체포되었고, 결국 처형되었다.

최창익이 숙청당하기 전까지 허정숙과 최창익은 정치적 동반자로서 좋은 관계를 유지하고 있었다. 허정숙과 최창익은 중국 망명 시절 결혼했지만, 1945년경 이혼에 합의했다. 다른 여성과 사랑에 빠진 최창익이 먼저 이혼을 제의

했다. 허정숙은 이혼에 흔쾌히 동의했을 뿐 아니라, 1946년 최창익의 결혼식에서 축사를 맡았다. 허정숙은 "붉은 연애"라고 불린 동지적 사랑을 일관되게 추구했고, 전향을 하지 않은 이상 결별 이후에도 전남편들과 동지로 지냈다. 하지만 숙청 과정은 잔인했다.

최창익을 중상모략하기 위해 최의 전 부인이었던 허정숙까지 연단에 올려 세웠다. 1952년에 사망한 그녀의 부친 허헌과 함께 그녀는 인망 높은 여걸이었다. 그녀는 오랜 공산주의자이자 항일투사이고 내각이 조직되던 첫날부터 선전선동상을 지냈다. …… 그녀와 최는 항일투쟁을 할 때 부부였다. 이러한 그녀가 동지이자 지난날의 남편이었던 최창익의 역사적인 죄악 폭로문을 읽어야만 했을 때 억울함을 참을 길 없어 연단에 선 채로 울음을 터뜨렸다. 그녀는 이 대회에 끌려오기 전에 갇혀 있었다. "최창익 도당을 숙청하고 우리 함께 혁명을 해야 하지 않겠느냐. 그놈과 같이 죽고 싶어서 그러는가" 하는 따위의 갖은 협박과 회유가 가해졌다. 그녀는 백 일 동안 계속된 핍박을 견뎌내지 못하고 중앙당 조직부 지도원이 쥐어주는 「최창익 폭로문」을 받아 쥐고 말았다. 폭로문을 읽으면서 그녀가 운 이유는 최를 비롯한 모든 전우들의 비참한 운명을 생각하고 그 따위 폭로문을 읽어야 하는 자기 신세가 억울해서였을 것이다. 허정숙은 회의가 끝난 뒤에도 오랫동안 갇혀 있었다. 몇 년이 지난 뒤 중국 국가 주석 유소기가 조선을 방문할 무렵 김일성은 허정숙을 사람들 앞에 나서게 하라고 지시했다. 허를 죽이지 않았을뿐더러 여태껏 높은 자리에 앉아 있게 했다는 것을 과시하기 위해서「조국전선서기국장」「당중앙위원회비서」등의 직명을 붙여주도록 했다. 그리고 신문에도 보도하고 중국을 친선 방문하도록 주선하도록 일렀다. 이 모든 것은 조선의 백성과 중국의 국가 지도자들에게 연안파를 다 죽인 것은 아니다. 죄가 있는 놈만 죽였지 죄 없는 사람은 건드리지 않고 중용하고 있다는 인식을 심어주기 위한 것이었다.[24]

허정숙은 연안파 숙청 사건을 겪으며 자신의 정치적 생명도 실질적으로는 끝났음을 간파했을 것이다. 자신의 정치적 생명을 김일성에게 맡기기로 선택했기에, 최창익에게 "역사적인 죄악 폭로문"이라는 '상해'를 입힐 수밖에 없었다. 허정숙을 굳이 숙청할 필요가 없었던 김일성 체제는 허정숙에게 최창익 숙청에 가담할 것을 요구했고, 허정숙은 이를 수용했다. 허정숙은 당내에서, 좀 더 정확히 말하면 김일성에게 정치적으로 버림받지 않는 것으로 그 대가를 받았다. 조국전선서기국장, 당중앙위원회비서 등은 김일성이 허정숙을 "죽이지 않았을뿐더러 여태껏 높은 자리에 앉아 있게 했다는 것을 과시하기 위해" 부여한 직함이지만, 그조차 최창익 숙청에 협력했기 때문에 받을 수 있었던 자리였다.

숙청의 설계자들

러시아혁명 이후 스탈린에 저항한 반대파들도 숙청을 겪었다.[25] 그 반대파 중 한 명이었던 콜론타이는 허정숙과 유사하면서도 다른 행보를 걷게 된다. 1925년부터 반대파에 대한 대대적인 숙청을 감행한 스탈린은 자신을 절대적으로 지지하지 않았던 콜론타이를 숙청 대상에서 제외했는데, 그 이유를 크게 두 가지로 생각해볼 수 있다. 콜론타이는 볼셰비키 중앙위원회의 유일한 여성 위원으로 선출되었으며 여성으로서는 유일하게 레닌, 트로츠키, 부하린 등과 함께 당 강령 초안 작업에 참여했고, 가족법 제정을 추진했다.

사실 콜론타이는 '여자 레닌'으로 불릴 정도로 레닌의 혁명을 적극적으로 지지하고 협력했던 볼셰비키였으며, 혁명 직후 러시아 내각에서 유일한 여성 인사였다.[26] 실제로 소련은 혁명 직후 정치적 평등권의 상징인 선거권을 여성에게 부여하고, 여성 사업 전담 기구인 여성부를 세계 최초로 수립했다.[27] 하지만 레닌을 비롯한 볼셰비키 내부의 국가자본주의는 콜론타이의 여성해방론과 점차 충돌을 일으켰고, 사회주의 국가가 먼저 안정적으로 구축되어야 한다는 명목을 내세우며 여성 정책에 대해서도 보수적인 노선을 걷게 된다. 여성해방을 위한 정책 수립을 목표로 설립된 소련의 여성부 또한 관료적인 정부 조직으로 변질되었다.[28] 이런 상황에 문제를 제기한 콜론타이는 분열주의자라는 오명을 쓰게

1946년 7월 22일 조직된 북조선
민주주의 민족통일전선 청사
앞에 선 중앙위원회 간부 일동.
허정숙(앞줄 오른쪽 두 번째)을
비롯해 김일성(앞줄 가운데),
이강국(앞줄 맨 오른쪽)의
모습이 보인다.

허정숙(앞줄 맨 오른쪽)은 1948년 9월 9일
김일성(앞줄 가운데)을 필두로 공식 출범한
조선민주주의인민공화국(북한) 초대 내각의
구성원이 되었다. 홍명희 부수상(앞줄 왼쪽 세
번째), 박헌영 부수상 겸 외상(앞줄 오른쪽 세 번째),
국가검열상 김원봉(둘째 줄 왼쪽 두 번째), 재정상
최창익(둘째 줄 오른쪽 두 번째)의 모습도 보인다.

독립운동가이자 공산주의자로
조선민주주의인민공화국 출범에 참여하여
요직을 역임했던 최창익은 1956년 8월
김일성의 독재화를 비판하다 종파 사건에
연루되어 옥사하게 된다.

김일성의 부인 김정숙(가운데),
김정일(어린아이)과 함께 있는
허정숙(맨 왼쪽)의 모습.

되었다. 레닌을 비롯한 공산당 내부에서 콜론타이는 큰 비판을 받았다.[29]

콜론타이에 대한 정책 비판은 그녀의 사생활을 문제 삼는 것으로 대체되었다. 레닌과 스탈린 등 남성 정치인들은 콜론타이가 17세 연하의 파울 디벤코와 동거하고 있다는 사실을 거론하며 그녀를 압박했다. 그 사건을 계기로 콜론타이와 디벤코는 헤어졌다. 레닌은 국내에 콜론타이가 머무는 것조차 부담스러워했다. 스위스 유학과 독일 망명 생활 등으로 해외 경험이 풍부하며 4개 국어에 능통했던 콜론타이는 1922년 외교관으로 임명된다.[30] 세계 최초의 여성 외교관이 되었지만, 실제로는 소련 밖으로 정치적인 추방을 당했던 것이다. 스탈린은 해외 체류 중인 여성 외교관을 굳이 숙청하지 않았다. 반면 콜론타이와 헤어진 디벤코는 1938년 7월 인민의 적이라는 죄명으로 총살당했다.[31]

숙청의 설계자들은 콜론타이와 허정숙과 같은 여성 정치인이 혁명 이후 별달리 위협적인 존재가 되지 못한다는 사실을 인지하고 있었다. 그들은 협박, 고립, 추방, 유배 등의 방법을 동원했다. '여성 사회주의자에게 공적 지위와 인정 패러다임이 어떻게 확보될 수 있는가'의 문제를 생각해보게 되는 지점이다. "결국 젠더는 이차원적인 사회적 차별"[32]이라는 낸시 프레이저의 통찰처럼, 혁명 과정에 참여했던 여성 정치인들은 혁명 이후 국가 수립 단계에서 종종 배제되었다. 심지어 이들은 그런 결과를 감수할 수밖에 없었다. 콜론타이와 허정숙 역시 이와 같은 난관에 봉착했다.

정치적 생명의 보호자

허정숙이 사망 직전 김일성과 김정일에게 보낸 편지는 그녀가 숙청의 위협 속에서 살아남아 체득하게 된 정치적 감각이 우회적으로 표현되어 있다. 자신의 생애를 스스로의 언어로 배반하는 순간이기도 했다.

> **위대한 수령 김일성 동지께 삼가드립니다. 친애하는 지도자 김정일 동지께 삼가드립니다. …… 반세기 가까운 기나긴 세월 어버이 수령님의 슬하에서 한없는 은총을 받으며 자라 온 영광스럽고 행복한 지난날을 가슴 뜨겁게 돌이켜 보면서 끓어오르는 경모의 정을 이기지 못해 …… 자손들도 위대한 수령님과 지도자 동지께 끝까지 충성과 효성을 다하도록 하겠습니다. 어버이 수령님, 저의 자손들을 부탁합니다. 잘 키워주시고 이끌어주시기 바랍니다. 외람된 말씀이오나 저의 자손들의 정치적 생명의 보호자로 되시여 그들이 당과 혁명을 위해 충성을 다하도록 키워주시고 보살펴주셨으면 합니다.**[33]

1991년 6월 5일 허정숙의 사망 소식이 『로동신문』을 통해 알려졌다. 사망과 장례(국장) 소식은 6월 6일부터 8일까지 사흘에 걸쳐 『로동신문』에 실렸고, 6월 11일 신문 2면에는 허정숙의 위 편지가 공개되었다. 허정숙의 친필 편지임을 증명하는 사진도 편지와 함께 실렸다. 허정숙의 장례식이 끝난 후 그녀의 편지를 전해 받은 김일성의 지시로 이루어진 일이었다. 알려진 바에 따르면, 허정숙은 죽기 몇 년 전 아버지 허헌과 자신에 관해 제작된 자전적 영화에서 식민지 시기 자신의 연애관과 결혼 전력에 대한 내용을 삭제했다고 한다.[34]

그녀는 자신의 생애에 대해 스스로 이야기하거나 입장을 설명하는 대신 과거를 삭제하는 길을 선택했다. 그리고 허정숙은 죽음을 며칠 앞두고 "붓을 쥘 수도 없는 부은 손으로" 김일성과 김정일에게 자신의 "자손들을 부탁"하는 편지를 쓴다. 그녀가 "깊이 생각해" 말하겠다고 한 내용은 결국 "자손들의 정치적 생명의 보호자"를 확보하는 일이었을까? 여성 사회주의자로서의 마지막 편지가 "자손들을 부탁"하는 내용이라는 사실은 허정숙이 지향했던 혁명이 "자손들"의 미래를 걱정하는 '어머니이자 할머니'라는 정체성으로 귀결되었음을 알려준다. 1925년 11월 잡지 『신여성』에 "가정은 지옥"이고 여성이 "자식의 노예"인 현실을 강도 높게 비판하는 글을 발표했던 허정숙은 자기 생애의 마지막 글을 "자손들"을 위해 썼다.

보편적인 모순

김일성과 김정일에게 자기 "자손들"의 "정치적 생명의 보호자"가 되어주기를 간곡하게 부탁한 이 처음이자 마지막인 편지를 어떻게 해석할 수 있을까? 그녀는 왜 김일성과 김정일에게 보내는 그토록 간곡한 편지를 유서로 남겼을까? 허정숙에게 "필요한 것은 고백적 자서전"[35]이 아니었다. 자신의 삶에 발생했던 역사적 사건에 서사를 부여하는 행위 역시 허정숙은 하지 않았다. 허정숙이 죽음을 앞두고 쓴 한 통의 편지는 그녀 자신이 살아온 삶과 추구해온 논리가 언제부터 배치되기 시작했는지 보여준다. 해방 이후 북한으로 귀환하면서 허정숙의 생애는 스스로 이야기할 수 없는 운명으로 귀결되고 있었다.

물론 허정숙이 자신의 사회적 발언을 철회한 것은 처음이 아니었다. 해방 이전인 1925년 8월 21일 허정숙은 주세죽, 김조이와 함께 단발을 감행했다. 여성 사회주의자 3인의 단발은 사회적인 관심을 불러일으켰다. 단발 감행 이틀 뒤인 1925년 8월 23일 『조선일보』에는 "조선에서 그것을 단행한 그 용기가 대단한 것"[36]이라는 논설이 실렸고, 같은 달 발간된 『신여성』에는 "단발 문제의 시비"라는 제목의 특집이 기획되기도 했다. 단발을 감행하고 두 달 뒤인 1925년 10월 허정숙은 「나의 단발과 단발 전후」라는 글을 『신여성』에 발표했다.

허정숙은 이 글에서 자신의 주장을 펼쳤다. "나는 여성으로서 단발하는 것이 (각 개인의 취미대로) 어떠한 의미로 보던지 당연한 일이라고 생각합니다. 여성이 자기의 두발 그것 때문에 과거에 있어서 얼마나 모욕을 받아왔으며 현재에 있어서 적나라한 인간성에 돌아가 비추어볼 때 얼마나 불편하고 구속되는 점이 많은가를 알 수가 있습니다."[37] 이어서 주세죽, 김조이와 함께한 단발 감행이 "오래전부터 작정해왔기에 함께 모인 시간에 단발을 하기로 언약"되어 있었던 일이었다고 덧붙였다. 허정숙은 단발 감행 사건에 대한 소회를 이렇게 밝혔다. "다 깎은 뒤에 3인은 서로 변형된 동무의 얼굴을 쳐다보며 비장하고도 쾌활미가 있는 듯이 웃어버렸습니다. 이것으로써 우리의 단발의 막은 열리었습니다." 하지만 허정숙이 예상했던 것과 달리 이들 여성의 단발은 별다른 대중적 호응을 얻지 못했다. 그러자 허정숙은 1928년 12월 『별건곤』에 「조흔經驗 新試驗失敗談: 단발했다가 장발된 까닭」을 발표하고, 단발 철회의 입장을 밝혔다.

우리의 필요에 의하여 단발을 하고 또 우리 필요에 의하여 장발을 하는데야 남이 조소를 하던지 상관할 것이 있으랴 다만 문제는 단발과 장발이 우리의 일을 하여가는데 어느 것이 유리하냐는 그것뿐이다…… 나의 경험으로 보면 여자의 단발이 자기 개인으로는 시간의 경제로나 위생상으로나 미관으로나 여러 가지가 다 좋지마는 사회적으로 무슨 일을 하는 데는 아직 환경이 …… 적어도 민중 속에 들어가서 서로 손을 잡고 물에 물 부은 듯이 술에 술 부은 듯이 아무 간격과 색채와 파벌이 없이 일을 하자면 아직까지는 단발한 것이 여러 가지로 불리한 점이 많은 것 같다.[38]

"개성으로서 참된 반성이 있고 반역"[39]을 할 때 사상혁명과 투쟁이 가능하다고 주장했던 허정숙은 자신이 선택한 단발이라는 개성을 조선의 '사회적 현실'을 이유로 철회했다. 그러나 이 글은 허정숙이 해방 이후 북한에서 남긴 글들과는 다른 논리를 가지고 있다. 대중적인 운동 노선이 무엇인가를 끊임없이 모색한 여성 사회주의자로서 단발 철회의 입장을 밝힌 글과 어머니이자 할머니로서 김일성, 김정일에게 자손들의 정치적 입지를 부탁하는 유서는 분명 층위가 다르다. 역설적이게도 허정숙은 사회주의자의 정체성을 가지고 기사와 논설을 쓰던 시절 자신의 이야기를 하지 않았다. 그녀는 "붉은 연애"의 주인공으로 그토록 소란스러웠던 스캔들과 수많은 억측들이 쏟아지는 상황에서도 자신의 삶을 스스로 설명하지 않았고, 진실이 무엇인지도 증명하지 않았다. 물론 1930년대 초반 여성 사회주의자로서 이어가던 활동을 멈추고 생계를 위해 태양광선치료원을 운영하게 되었을 때에도 일체 심경을 밝히거나 앞날의 계획을 펼치지 않았다. 허정숙은 자신에 관한 모든 이야기를 "다음"으로 유보했다.

변신하는 여자들

그러나 55년의 세월이 지난 후, 구순의 허정숙은 "붓을 쥘 수도 없는 부은 손으로" 김일성과 김정일에게 자손들의 "정치적 생명의 보호자"가 되어줄 것을 간곡하게 부탁하는 편지를 쓴다. 그 편지를 쓴 사람이 절대 허정숙일 리가 없다고 부인하는 사람들이 존재할 수도 있다는 사실을 의식하기라도 했던 것일까? 편지를 쓰고 있는 허정숙의 모습 그리고 허정숙의 친필 편지는 왜 그녀의 '사후'에 사진으로 공개되었을까? 마치 그 장면은 여성 사회주의자가 자기 생애를 이야기하는 것을 다음으로 마냥 유보했을 때 어떤 일이 벌어지고 마는지를 암시하는 것만 같다. 물론 단지 허정숙에게만 해당되는 이야기는 아니다.

71세까지 스웨덴 공사로 해외에 체류했다가 러시아로 돌아와 자택에서 주로 글을 쓰며 지냈던 콜론타이는 1952년 80세의 나이로 세상을 떠났다. 콜론타이는 혁명 동지들 상당수가 숙청의 소용돌이 속에서 사라져버린 소련으로 돌아온 후 외부 활동을 거의 하지 않은 채 조용히 책을 읽고 글을 쓰며 지냈다. 소련 당국은 그녀가 남긴 메모 가운데 일부를 모아 책을 발간한다. 그 책에는 "소비에트 조국은 내게 실현된 환상처럼 소중하다. 이것은 나의 꿈의 국가인 것이다"[40]와 같은 소비에트 러시아에 대한 찬사만이 담겨 있었다고 한다. 허정숙과 콜론타이의 그 마지막 글들은 과연 진실일까? 그리고 그들의 글이 서로 유사한 것은 그저 우연일까? 아니면 이 상황을 단순히 공산당 내부에도 존재했던 보편적

8. 혁명가와 관료: 허정숙의 침묵

허정숙이 『동아일보』에 3회에 걸쳐
연재한 「부인운동과 부인문제 연구」의
첫 번째 편(1928. 1. 3). 허정숙은 이
글에서 여성 문제를 해결하려면 계급
문제와 같은 근본적인 사회 모순을
해결해야 한다고 주장했다.

인 모순으로 해석해야 할까?[41]

오히려 나는 허정숙이 북한에서 마지막으로 남긴 글을
통해 그녀가 왜 식민지 시기에 자기서사를 감행하지 않았는
가에 대한 문제를 다시 생각하게 된다. 허정숙은 독립운동
과 사회주의 운동이 금기시되고, 봉건적이고 가부장적 질서
가 유지되던 식민지 조선에서 여성 사회주의자가 스캔들의
주인공으로 소비되는 현실을 완강히 부정했다. 특히 여러
차례의 결혼과 이혼, 출산 등으로 '조선의 콜론타이'로 불리
며 화려한 남성 편력의 주인공으로 거론될 때에도 침묵으로

일관했다. 사생활뿐만 아니라 사회주의자로서의 소회도 일체 밝히지 않았다. 특히 사회주의 운동이 해외와 지하로 활동 공간을 옮기게 되며 수많은 전향자들이 속출했던 1930년대에도 허정숙은 말을 아꼈다. 언론사는 사회주의자들의 동향과 심경을 담아내고자 허정숙을 찾아갔지만 돌아온 것은 언제나 "다음에 말씀"하겠다는 대답뿐이었다. 기자의 집요한 추궁에 허정숙은 "대답은 할 수 있지만 그 영향이 뜻밖으로 크니까요"라고 답했다.

죽기 직전 허정숙이 북한에서 남긴 자기서사는 분명 예전과 크게 달라져 있다. 연안파 숙청 이후 김일성 중심의 체제가 확고해지자 허정숙은 여성 사회주의자로서 이전과 같은 적극적 행보를 포기한다. 해방 이후 김일성 중심의 북한 체제 속에서 살아남기 위해 침묵을 선택한 것이다. 식민지 시기의 허정숙은 자신의 삶을 말하거나 글로 쓰진 않았지만, 때로는 기발하고 때로는 과감한 승부수를 던져 현실의 난관을 극복하곤 했다. 그러나 식민지 시기의 침묵이 생존을 위한 방편이자 여성 사회주의자로서의 적극적 실천 의지로 해석될 수 있다면, 해방 이후 북한에서의 자기서사 부재는 보신保身을 위한 소극적 침묵에 가깝다. 그러한 태도가 무엇을 의미하는지는 김일성과 김정일에게 보내는 그녀의 편지에서 우회적으로 드러난다.

자기서사의 기회를 언제나 '다음'으로 유보했던 허정숙. 입이 있어도 그 입을 의도적으로 다물기로 했던 이 여성

1972년 북한 만경대의 한 식당에서 한적대표단 수행원 기자들과 인터뷰를 가진 노년의 허정숙. 당시 그녀의 직위는 조국통일 민주주의전선 중앙위원회 서기장이었다. 이 인터뷰는 1972년 9월 1일자 『매일경제신문』에 게재되었다.

의 생애는 역설적으로 식민지 조선의 여성 사회주의자들에게서 나타나는 침묵과 자기서사의 간극을 생생히 보여준다. 자기서사를 만들 수 없었던, 혹은 자기서사를 의도적으로 포기했던 여성 사회주의자의 고뇌를 허정숙의 삶에서 읽어낼 수 있다. 비록 그 고뇌의 성격이 해방 이후 상당 부분 변질되긴 했지만, 그럼에도 불구하고 그녀는 살아남아 이야기했다. 허정숙은 여성 사회주의자가 "정치적 생명의 보호자" 없이 어떻게 생존할 수 있는가라는 질문을 자신의 마지막 글에서 남기고 떠났다.

1. 출판인과 승려: 김일엽의 고백

1 김일엽, 「노라」, 김우영 엮음, 『김일엽 선집』, 현대문학, 2012, 285쪽.

2 토니 모리슨, 「1993년 노벨 문학상 수상 연설문」, 주디스 버틀러, 『혐오 발언: 너와 나를 격분시키는 말 그리고 수행성의 정치학』, 알렙, 2016, 24쪽에서 재인용.

3 가야트리 차크라보르티 스피박, 「서발턴은 말할 수 있는가?」, 로절런드 C. 모리스 엮음, 『서발턴은 말할 수 있는가?: 서발턴 개념의 역사에 관한 성찰들』, 그린비, 2013, 43쪽.

4 히토 슈타이얼, 『진실의 색: 미술 분야의 다큐멘터리즘』, 안규철 옮김, 워크룸프레스, 2019, 6쪽.

5 가야트리 차크라보르티 스피박, 「서발턴은 말할 수 있는가?」, 『서발턴은 말할 수 있는가?』, 45쪽.

6 같은 글, 같은 책, 105쪽.

7 같은 글, 같은 책, 104~105쪽.

8 같은 글, 같은 책, 134쪽.

9 조르조 아감벤, 「동시대인이란 무엇인가」, 『장치란 무엇인가? 장치학을 위한 서론』, 양창렬 옮김, 난장, 2010, 71쪽.

10 엘렌 식수·카트린 클레망, 『새로 태어난 여성』, 이봉지 옮김, 나남출판, 2008, 172쪽.

11 김애령, 「서사 정체성」, 『듣기의 윤리: 주체와 타자, 그리고 정의의 환
    대에 대하여』, 봄날의박씨, 2020, 82쪽.

12 김일엽, 『청춘을 불사르고』, 김영사, 2002.

13 김일엽과 하윤실의 결혼 생활에 관해서는 다음을 참조. 이철, 『경성을
    뒤흔든 11가지 연애사건: 모던걸과 모던보이를 매혹시킨 치명적인 스
    캔들』, 다산초당, 2008, 124~159쪽.

14 엘렌 식수, 『메두사의 웃음/출구』, 박혜영 옮김, 동문선, 2004, 19쪽.

15 『개벽』과 『삼천리』는 김일엽의 출가에 관한 기사를 게재했다. 이와
    관련해서는 「김일엽 여사의 불문입」, 『삼천리』, 1933. 9; B기자, 「삭발
    하고 장삼 입은 김일엽 여사의 회견기」, 『개벽』, 1935. 1을 참조.

16 전희진은 식민지 조선의 여성 작가들이 문학장에서 어떤 생존 전략
    을 가지고 있었는지의 문제의식을 가지고 신여성들의 결혼을 사회학
    적인 의미로 분석한 바 있다. 작품의 정치적 성향과는 별도로 결혼이
    나 영향력 있는 단체에 소속되어 경제적인 지원을 확보하고 좌우파
    상관없이 급진적인 주장을 공적 영역에서 표명하지 않았던 여성 작
    가들이 살아남았다는 것이 그의 결론이다. 이와 관련해서는 Heejin
    Jun, *Living as Writers in Colonial Korea: Gender, Marriage and
    Literature*, Ph.D. diss., The University of Michigan, 2009, pp.154-
    193을 참조.

17 이것이 이른바 문학 제도의 조건을 뜻하지는 않는다. 심진경은 1930
    년대 여류문단의 젠더화 문제를 논의하며 1930년대에 활동한 여성
    작가들에 대해 상대적으로 우호적이었던 문단의 평가를 중의적으로
    해석했다. 즉 그런 평가가 일차적으로는 여성 작가들의 문학적 역량
    과 창작 결과에 따른 것이지만, 다른 한편으로는 이들 여성 작가가 남
    성들의 가부장제적인 여성관에 일정 정도 부합하는 성향을 드러냈기
    에 가능했다는 것이다. 이 과정에서 여성 작가들은 가정과 국가에 순
    응하는 여성 주체로 자기 정체성을 확립했고, 여류문단은 당시 조선
    의 남성 주류문단의 가부장제적 논리에 침윤되어 조선 문단의 일부
    가 되었다고 주장했다. 이와 관련해서는 심진경, 「문단의 '여류'와 '여
    류 문단'」, 『한국문학과 섹슈얼리티』, 소명출판, 2006, 197~234쪽을
    참조.

18 김일엽, 『청춘을 불사르고』, 12쪽.

19 이와 관련해서는 Linda H. Peterson, "Institutionalizing Women's Autobiography", Robert Folkenflik ed., *The Culture of Autobiography: Constructions of Self-representation*, Standford University Press, 1993, pp.92-93.

20 김일엽, 『청춘을 불사르고』, 293쪽.

21 B기자, 「삭발하고 장삼 입은 김일엽 여사의 회견기」, 5쪽.

22 만공월면 선사, 『나를 생각하는 자가 누구냐: 만공법어』, 비움과소통, 2016.

23 강초롱은 보부아르의 자서전적 진정성과 관련해 "자서전 쓰기란 자신의 경험이 지닌 의미를 해석하는 행위이자 삶의 진실을 재구축하는 행위"임을 주장한 바 있다. 본문에서 언급된 보부아르의 인용문은 강초롱의 번역문을 재인용한 것임을 밝힌다. 이와 관련해서는 강초롱, 「시몬 드 보부아르의 자서전적 진정성: 회상적 이야기와 개인적 기록물 형식의 공존 문제를 중심으로」, 『프랑스어문교육』 44, 2013, 245~281쪽 참조. 본문의 보부아르 인용문은 같은 글, 252쪽에서 재인용.

24 엘렌 식수, 『메두사의 웃음/출구』, 9쪽.

25 김일엽, 『당신은 나에게 무엇이 되었삽기에』, 문화사랑, 1997, 6쪽.

26 자서전 집필이 미래에 대한 기원의 행위이자 자기에 대한 믿음이 실현되는 공간을 재현하는 일이라는 주장에 관해서는 유호식, 「자서전 속의 이름: 미셸 레리스의 경우」, 『불어불문학연구』 37, 1998, 330~332쪽 참조.

2. 배우와 소설가: 최정희의 다짐

1 최정희, 「옛벗 지하련 보오」, 『젊은 날의 증언』, 육민사, 1962, 43쪽.

2 마르그리트 뒤라스·레오폴디나 팔로타 델라 토레, 『뒤라스의 말: 중단된 열정, 말할 수 없는 것들에 대하여』, 장소미 옮김, 마음산책, 2021, 59쪽.

3 박혜숙, 「여성 자기서사체의 인식」, 『여성문학연구』 8, 2002, 8~10쪽.

4 시도니 스미스와 줄리아 왓슨은 많은 여성 작가들이 자서전을 집

필하며 자신을 역사 속에 직접 기입하는 한편 여성의 사회적 지위를 강화시켜왔음을 강조했다. 이와 관련해서는 Sidonie Smith & Julia Watson, "Introduction: Situating Subjectivity in Women's Autobiographical Practices", *Women, Autobiography, Theory: A Reader*, University of Wisconsin Press, 1998, pp.3-52; *Autobiographical Acts, Reading Autobiography: A Guide for Interpreting Life Narratives*, University of Minnesota Press, 2010, pp.63-102 참조.

5 　김복순, 『"나는 여자다" : 방법으로서의 젠더 최정희론』, 소명출판, 2012, 8쪽.

6 　같은 책, 36~37쪽.

7 　최정희, 「문학적 자서自叙」, 박진숙 엮음, 『도정 : 최정희·지하련 단편선』, 현대문학, 2011, 226~227쪽.

8 　김복순, 『"나는 여자다"』, 37쪽.

9 　최정희, 「문학적 자서自叙」, 『도정』, 228~229쪽.

10 　최정희는 신건설사 사건으로 검거되기 전까지 열세 편의 소설을 발표했다. 발표 순서대로 그 목록을 정리하면 다음과 같다. 「정당한 스파이」, 『삼천리』, 1931. 10; 「니나의 세 토막 기록」, 『신여성』, 1931. 12; 「명일의 시대」, 『시대공론』, 1932. 1; 「룸펜의 신경선」, 『영화시대』, 1932. 2; 「푸른 지평선의 쌍곡선」, 『삼천리』, 1932. 5; 「비정도시」, 『만국부인』, 1932. 10; 「남포동」, 『문학타임스』, 1933. 2; 「젊은 어머니」, 『신가정』, 1933. 3; 「토마토 철학」, 『동아일보』, 1933. 7. 23; 「다잡보」, 『매일신보』, 1933. 10. 10~11. 23; 「질투」, 『신여성』, 1934. 1; 「가버린 미래」, 『중앙』, 1934. 2; 「성좌」, 『형상』, 1934. 2. 최정희의 문학작품 목록과 관련해서는 김복순, 『"나는 여자다"』, 253~269쪽을 참조.

11 　「애달픈 가을화초」는 1938년 조선일보사출판부에서 발간된 『현대조선여류문학선집』에 「자화상」이라는 제목으로 재수록된다. 조선일보사출판부 엮음, 『현대조선여류문학선집』, 조선일보사출판부, 1938, 330쪽.

12 　이동휘의 생애 및 정치 활동에 대해서는 반병률, 『통합임시정부와 안창호, 이동휘, 이승만 : 삼각정부의 세 지도자』, 신서원, 2019 참조.

13 　최정희, 「나의 여학생 시절」, 「중앙보육시절」, 『젊은 날의 증언』,

20~24쪽 참조.

14 김복순, 『"나는 여자다"』, 16~32쪽.

15 최정희, 「신흥여성의 기관지 발행」, 『동광』, 1932. 1, 72쪽.

16 손유경은 최정희의 주장이 현실화되지는 못했지만, 개인적인 차원에서 여성 작가들의 지면을 확보하고 할애하는 데 앞장섰던 그녀의 행보가 1932년 주창한 여인문예가클럽 결성으로 이어진다고 분석했다. 손유경의 글 「'여류'의 교류」는 근대 여성문학을 '자매'의 서사라는 새로운 관점으로 독해했다는 점에서 매우 중요한 연구이다. 손유경은 최정희와 지하련의 소설들이 신변잡기적이고 자전적인 글쓰기로 이해되곤 했던 기존의 평가들과 전혀 다른 관점에서 "여성 작가는 문단의 구성원인 동시에 그것의 물적 기반인 매체를 전유하여 문단의 체질 자체를 탈구축하려 한 이단아"들이었다고 분석했다. 또한 최정희를 비롯한 여성 작가들의 자전적 글쓰기에 대해 다음과 같이 언급하며 여성 작가들의 자기서사에 대한 문학사적 의미를 전면적으로 재평가했다. "척박한 환경에서 제도와 인습을 바꾸려 했던 이단적 자매들이, 결국 가장 먼저 넘어야 할 산은 제도가 아닌 인간이었다는 것, 다시 말해 아버지이고 남편이고 오빠이며 애인이었다는 사실을 이들은 자신들의 비극적 삶과 어두운 문학으로 웅변한다. 그녀들의 소설은 신변과 개인사를 다루었기에 무가치한 것이 아니라, 넘어서려던 경계가 매번 인간의 얼굴을 띠고 있기에 더 큰 고통을 받았던 여성들의 목소리를 담고 있어 무엇과도 바꿀 수 없는 가치를 지닌다." 이와 같은 관점에 전적으로 동의하며, 이 책에서는 최정희의 글쓰기가 가지고 있는 함의를 중심으로 논의했다. 이와 관련해서는 손유경, 「'여류'의 교류」, 『삼투하는 문장들』, 소명출판, 2021, 37~67쪽 참조.

17 최정희, 「내 소설의 주인공들: 어머니일지도 모르고 나 자신일지도 모른다」, 『도정』, 223쪽.

18 심진경은 '남성성의 작가'와 '여성성의 작가'라는 상반된 평가를 받은 최정희 소설의 문학적 경력을 추적하며, 최정희의 소설에 가면에 의한 자의식이 반복적으로 나타나고 있음을 발견한다. 최정희의 소설에 등장하는 여성 인물들이 가면 쓰기와 가면 벗기를 반복하면서 가면 뒤에 감추어진 맨 얼굴을 '표박'하고 있음을 공공연하게 드러낸다는 것이다. 은밀하고 사적인 자아를 드러내는 이러한 방식이 오히려 이

중으로 자기를 은폐시키는 전략으로 활용된다는 것이 심진경의 분석이다. 이런 관점에 전반적으로 동의하지만, 최정희가 자기 은폐의 전략으로 가면 쓰기와 가면 벗기를 반복한 것이 아니라 문학과 이념의 경계를 무화시키는 전략으로 가면 쓰기와 가면 벗기를 반복했다는 것이 개인적인 견해이다. 심진경, 「최정희 문학의 여성성: 여성 작가로 산다는 것」, 『한국근대문학연구』 7, 2006, 93~120쪽.

19 최정희, 「내 소설의 주인공들: 어머니일지도 모르고 나 자신일지도 모른다」, 『도정』, 224쪽.

20 양주동·김기림, 「'여류문인' 편감촌평」, 『신가정』, 1934(심진경, 「최정희 문학의 여성성」, 94쪽에서 재인용).

21 김복순, 『"나는 여자다"』, 8~10쪽.

22 초창기 숙명여학교는 귀족 여학교의 성격이 강했다. 1906년 양반 집안의 규수를 가르칠 특수학교로 문을 열었는데, 고종황제비 엄순헌 황귀비로부터 용동궁터(현 서울 종로구 수송동 소재)와 창립 기금을 받아 11세에서 25세 사이의 양반 집안의 딸을 모집했다. 초대 교장으로는 정경부인 이정숙 여사가 취임했고, 양반집 규수 5명을 입학시켰다. 당시 학생들은 가마를 타고 등교해 기숙사 생활을 하다가 주말에 귀가했다고 한다. 1908년 명신고등여학교로 개칭되었다가 1909년 숙명고등여학교로 학명을 바꾼다. 1929년에 학명이 다시 '숙명여자고등보통학교'로 바뀌었다. 숙명여고보 출신으로는 박화성(9회), 이숙종(10회), 송금선(10회), 최승희(17회), 최정희(19회) 등이 있다. 이와 관련해서는 숙명여자대학교박물관, 『숙명 90년 발자취』를 참조. 한편 김미지에 따르면, 1920년대 중반 이후 여성이 진학할 수 있는 상급학교(전문학교)는 이화여자전문학교 등 5개 학교밖에 없었다. 이화학당에서 대학과大學科를 설치한 것은 1910년이고, 전문학교로 인가가 난 것은 1925년의 일이다(예과 1년 본과 3년제). 그러나 그마저 1년에 50원이 넘는 학비를 감당할 수 있는 소수의 학생들에게만 주어지는 혜택이었다. 기타 전문학교로는 보육학교와 여자의학강습소가 있었다. 치과의학전문과 약학전문, 협성신학교 등에 남녀 공학으로 진학이 가능했지만 실제로 진학한 여학생은 거의 없었다. 1934년 통계에 따르면, 여자 전문학교 재학생은 435명이었다고 한다. 따라서 숙명여고보 출신이라는 학력은 당시의 여성 진학률을 고려했을 때, 고

학력에 해당된다고 볼 수 있다. 그렇기에 최정희가 여성 작가로서 학연이라는 자본을 획득하지 못했다고 보는 시각에는 동의하기 어렵다. 당시 여성 작가들이 서로 주고받던 영향력과 친분이 학연으로 결정되었다고 보기는 불분명한 측면이 많기 때문이다. 오히려 최정희가 학연과 지연이라는 조건이 아닌 『삼천리』를 비롯한 매체를 중심으로 문학적 교류를 통해 여성 문인들과의 네트워크를 스스로 확장시켰다고 보는 편이 타당해 보인다. 이와 관련해서는 김미지, 『누가 하이카라 여성을 데리고 사누: 여학생과 연애』, 살림, 2005 참조.

23 최정희, 「연애생활 회고」, 『젊은 날의 증언』, 86~87쪽.

24 최정희, 「남자 친구들」, 같은 책, 91쪽.

25 최정희, 「인맥」, 『도정』, 84쪽.

26 최정희, 「내 소설의 주인공들: 어머니일지도 모르고 나 자신일지도 모른다」, 같은 책, 224쪽.

27 알랭 바디우에 따르면, 사랑은 결혼이나 가족의 형성으로 완수되는 것이 아니며, 가족으로 환원되지도 않는다. 바디우는 가족이란 사랑의 관리를 사회화하기 위해 사랑의 지평에 존재하는 것이라고 주장했다. 이와 관련해서는 알랭 바디우, 『사랑예찬』, 조재룡 옮김, 도서출판 길, 2010, 66쪽 참조.

28 심진경은 최정희 소설에서 모성의 길과 여성의 길이 그렇게 먼 거리에 있지 않다고 주장하며 최정희 소설에서 모성성이 행복하게 실현되기 위해서는 자기 욕망의 유지와 지속을 필요로 한다는 점을 지적했다. 최정희에게 가면은 무언가를 감추기 위한 수단이 아니라 맨얼굴을 드러내기 위한 이중의 자기 부정이라는 것이다. 심진경은 다음과 같이 여성 작가로 산다는 것의 의미를 재고했다. "그 결과 최정희 소설에서 가면과 맨얼굴의 구별을 불가능한 것이 되는데, 이 맨얼굴이라는 가장假裝이야말로 최정희 소설의 여성성이라고 할 수 있다. 그리고 이런 여성성이야말로 식민지 시대 여성 작가들의 자기 생존의 한 방식으로 사회적으로 구성된 것이다." 이와 관련해서는 심진경, 「최정희 문학의 여성성」 참조.

29 캐롤린 하이브런, 『셰익스피어에게 누이가 있다면: 여자들에 대한 글쓰기』, 김희정 옮김, 여성신문사, 2002, 13쪽.

30 같은 책, 16쪽.

31 앙드레 지드, 『한 알의 밀알이 죽지 않으면: 앙드레 지드 젊은 날의 자서전』, 권은미 옮김, 나남출판, 2010, 368~369쪽.

32 최정희, 「하고 싶은 일」, 『젊은 날의 증언』, 79쪽.

33 같은 글, 같은 책, 79쪽.

34 최정희, 「왼손」, 『젊은 날의 증언』, 76쪽.

35 같은 글, 같은 책, 76~77쪽.

36 전희진, 「식민지 시기 문학의 장에서의 여성 작가들: 2세대 여성 작가들의 작품과 삶의 경로를 중심으로」, 『사회와역사』 93, 2012, 6~35쪽 참조.

37 최정희, 「1933년도 여류문단 총평」, 『신가정』, 1933. 12, 45쪽.

38 김동환의 삼천리 잡지사 운영 방식에 대해서는 모윤숙, 『회상의 창가에서』, 성한출판주식회사, 1986, 198~199쪽 참조.

39 최정희, 「공포 속에서」, 『젊은 날의 증언』, 269쪽.

40 박헌호는 한국 근대 소설사를 관통하는 특성 중 하나로 작가 자신의 경험에 기반한 작품들이 민족사적 현실을 담아내지 않는 한 대체로 부정적인 평가를 받는 현실을 지적했다. 그러나 박헌호에 따르면, 자기서사의 성격이 강한 소설이 비록 제대로 된 평가를 받지 못했다 하더라도 작가들에게 자기서사라는 개념은 내면의 욕망과 연계되는 성격을 가지고 있었다. 한국 근대사에서 개인이라는 개념이 근대성이 상징이었던 시기는 매우 짧았다. 식민지라는 현실에서 개인 혹은 개인주의는 이기주의와 동의어로 받아들여졌고, 이러한 맥락에서 작가들의 자기서사는 차단되었다는 것이 그의 주장이다. 박헌호는 그럼에도 불구하고 자기서사가 문학의 장에서 완전히 사라지지 않았고, 현실의 모순과 개인의 욕망 사이의 간극을 위무하는 자기서사의 양식이 문학적 소통의 자양분으로 성장해온 측면에 주목한다. 그의 연구는 한국 근대문학사에서 자기서사의 위치를 증명했다는 점에서 중요한 연구이다. 이와 관련해서는 박헌호, 「근대전환기 언어 질서의 변동과 근대적 매체 등장의 상관성: 식민지 시기 "자기의 서사"의 성격과 위상」, 『대동문화연구』 48, 2004, 145~178쪽.

41 최정희, 「亂中日記에서」, 『적화삼삭구인집』, 국제보도연맹, 1951, 52쪽.

42 최정희, 「탄금의 서」, 『신한국문학전집 12권: 최정희 선집』, 현대문학, 1975, 434쪽.

43 최정희, 「女僧 못되던 날」, 『젊은 날의 증언』, 95쪽.

44 같은 글, 같은 책, 96쪽.

45 최정희, 「意志를 기르며」, 『젊은 날의 증언』, 250쪽.

46 최정희, 「지맥」, 『도정』, 83쪽.

3. 시인과 로비스트: 모윤숙의 변명

1 모윤숙, 『모윤숙 문학전집 6: 회상의 창가에서』, 성한출판주식회사, 1986, 169쪽.

2 미셸 레리스, 『성년』, 유호식 옮김, 이모션북스, 2016, 15쪽.

3 모윤숙, 『회상의 창가에서』, 중앙출판공사, 1969. 이 글에서는 1986년 성한출판주식회사에서 발간된 『모윤숙 문학전집 6』을 참조했음을 밝힌다.

4 모윤숙, 『모윤숙 문학전집 6』, 137쪽.

5 같은 책, 143쪽.

6 모윤숙과 최정희, 이선희, 지하련 등이 서로 주고받은 편지들은 여성 문학의 새로운 해석 가능성을 열어주는 자료로 그 가치가 대단히 높다. 특히 모윤숙이 최정희에게 보낸 여러 통의 편지에는 모윤숙이 최정희를 비롯한 친구들에게 반복적으로 이해와 용서를 구하는 대목을 확인할 수 있다. 모윤숙이 자신의 결함과 과오가 무엇인지 끝까지 언급하지 않고 있다는 점에서 문제적이라고 해석된다. 이와 관련해서는 김영식 엮음, 『작고 문인 48인의 육필 서한집』, 민연, 2001 참조.

7 조영암, 「미공개: 모윤숙 여사의 문학과 연애」, 『야담과 실화』, 1957. 2, 135쪽.

8 모윤숙은 1941년 1월 『삼천리』에 「지원병에게」를, 5월 『매일신보』에 「아가야 너는: 해군 기념일을 맞이하여」를 발표했다. 9월 임전대책협력회가 '채권가두유격대'를 꾸려 '애국채권'을 팔 때 모윤숙은 종로 대원으로 참가하고 조선임전보국단의 경성 지부 발기인과 산하 부인대의 간사를 겸임했으며, 12월에는 조선임전보국단 사업부 부원을 맡고, 부민관에서 열린 조선임전보국단 결전부인대회에서 「여성도 전사戰士다」라는 제목의 연설을 했다. 이뿐만 아니라 1942년 2월에 열린 조선

임전보국단 부인대의 군복 수리 근로와 조선임전보국단과 국민총력
경성부연맹이 주최한 '저축강조 전진 대강연회' 연사, 5월에 열린 조선
임전보국단 부인대 주최 '군국의 어머니 좌담회', 12월에 열린 '대동아
전大東亞戰 1주년 기념 국민시 낭독회'에 참여했다. 1943년 8월에는 경
성부와 대일본부인회 경성 지부가 공동 개최한 부인계발강연회에 '시
국에 처한 부인의 각오'를 주제로 강연을 했고, 같은 해 11월 12일 『매
일신보』에 「내 어머니 한 말씀에」라는 시를 발표하고, 조선교화단체연
합회가 육군특별지원병제도를 선전·선동하기 위해 조직한 전위여성격
려대의 강사로 활동했다. 1945년 7월 국민총력조선연맹의 후신인 국
민의용대의 경성부 연합 국민의용대 결성식에 참석했다. 모윤숙의 친
일 행적과 관련해서는 친일인명사전편찬위원회, 『친일인명사전』 1, 민
족문제연구소, 2009 참조.

9　모윤숙, 『모윤숙 문학전집 6』, 176쪽.

10　같은 책, 188~189쪽.

11　같은 책, 186쪽.

12　같은 책, 214쪽.

13　모윤숙은 1948년 7월부터 1949년 2월까지 YWCA 국제회의와 제3차
유엔총회 대표단의 일원으로 참여하면서 쓴 일기를 1949년 9월부터
『문예』에 연재한 후 1953년에 책 『내가 본 세상』을 출간했다. 이와 관
련해서는 다음 문헌들을 참조. 「모윤숙 여사 한국위원 피임」, 『동아일
보』, 1949. 3. 8; 모윤숙, 『내가 본 세상: 나의 UN 참가기』, 수도문화사,
1953. 또한 모윤숙의 기행문과 해방 후 '아시아 기표'의 탈식민적 갱신
과 관련된 논의로는 다음 문헌들을 참조. 송영순, 「모윤숙의 세계기행
문 『내가 본 세상』 연구」, 『한국문예비평연구』 47, 2015, 221~248쪽;
장세진, 『상상된 아메리카: 1945년 8월 이후 한국의 네이션 서사는 어
떻게 만들어졌는가』, 푸른역사, 2012.

14　1공화국의 여성 지식인들이 어떠한 방식으로 국가 형성에 참여했는지
에 관해서는 김은실·김현영, 「1950년대 1공화국 국가 건설기 공적 영
역의 형성과 젠더정치」, 『여성학논집』 29(1), 2012, 113~155쪽 참조.

15　사물이나 언표는 일정한 영토성과 코드를 형성함으로써, 서로 특정한
방식으로 관계 맺음으로써 일정한 배치agencement를 형성한다. 그러
나 배치는 형성되어 고착되는 것이 아니라 항상 변화한다. 배치는 유

기적으로 배열된 전체도, 분산되어 있는 복수적 존재들도 아니다. 배치는 기계들과 언표들 각각이 서로 간에 접속되기도 하고 일탈하기도 하며, 갈라지기도 하고 합쳐지기도 하면서 매우 역동적인 장場을 형성할 때 성립한다. 들뢰즈에 따르면, 배치가 안정되고 고착한 상태를 '영토화'로, 영토화가 가장 굳건하게 이루어진 사회 체계를 '국가'로 규정할 수 있다. 국가는 배치를 규격화·제도화하며 고정한다. 따라서 이 글에서 차용하는 배치 개념은 배치하고 배치되는 기계적인 과정임을 지칭한다. 회고록에서 드러나는 모윤숙의 자기서사를 통해 논하려는 것은 '배치 안에서 배치와 연계된 어떤 욕망을 갖게 되는가'의 문제와 '해방기 이승만이 모윤숙이라는 시인을 왜 조력자로 배치했으며 모윤숙은 여성 지도자 혹은 여성 정치가이자 여성 문인으로서 자신의 욕망을 어떻게 펼쳐나갔는가'라는 지점이다. 이와 관련해서는 아래를 참조. 질 들뢰즈·펠릭스 가타리, 『천 개의 고원: 자본주의와 분열증2』, 김재인 옮김, 새물결, 2001; 질 들뢰즈, 『차이와 반복』, 김상환 옮김, 민음사, 2004,

16 「女性教導에 注力했으면」, 『경향신문』, 1959. 4. 11

17 모윤숙, 『모윤숙 문학전집 4: 초가에서 이어진 길』, 성한출판주식회사, 1986, 294쪽.

18 모윤숙, 『모윤숙 문학전집 6』, 240쪽.

19 모윤숙은 1938년 연애 문제를 주제로 한 좌담회에 참석하여 "녜전은 남성의 미모도 보고 스타일도 보고 그랬지만 지금은 돈을 첫재로 치는 듯해요. 「아메리까이즘」의 전성이지요"라고 미국 문명의 물질성을 비판했고, 1940년에는 송미령에 대해 "미국으로 왔다 갔다 하면서 온갖 망명된 사상을 추려서는 남편인 장개석의 머리에 불어넣어줍니다"라고 미국 문명을 향락성과 개인주의로 규정했다. 이와 관련해서는 모윤숙, 「女流文人의 '戀愛 問題' 회의」, 『삼천리』, 1938. 5, 315쪽; 「女性도 戰士다」, 『大東亞』, 1942. 3, 113쪽 참조.

20 모윤숙, 『모윤숙 문학전집 6』, 49쪽.

21 같은 책, 79쪽.

22 같은 책, 82쪽.

23 모윤숙, 「삼팔선의 밤」, 최동호·송영순 엮음, 『모윤숙 시 전집』, 서정시학, 2009, 195쪽.

24 같은 글, 같은 책, 194쪽.

25 모윤숙이 낙랑클럽을 이끌면서 민간외교 활동을 펼치고 메논과의 친분을 바탕으로 이승만 정부 수립의 조력자로 활동한 내용에 관해서는 최종고,『이승만과 메논 그리고 모윤숙: 대한민국 건국과 한국 여성』, 기파랑, 2012, 197~237쪽, 269~302쪽 참조. 한편 공임순은 친교와 스캔들이라는 사적 친분의 영역이 권력과 자본, 성이 결탁하는 특권화된 공적 영역으로 확장될 때, 공적 영역에 공개적으로 진입할 수 있는 통로가 차단된 채 간접적인 소문과 스캔들의 형태로만 유통되는 불투명하고 관권화된 사회가 만들어진다는 문제의식을 가지고 김활란과 박인덕을 중심으로 기독교적 근대 주체의 형성과 친교의 젠더정치에 대해 고찰했다. 또한 모윤숙의 이광수, 이승만과의 사적 친밀성 및 사교클럽 활동을 통해 친일과 반공의 문제를 섹슈얼리티의 정치화로 해석한 바 있다. 이와 관련해서는 공임순,『스캔들과 반공국가주의』, 앨피, 2010, 139~208쪽 참조.

26 1879년생인 나이두는 1917년 동양의 정서와 사상을 영시로 발표했는데 나이두의 신비주의 영시는 영국 문단은 물론이고 유럽 전체에서 명성을 얻었다. 시「연꽃에 앉은 부처님께 바치는 영혼의 기도The Soul's Prayer, To a Buddha Seated on a Lotus」가 옥스퍼드대학출판부에서 발간된 신비주의 영시집에 실렸으며, 영국에서 차례로 발간된『황금 문턱The Golden Threshold』(1905),『시간의 새The Bird of Time』(1912),『부러진 날개The Broken Wing』(1915) 세 편의 시집은 나이두가 영국과 유럽 문단에서 더욱 주목받는 계기가 되었다. 나이두의 초기 시와 관련해서는 Ed. Nicholson & Lee, *The Oxford Book of English Mysterical Verse*, The Clarendon Press, 1917. 나이두의 생애에 관련해서는 다음의 자료를 참조. Vishwanath S. Naravane, Sarojini Naidu: *An Introduction to Her Life, Work&Poetry*, Orient Longman, 1999.

27 金億 譯,「타고아·나이두 女士 作」,『개벽』, 1922. 7; 민태홍,「革命印度의 女流詩人 싸로지니·나이듀」,『개벽』, 1924. 11.

28 백성욱,「政界에 몸을 던진 印度 女流詩人「사로지니 나이두」女史, 宗敎階級間 統一을 絶叫」,『동아일보』, 1926. 5. 7; 정인섭,「革命女性『나이두』와 印度」,『삼천리』, 1931. 1.

29 최영숙, 「깐듸-와 나이두 會見記, 印度에 4개월 滯留하면서」, 『삼천리』, 1932. 1.

30 허혜정은 모윤숙의 초기 시에 나이두의 애국적 신념이나 문학적 주제, 유사한 은유, 어조, 표현들이 다양한 차원에서 확인된다고 주장했다. 내용적인 측면에서는 애국주의와 숭고한 사랑이, 구성 면에서는 반복, 도치의 구조적 특성이, 어조상으로는 연가풍의 기도시, 가정법, 센티멘탈한 대화체가 모윤숙의 초기 시가 나이두의 자장 안에 있음을 보여주는 요소들이라고 분석했다. 이와 관련해서는 허혜정, 「모윤숙의 초기 시의 출처: 사로지니 나이두Sarojini Naidu의 영향 연구」, 『현대문학의 연구』33, 2007, 437~470쪽 참조.

31 모윤숙, 『모윤숙 문학전집 6』, 238쪽.

32 모윤숙, 「나이두 女史에게」上, 『동아일보』, 1949. 3. 5; 모윤숙, 「나이두 女史에게」『下』, 1949. 3. 6

33 간디의 사상 및 인도의 비폭력·비협조운동과 시민불복종운동에 관해서는 조길태, 『인도 독립운동사』, 민음사, 2017, 141~372쪽 참조.

34 모윤숙, 『모윤숙 문학전집 6』, 230쪽.

35 모윤숙, 「한국문화의 독자성」, 『문예』, 1953. 2.

36 모윤숙, 『모윤숙 문학전집 6』, 235쪽.

37 김상도, 「6·25 무렵 모윤숙의 미인계조직 '낙랑클럽'에 대한 미군방첩대 수사보고서, 미 국립문서보관소 비밀해제로 최초공개」, 『월간 중앙』, 1995. 2, 212~226쪽 참조.

38 같은 글, 217~218쪽.

39 모윤숙, 『모윤숙 문학전집 6』, 249쪽.

40 같은 책, 251~252쪽.

41 같은 책, 252쪽.

42 「'한국판 마타하리' 김수임 사건 美 비밀문서 집중분석」, 『신동아』, 2008. 10.

43 심지연, 『이강국 연구』, 백산서당, 2006, 209쪽.

44 권명아는 식민지 전시체제에서 유행했던 스파이 담론을 분석하며, 여자 스파이단에 대한 신화가 파시즘이 스스로를 여성화하면서 사회의 오염, 침투 가능성에 대한 공포를 극대화하고, 이를 통해 강건한 사회를 구축하는 남성성을 강조함과 동시에 스스로를 약자 혹은 여성

의 위치와 동일화하게 되는 모순된 정치 이념의 결과물이라고 지적한 바 있다. 이와 관련해서는 권명아, 『역사적 파시즘』, 책세상, 2006, 165~220쪽 참조.

45 김수임과 함께 여간첩, 이중간첩, 마타하리 등의 표상과 이미지를 가진 또 한 명의 여성으로 현앨리스가 있다. 그녀의 생애에 관해서는 정병준, 『현앨리스와 그의 시대: 역사에 휩쓸려간 비극의 경계인』, 돌베개, 2015 참조. 정병준은 소위 남로당 박헌영 간첩사건이 북한에서 전쟁 책임과 전후 권력 구도 재편 과정에서 벌어진 권력 투쟁의 결과였고, 이러한 평양식 마녀사냥의 과정에서 박헌영과 남로당을 미제의 고용간첩으로 몰아 숙청하는 과정에서 수많은 희생자들이 발생했다고 지적했다. 현앨리스도 그 가운데 한 사람이다. 2002년 현앨리스의 막냇동생인 현데이비드가 가족사에 관한 책을 펴내면서 현앨리스의 존재가 다시금 주목받기 시작했다. 그녀는 감리교 하와이 연회 감독의 비서였고, 현순 목사 목회의 동역자였으나, 부친과 상하이 임시정부 주석 김구의 추천으로 동생인 현피터 소령과 함께 맥아더 사령부에서 비서로 근무했다. 그러나 한국전쟁 중 월북한 후 스파이 혐의로 처형되었다. 현앨리스는 식민지 시기 상하이에서 박헌영과 여운형의 구애를 받았다. 박헌영과 함께 월북해 1955년 미국 스파이 혐의로 총살당한 '비운의 여인'이라는 이야기도 있다. 정병준은 남과 북 모두 현앨리스의 삶에 대한 진지한 성찰 없이 그녀를 미국의 간첩, 이중첩자, 역공작, 미인계 등 첩보 애정 소설의 통속적 여주인공의 이미지로 소비했다고 지적했다. 같은 책, 321~322쪽 참조.

46 전숙희 역시 김수임이 이강국을 사랑했기 때문에 자신의 삶을 스스로 파국으로 몰고 가게 되었다는 논지로 김수임 사건을 해석했다. 이와 관련해서는 전숙희, 『사랑이 그녀를 쏘았다: 한국의 마타하리 여간첩 김수임』, 정우사, 2002 참조.

47 김상도, 「6·25 무렵 모윤숙의 미인계조직 '낙랑클럽'에 대한 미군방첩대 수사보고서, 미 국립문서보관소 비밀해제로 최초공개」, 219~229쪽.

48 전숙희, 『사랑이 그녀를 쏘았다』, 118쪽.

49 「모윤숙이 최정희에게 보낸 편지 1」, 김영식 엮음, 『작고 문인 48인의 육필 서한집』, 217쪽.

4. 총장과 특사: 김활란의 회한

1 　김활란, 『그 빛 속의 작은 생명: 우월 김활란 자서전』, 이화여대출판부, 1999, 63쪽.

2 　어슐러 K. 르 귄, 『찾을 수 있다면 어떻게든 읽을 겁니다: 삶과 책에 대한 사색』, 이수현 옮김, 황금가지, 2021, 78쪽.

3 　자서전적 글쓰기가 가지고 있는 행위의 현재성과 자서전 집필의 계기에 대해서는 Meredith Anne Skura, *Tudor Autobiograghy: Lisenting for Inwardness*, The University of Chicago Press, 2008 참조.

4 　김활란, 『그 빛 속의 작은 생명』, 6~7쪽.

5 　장 자크 루소, 『고백 1』, 박아르마 옮김, 책세상, 2015, 17~18쪽.

6 　이와 관련해서는 이봉지·박영혜는 남성 자서전과 여성 자서전의 연구가 다르게 이루어져야 한다고 주장했다. 이봉지·박영혜, 「여성 자서전 이론의 현 단계와 특수성에 관한 연구」, 『비평과이론』 6, 2001, 194~206쪽을 참조.

7 　자서전의 두 갈래 계보는 크게 프랑스의 지적 전통에 기반을 둔 자기 재현의 자서전과 영국의 지적 전통에 기반을 둔 자기 해석의 자서전 두 계열로 나뉜다. 자기 재현 자서전의 대표적인 작품은 루소의 『고백록』이, 자기 해석 자서전의 대표적인 작품으로는 존 버년의 『넘치는 은총』이 있다. 이와 관련해서는 최경희, 「한국 여성의 자기서사 (3): 근대편」, 『여성문학연구』 9, 2003, 249~261쪽; Linda H. Peterson, *Victorian Autobiography: The Tradition of Self-Interpretation*, Yale University Press, 1986 참조.

8 　김활란, 『그 빛 속의 작은 생명』, 23~24쪽.

9 　자기의 죄를 공개적인 장소에서 고백하는 현상은 기독교 수용 이전까지 한국사회에서 체험하기 어려운 현상이었다. 개인의 죄를 고백하는 행위는 기독교의 오래된 의식 가운데 하나였다. 종교개혁 이전의 개인의 죄 고백은 형식적인 측면이 강했지만, 중세 이후부터는 고백성사를 없애고 대중 앞에서 보편적인 죄를 고백하고 참회하는 방식으로 변모했다. 초기 한국 기독교의 대부흥운동은 종교개혁 이전과 이후의 특징이 혼합된 양상이었다. 대부흥운동에서 죄의 고백이 공개적으로 이

루어졌다는 사실은 종교개혁 이후에 나타난 특징이지만, 보편적인 고백이라기보다는 개인적 고백이었다는 점에서 종교개혁 이전의 측면 또한 혼재한다고 볼 수 있다. 김활란의 죄 고백은 식민지 조선의 현실에 대해 신과 직접 교통하는 체험을 가졌다는 점에서 특징적이다. 죄 고백과 기독교 여성의 종교적 정체성에 관해서는 이숙진, 『한국 기독교와 여성 정체성』, 한들출판사, 2006, 101~129쪽 참조.

10 김활란, 『그 빛 속의 작은 생명』, 42~43쪽.

11 가라타니 고진, 『일본근대문학의 기원』, 박유하 옮김, 도서출판b, 2010.

12 윌리엄 제임스, 『종교적 경험의 다양성』, 김재영 옮김, 한길사, 1999, 335쪽.

13 김활란, 『그 빛 속의 작은 생명』, 100쪽.

14 송인화는 김활란에게 타인이란 공적인 영역에서의 역할 수행과 연관성을 갖거나 자신의 업무 수행에 도움이 될 때만 유효했다고 분석했다. 또한 김활란이 공적 활동의 경계를 새롭게 구축하지 못했을 뿐만 아니라 이후 한국 여성의 사회 활동의 성격을 제한하는 식으로 부정적인 기여를 했다고 평가했다. 이와 관련해서는 송인화, 「김활란 자서전 『그 빛 속의 작은 생명』에 나타난 여성의 사회 참여 방식과 공간의 정치」, 『인문학연구』 51, 2016, 233~256쪽 참조.

15 장규식, 『일제하 한국 기독교 민족주의 연구』, 혜안, 2001.

16 근우회의 창립 과정 및 조직 구성, 선언과 강령, 기관지 발행을 비롯한 다양한 활동에 관해서는 이임하, 『미래는 우리의 것이다: 한국 페미니즘의 기원, 근우회』, 철수와영희, 2021 참조.

17 윤정란, 『한국 기독교 여성운동의 역사』, 국학자료원, 2003.

18 김활란, 『그 빛 속의 작은 생명』, 142쪽.

19 이만열, 『한국 기독교와 민족의식』, 지식산업사, 1991.

20 윤치호, 김상태 엮음, 『물 수 없다면 짖지도 마라: 윤치호 일기로 보는 식민지 시기 역사』, 산지니, 2002, 376쪽.

21 같은 책, 376쪽. 윤치호는 1934년 1월 30일에 쓴 일기에서 "몇 년 전 신흥우 군이 김활란 양을 이 학교 교장으로 만들려는 계획을 짠 적이 있었다"라는 기록을 남겼다.

22 최은희, 『여성 전진 70년: 초대 여기자의 회고』, 조선일보사, 1991.

23 김활란, 『그 빛 속의 작은 생명』, 165쪽.

24 이희호는 일본에 자진 협력하여 영달을 하고 재산을 불리고 동족을 괴롭힌 사람들을 단죄하는 것은 마땅히 해야 할 일이지만, 김활란을 그런 부류의 친일파와 함께 묶을 수 없다고 지적한다. 그러나 김활란이 5·16 쿠데타 직후 미국 정부에 쿠데타를 승인해줄 것을 요청하고 박정희 군사정권을 지지한 데 대해서는 강도 높게 비판했다. 이와 관련해서는 고명섭, 『이희호 평전: 고난의 길, 신념의 길』, 한겨레출판, 2016, 39~46쪽 참조.

25 임우경은 이화를 지키기 위해서 무슨 일이든 할 수 있고 해야 한다는 김활란의 맹목성이 그녀의 기독교 신앙과 무관하지 않다고 해석한 바 있다. 김활란을 지탱시켜주었던 이화에 대한 맹목성은 기독교 신앙과 그 수난정신이었다 해도 과언이 아니라는 임우경의 주장에 전적으로 동의한다. 이와 관련해서는 임우경, 「식민지 여성과 민족/국가 상상」, 태혜숙 외 10인, 『한국의 식민지 근대와 여성 공간』, 여이연, 2004, 63~77쪽 참조. 한편 임우경은 김활란의 회고를 통해 "영어의 폐지, 십자가 철거, 찬송책과 성경책의 몰수, 기독교 교육 금지, 그리고 일본 천황을 위한 제사의식의 강요" 등 이화여전에서 벌어진 기독교에 대한 "종교적 박해"가 마치 서구 제국주의와 일본 제국주의 사이의 상징적 전쟁의 양상으로 읽힌다는 날카로운 분석을 덧붙였다. 임우경은 이화여전의 행정적 수장이었던 김활란이 기독교라는 서구의 종교를 철저하게 자기화하며 서구와 자신의 입지를 동일시했다는 사실에 더욱 주목하며, 김활란이 그토록 맹목적으로 지키고자 했던 실체가 기독교 성전으로서의 이화여전일 가능성이 크다고 주장했다.

26 Margaret A. McLa, *Feminism, Foucault, and Embodied Subjectivity*, State University of New York Press, 2002, pp.153-155.

27 Charles Taylor, *A Secular Age*, Harvard University Press, 2007, pp.192-198. 찰스 테일러는 근대 국민국가가 사회적 합의체를 구상하기 위해서는 사회학적 질서는 물론 종교성의 질서가 필요하다고 주장했다.

28 일례로, 시마자키 도손은 루소의 『고백록』을 읽고 난 뒤 그 감동을 "희미하게나마 이 책을 통해 근대인의 사고방식이라는 것을 이해하

게 되었으며, 직접적으로 자연을 관찰하는 것을 배웠으므로, 우리들이 가야 할 길이 다소 이해된 듯한 기분이 들었다. 루소의 생애는 그 후 오래 내 머리에 강한 인상으로 남았다"고 회고했다고 한다. 루소의 자기 표현의 언어를 통해 처음으로 스스로의 내부에 잠재되어 있던 자기를 발견하기에 이르렀다고 서술했다는 것이다. 기독교 및 루소의 『고백』이 일본의 근대문학에서 자기의 발견에 미친 영향과 관련해서는 스즈키 토미, 『이야기된 자기: 일본 근대성의 형성과 사소설 담론』, 한일문학연구회 옮김, 생각의나무, 2004, 71~93쪽 참조.

29 개항기 미국 공사관에서 근무했던 윌리엄 샌즈는 1977년 출간한 회고록에서 조선 지식인들이 기독교에 경도되었던 이유로 기독교의 인도적이고 윤리적인 태도와 서구적 생활 방식 및 정치적 원리의 차이를 꼽았다. 이와 관련해서는 William Sands, *Undiplomatic Memories*, Royal Asiatic Society, 1977, pp.96-97.

30 Felicity A. Nussbaum, "Women's Spiritual Autobiographies", *The Autobiographical Subject*, Johns Hopkins University Press, 1989, p.175.

31 Linda H. Peterson, "Institutionalizing Women's Autobiography", *The Culture of Autobiography: Constructions of Self-representation*, Robert Folkenflik (ed.), Standford University Press, 1993, p.92, 허윤진, 「18세기 이후 여성 자서전적 글쓰기의 문화시학적 연구」, 서강대학교 국어국문학과 박사학위논문, 7쪽에서 재인용.

32 스즈키 토미, 『이야기된 자기』, 31쪽.

33 김활란, 『그 빛 속의 작은 생명』, 194~195쪽.

34 이태영, 『나의 만남, 나의 인생: 이태영 자전적 교유록』, 정우사, 1991, 53쪽. 이태영의 자서전은 교유록의 형태로 구성되었고, 남편 정일형을 비롯하여 이광수, 안창호, 박인덕, 함석헌, 김옥길, 평안도 출신의 자유주의 성향의 기독교 지식인들과의 교류가 자기 생의 전환점이었음을 기록했다는 점에서 의미가 있다. 이태영은 이 책에서 반공주의자로서의 자기 정체성을 강조하면서 여성 인권변호사이자 한국 가족법 전공의 법학자라는 정체성에 초점을 맞춰 스스로를 규정한다. 한편 평안도 지역을 중심으로 확산된 기독교의 영향력과 서북 지역 출신 문인

들의 로컬리티를 분석한 연구로는 정주아, 「한국 근대 서북문인의 로컬리티와 보편지향성 연구」, 서울대학교 국어국문학과 박사학위논문, 2011을, 평안도 출신 사회지도층의 사회적 분포와 상호 연관성에 대해서는 관련해서는 김상태, 「근현대 평안도 출신 사회지도층 연구」, 서울대학교 국사학과 박사학위논문, 2002를 참조. 또한 기독교계의 여성운동가이자 윤보선의 아내로 1962년 하야를 겪고, 1970년대 민주화운동가로 활동했던 공덕귀는 1994년 자서전을 출간했다. 공덕귀의 자서전은 자신의 생애에 중요한 영향을 끼친 인물들을 연대기별로 소개하면서 자서전을 구성했다는 점에서 이태영의 자기서사 양식과 유사하다. 이와 관련해서는 공덕귀, 『나, 그들과 함께 있었네』, 여성신문사, 1994 참조.

35 수행성과 행위주체성 이론과 관련해서는 주디스 버틀러, 『젠더 트러블』, 조현준 옮김, 문학동네, 2008 참조. 버틀러는 수행성의 관점에서 정체성을 존재하는 것으로 규정되는 것이 아닌 행하는 것과 연결되어 있는 것으로 바라본다. 김활란은 정치인으로 '존재'하지는 않았지만, 자신이 참여할 수 있는 모든 정치적 의제들에 적극적인 행동을 취했다는 점에서 정치라는 공적 영역에서 일종의 수행성을 보여준다. 즉 김활란의 이러한 행보는 버틀러의 수행성 이론과 맞닿는 지점이 있다.

36 김활란, 『그 빛 속의 작은 생명』, 293쪽.

37 이배용, 「김활란, 여성교육·여성 활동에 새 지평을 열다」, 『한국사 시민강좌』 43, 2008, 413~520쪽 참조.

38 이희호, 『이희호 자서전 동행: 고난과 영광의 회전무대』, 웅진지식하우스, 2009, 44쪽.

39 송인화는 김활란이 남성 지식인과 정치인들에게 우호적이면서 적극적으로 조력자의 역할을 한 것과 달리 여성 지식인들과는 우의와 애정에 기초한 관계를 맺지 않았다고 지적한다. 자서전에 따르면, 동료, 친구, 제자들과의 관계가 일방적이고 위계적인 질서로 유지되고 있다는 것이다. 즉 김활란 자신이 추앙받는 권위와 복종의 구조에 대해 비판한다. 이와 관련해서는 송인화, 「김활란 자서전 『그 빛 속의 작은 생명』에 나타난 여성의 사회 참여 방식과 공간의 정치」, 『인문학연구』 51, 2016, 245~256쪽 참조.

40 여성의 자기 재현과 정체성 형성 담론에 관해서는 Leigh Gilmore,

"Autobiographics-Self Representation: Instabilities in Gender, Genre and Identity", *Autobiographics: A Feminist Theory of Womens Self-Representation*, Cornell University Press, 1994, pp.16-64 참조.

41 김경일 외 6인, 『한국 근대 여성 63인의 초상』, 한국학중앙연구원출판부, 2015, 125쪽.

42 성스러운 것에서 세속적인 것으로의 전환이 내포하고 있는 정치적 가능성에 대해서는 조르조 아감벤, 『세속화 예찬: 정치미학을 위한 10개의 노트』, 김상운 옮김, 난장, 2010, 107~135쪽 참조.

5. 장관과 당수: 임영신의 자찬

1 임영신, 『승당 임영신의 나의 40년 투쟁사』, 민지사, 2008, 28쪽.

2 Sidonie Smith, *A Poetics of Women's Autobiography: Marginality and the Fictions of Self-Representation*, Indiana University Press, 1987, p.55.

3 임영신, 『승당 임영신의 나의 40년 투쟁사』, 35~36쪽.

4 같은 책, 48~49쪽.

5 같은 책, 211쪽.

6 손기정 일장기 말소 사건에 관해서는 다음 문헌들을 참조. 최인진, 『손기정 남승룡 가슴의 일장기를 지우다』, 신구문화사, 2006; 데라시마 젠이치, 『손기정 평전: 스포츠는 국경을 넘어 마음을 이어준다』, 김연빈·김솔찬 옮김, 귀거래사, 2020.

7 임영신, 『승당 임영신의 나의 40년 투쟁사』, 237쪽.

8 「임영신 교장 백년가약 실업가 한순교씨와 미국서 결혼식」, 『동아일보』, 1938. 4. 4.

9 박혜숙, 「여성과 자기서사」, 『한국 여성문학 연구의 현황과 전망』, 소명출판, 2008, 220쪽.

10 푸코는 "자기란 무엇인가"라는 질문이 자기 정체성의 개념을 전달하므로 "내가 나의 정체성을 찾을 수 있는 토대는 무엇인가?"라는 질문을 파생시킨다는 주장을 한 바 있다. 푸코의 주장에 따르면, 자기를 찾

으려고 애쓰는 자기에 대한 배려는 자기에 대한 글쓰기로 이어지게
되며, 그 과정을 거쳐 도달하게 되는 것은 "자기란 그것에 대해 쓸 무
엇, 글쓰기 행위의 주체 혹은 대상(주체)"이라는 결론이다. 이와 관련
해서는 미셸 푸코, 『자기의 테크놀로지』, 이희원 옮김, 동문선, 1997,
33~55쪽 참조.

11 임영신, 『승당 임영신의 나의 40년 투쟁사』, 246~259쪽.

12 해방 이후부터 1공화국의 여성 정치 단체 및 여성 정치인들의 행보와
관련해서는 다음 문헌들을 참조. 정현주, 『대한민국 제1공화국의 여
성정책: 현대 여성정책의 기원』, 한국학술정보, 2009; 김은실·김현영,
「1950년대 1공화국 국가 건설기 공적 영역의 형성과 젠더정치」, 『여성
학논집』 29, 2012.

13 임영신, 『승당 임영신의 나의 40년 투쟁사』, 330~331쪽.

14 남성의 가치가 남성들 사이의 패권 경쟁 속에서 결정되는 구조에 관
한 분석으로는 우에노 지즈코, 『여성 혐오를 혐오한다』, 나일등 옮김,
은행나무, 2012, 32~42쪽 참조.

15 임영신, 『승당 임영신의 나의 40년 투쟁사』, 300~345쪽.

16 박순천은 1974년 11월 16일부터 1975년 1월 18일까지 『한국일보』에
「나의 이력서」를 50회 연재했다. 제목 그대로 자신의 생애를 기록한
자기서사였다. 1898년 경남 동래에서 태어난 박순천은 기독교 집안에
서 성장했다. 마산에서 여학교 교원으로 생활하며 3·1운동에 참여한
박순천은 1년간의 수감 생활을 마치고 1922년 일본으로 유학을 떠났
다. 1926년 도쿄 니혼여자대학교 졸업 후 경북 고령에서 농촌 계몽운
동가로 활동했다. 1939년에 서울로 올라온 박순천은 이듬해인 1940
년 황신덕과 함께 경성가정여숙을 설립했고, 1950년 2대 국회의원에
당선되어 여성 근로자 보호 조항을 근로기준법에 포함시키고 간통쌍
벌죄 법안을 통과시켰다. 또한 가족법 개정 운동을 벌이기도 했다. 당
시 박순천은 자유당을 통해 지지 기반을 확충하고자 대한부인회 간
부들에게 자유당 가입을 지시한 이승만에게 분명한 반대 입장을 밝혔
고, 이를 계기로 1952년 이승만과 공식적으로 결별했다. 이전까지의
정치적 기반을 모두 상실한 상황에서 박순천은 이승만의 독재 상황
을 극복하기 위해 민주당에 입당한다. 이후 1960년 4·19혁명을 기점
으로 기독교에서 가톨릭으로 개종하게 된다. 5선 의원 및 민주당 총재

293

를 역임하며 여성 야당 정치인의 길을 걸어온 박순천은 1972년 정계 은퇴 2년 만에 『한국일보』에 50회에 걸쳐 자기서사를 연재했다. 박순천의 자기서사는 식민지 여성 지식인의 현실 인식을 파악할 수 있는 매우 중요한 자료이지만, 정부 수립 이후의 정치 활동에만 초점이 맞춰져 있다는 점 등을 고려해 이 책에서는 다루지 않았다. 박순천의 정치 리더십을 전기적 접근을 통해 추적한 최정순은 박순천의 리더십을 도덕성, 민주성, 여성성을 갖춘 변혁적 정치 리더십으로 평가했다. 이와 관련해서는 박순천, 「나의 이력서 1~50」, 『한국일보』, 1974. 11. 16~1975. 1. 18; 최정순, 「박순천 정치리더십 연구」, 국민대학교 정치외교학과 박사학위논문, 2007 참조.

17 임영신의 정치 이력과 관련해서는 다음 문헌들을 참조. 김원경, 『승당 임영신의 빛나는 생애』, 민지사, 2002; 최은희, 『한국개화여성열전』, 조선일보사, 1991.

18 성경의 문학적 특징과 산문 형식의 서사 기법 그리고 성경이 제시하는 인물상에 관한 연구로는 로버트 알터, 『성서의 이야기 기술』, 황규홍 외 2인 옮김, 아모르문디, 2015 참조.

19 막스 베버, 『프로테스탄티즘의 윤리와 자본주의 정신』, 김덕영 옮김, 도서출판 길, 2010, 202~243쪽.

20 칼 슈미트, 『정치신학』, 김항 옮김, 그린비, 2010, 43~44쪽.

21 강동호는 한국 근대문학에서 나타난 다양한 이념형의 근원들을 세속화라는 문제의식을 바탕으로, 한국 근대문학사에서 산출된 자아의 근대적 양상과 구조를 분석하고 초월성을 둘러싼 내적 갈등의 역사를 해명한 바 있다. 그는 한국 근대문학의 형성을 종교, 특히 기독교와 관련지어 논의할 필요가 있음을 강조하며, 그 이유에 대해 기존의 근대문학 연구의 시야에서 배제되었던 초월적 상상력을 근대적 맥락으로 사유할 수 있도록 해주기 때문이라고 밝힌다. 기독교적 세계관이 모더니티에 대한 이념형들을 태동하게 한 것은 물론, 초월성에 대한 사유와 감각이 근대적인 형태로 산출되는 데 핵심 원천으로 작용했다는 것이 그의 주장이다. 강동호, 「한국 근대문학과 세속화」, 연세대학교 국어국문학과 박사학위논문, 2016.

22 가라타니 고진, 『일본 근대문학의 기원』, 박유하 옮김, 도서출판b, 2010, 116쪽.

23 세속화의 다양한 형태를 종합적으로 조망하고, 근대의 종교적이고 영
적인 체험이 변모하는 과정과 충만감 사이의 상관관계를 규명한 연
구로는 Charles Taylor, *A Secular Age*, Harvard University Press,
2007 참조.

24 임영신이 발간한 여성 잡지 『여성계』의 여성혐오적 측면을 남성동성
사회성과 연결지어 분석한 논의로는 허윤, 「냉전체제 속 여성혐오」,
『남성성의 각본들: 민족국가의 탄생과 남자-되기』, 오월의봄, 2021,
195~227쪽 참조.

25 윤치영, 『동산회고록: 윤치영의 20세기』, 삼성출판사, 1991, 371~418
쪽 참조.

26 영문학자 이브 코소프스키 세즈윅은 남성들이 공유하는 동성사회성
의 핵심을 남성연대로 파악하고, 남성이 다른 남성과 맺는 유대 관계
들의 구조 및 전략의 양상들을 분석한 바 있다. 이와 관련해서는 Eve
Kosofsky Sedgwick, *Between Men: English Literature and Male
Homosocial Desire*, Columbia University Press, 2015 참조. 한편,
가부장제를 비롯한 남성 중심의 동성사회성이 여성혐오로 나타나는
양상에 관해서는 케이트 만, 『남성특권: 여성혐오는 어디에서 비롯되
는가』, 하인혜 옮김, 오월의봄, 2021 참조.

27 이와 관련해서는 필립 르죈, 『자서전의 규약』, 윤진 옮김, 문학과지성
사, 1998, 15~61쪽 참조.

6. 연설가와 농촌운동가: 박인덕의 재기

1 박인덕, 『구월 원숭이』, 최연화 외 2인 옮김, 창미, 2007, 141쪽.

2 최승희, 『불꽃: 1911~1969, 세기의 춤꾼 최승희 자서전』, 자음과모음,
2006.

3 「돌아오고도 안 돌아오는 수수께끼」, 『매일신보』, 1931. 10. 15.

4 「조선의 노라로 집을 나온 박인덕씨」, 『삼천리』, 1933. 1; 「가정에서 사
회로: 조선이 나흔 현대적 노라 박인덕」, 『신동아』, 1931. 12. 오랫동
안 남편의 학대와 폭력에 시달리던 박숙양은 1914년 경성지방법원에
이혼소송을 제기했고, 1심과 2심 및 최종심인 조선고등법원에서 모두

승소 판결을 받으며 여성의 이혼청구권을 인정한 한국 최초의 근대적 판례로 기록되었다. 이와 관련해서는 소현숙,『이혼법정에 선 식민지 조선 여성들: 근대적 이혼제도의 도입과 젠더』, 역사비평사, 2017, 20~21쪽 참조.

5 나혜석의 생애와 관련해서는 김경일 외 6인,『한국 근대 여성 63인의 초상』, 130~135쪽 참조.

6 박인덕의 교육 활동과 관련해서는 박인덕,『구월 원숭이』, 202~227쪽 참조.

7 박희준,「1920~1930년대 한국교회의 덴마크 농촌운동 이해」, 감리교신학대학교 석사학위논문, 2014.

8 김경일 외 6인,『한국 근대 여성 63인의 초상』, 182~183쪽.

9 이 단체는 19세기 말에 창립되어 1920년대에 북미 지역의 청년을 대상으로 이교도 국가와 민족을 구원할 책임감을 주입하려는 목적으로 운영되었다. 1928년 1월 1일 SVMF 총회에서 박인덕은 '예수 그리스도는 나에게 무엇을 의미하는가'라는 주제로 연설을 했고, 이후 1936년에 다시 강연자로 초청되어 미국에 건너가 연설을 했다. 1937년부터는 약 20개월 동안 642번의 연설을 하고 10만 킬로 이상을 다니며 종교적 체험을 전달하는 강연자로 활약했다. 이숙진은 박인덕의 해외 강연 활동의 내용을 시기적으로 분석하고, 박인덕이 미국에서 강연하는 동안 연설의 주체가 되는 체험을 하고, 아시아의 식민지 국가에서 온 여성 지식인으로서의 정체성을 발견하게 되었다는 점에 주목했다. 탈식민주의적인 관점에서 볼 때, 박인덕의 강연이 구원 대상인 조선의 빈곤하고 억압적인 이미지와 이를 구원하는 미국 및 기독교의 해방적인 이미지를 고착화한 부분이 있다는 것이다. 이숙진은 그녀의 연설이 하나의 토착으로서 조선에 대한 정보를 제공하면서, 연설자로서 제국과 서구를 선망하는 식민지적 주체의 전형적인 모습을 드러낸다고 분석했다. 동시에 이숙진은 자서전을 통해 그녀의 삶을 좀 더 구체적으로 살펴보면 박인덕에게 미국과 기독교가 봉건 사회의 구조와 식민지 현실에서 억압의 주체였던 일본 제국과 조선의 가부장적 문화와는 전혀 다른, 그야말로 여성들에게 개선된 삶의 공간을 보장해주는 세계였다는 것을 알 수 있다고도 말한다. 즉 식민지 조선의 여성 지식인으로서 박인덕이 근대를 어떻게 가능한 삶의 영역으로 실천할 것

인가라는 과제를 고민했기에, 미국과 기독교가 식민지 조선 여성이 당면했던 모순과 한계를 넘어설 수 있는 대안이자 모방의 대상이 될 수 있었다는 것이다. 이숙진, 「박인덕의 연설 활동과 근대적 주체의 탄생: 박인덕의 자서전을 중심으로」, 『여성신학논집』 11, 2014, 6~9쪽.

10 박인덕, 『구월 원숭이』, 313쪽.

11 박인덕의 이혼과 관련해서는 전봉관, 「조선의 '노라' 박인덕 이혼 사건: '신여성 선두 주자'는 왜 남편과 자식을 버렸나」, 『경성기담: 근대 조선을 뒤흔든 살인 사건과 스캔들』, 살림, 2006을 참조. 한편 채만식은 1933년 『조선일보』에 입센의 원작 「인형의 집」 결말 이후의 이야기를 조선 상황으로 옮겨와 창작한 「인형의 집을 나와서」를 발표했다. 가출한 조선의 노라는 어떻게 되었을까? 「인형의 집을 나와서」의 임 노라는 집을 나온 후 결혼한 친구의 집에서 잠시 기거하다 가정교사와 화장품 판매원, 카페 여급 등의 직업을 전전하던 중 투신자살을 시도하는 지경까지 이른다. 여학교 재학 중 결혼한 임노라에게는 기술도 학력도 사회적 관계도 부족했다. 그러나 마침내 인쇄소 직공으로 취직한 노라가 회사의 고용주로 등장한 전 남편과 새로운 투쟁을 시작하게 되는 소설의 결말은 이혼 후 여성 노동자라는 새로운 정체성으로 삶을 개척하는 모습을 제시했다는 점에서 돋보인다. 박인덕의 경우 미국 유학, 기독교 단체, 실용교육기관 설립 등이 이혼 이후 그녀에게 새로운 정체성을 부여했다고 볼 수 있다. 「인형의 집을 나와서」의 판본으로는 채만식, 『채만식 전집 1: 인형의 집을 나와서/염마』, 창작과비평사, 1987 참조. 또한 임우경은 20세기 전반기 중국에서 노라 이야기가 어떻게 민족서사로 만들어지고 서사 주체의 성별에 따라 어떻게 달리 수행되었는지를 고찰하며 5·4 시기 반전통주의 여성해방 담론이 여성을 내세운 남성중심적 민족서사로 끊임없이 수렴되었다는 사실을 분석했다. 이와 관련해서는 임우경, 『근대 중국의 민족 서사와 젠더: 혁명의 천사가 된 노라』, 창비, 2014 참조. 입센의 번역이 조선 문예의 내셔널리티 창출과 연관되어 있다는 점을 분석한 논문으로는 이승희, 「입센의 번역과 성 정치학」, 한국여성문학학회 엮음, 『한국 여성문학 연구의 현황과 전망』, 소명출판, 2008, 163~190쪽 참조.

12 박인덕, 「寫眞自傳, 波瀾많은 나의 半生」, 『삼천리』, 1938. 11, 207쪽.

13 박인덕, 『구월 원숭이』, 15쪽.

14 같은 책, 23쪽.

15 박인덕,「寫眞自專, 波瀾많은 나의 半生」, 209쪽.

16 박인덕,『구월 원숭이』, 44쪽.

17 박지향은 1944년까지 이화전문 문과 졸업생 194명 가운데, 학적부
    가 남아 있는 190명의 자료를 분석하여 이 중 52명이 아버지가 존재
    하지 않는 상황에서 어머니 홀로 딸을 교육시킨 환경에서 성장했다는
    사실에 주목했다. 영국 여성운동가들의 경우 아버지의 영향력과 협조
    가 매우 중요한 영향을 끼쳤던 것에 반해, 한국 초기 여성 지식인들의
    경우 어머니의 교육열과 희생 그리고 기독교가 지대한 역할을 했다는
    차이를 보인다고 분석했다. 이와 관련해서는 박지향,「조선 여성 고등
    교육의 사회적 성격」,『사회비평』1, 나남출판, 1988 참조. 한편 이화
    학당 설립자인 스크랜턴 부인은 학교 설립 당시 양반 자제들을 중심
    으로 학생들을 구성하고 싶었지만, 양반가의 내외법이 철저했던 상황
    탓에 학생의 대상을 다양한 계층으로 확대할 수밖에 없었고, 오히려
    그러한 현실이 여성들이 이화학당을 해방과 기회의 공간으로 인식하
    는 계기가 되었다고 평가했다. 이와 관련해서는 민숙현·박해경,『한가
    람 봄바람에: 이화백년 야사』, 지인사, 1981 참조.

18 박인덕,『호랑이 시』, 인덕대학, 2007, 21쪽.

19 식민지 조선에서 고등교육을 받았던 여성들을 대상으로 구술 조사를
    한 정미경의 연구를 통해 기독교로 개화된 집안이 계층과 상관없이
    딸들에 대한 교육열이 높았다는 사실을 확인할 수 있다. 하지만 이 연
    구 역시 1930년대 이후부터는 식민지 초기와 달리 여성이 고등교육을
    받는 데 아버지와 계층 즉 경제력의 영향력이 확대되었다는 변화에
    주목했다. 이와 관련해서는 정미경,「일제 시기 '배운 여성'의 근대교육
    경험과 정체성에 관한 연구」, 이화여대 여성학과 석사학위논문, 2000
    참조. 한편 박인덕의 어머니가 박인덕의 결혼을 반대하고 박인덕에게
    미국 유학을 장려한 내용에 대해서는 박인덕,『구월 원숭이』, 80~102
    쪽 참조.

20 같은 책, 92~93쪽.

21 아펜젤러 교장은 "인물 좋고 말 잘하고 피아노 잘 치는" 이화의 재원
    이었던 박인덕이 김운호와 결혼한다는 소식을 듣고 박인덕을 끌어안
    고 울면서 결혼을 반대했다고 전해진다. 이와 관련해서는「이화 백년

야사에 담긴 초기 여성교육」, 『동아일보』, 1981. 5. 18.

22 김경일, 『신여성, 개념과 역사』, 푸른역사, 2016, 235쪽 참조.

23 박인덕, 『구월 원숭이』, 188~190쪽.

24 같은 책, 137~138쪽.

25 이숙진, 「박인덕의 연설 활동과 근대적 주체의 탄생」, 3쪽. 이숙진은 박인덕이 연설 장소와 내용을 메모해둔 기록이 있었고, 그 기록에 따르면 6808회의 연설을 했다고 밝혔다.

26 박인덕, 『구월 원숭이』, 143쪽.

27 같은 책, 145~146쪽.

28 Robert Aura Smith, "Ambassador from Korea", *New York Times Book Review*, November 7, 1954, p.34(박인덕, 같은 책, 뒤표지에서 재인용).

29 김욱동, 「박인덕의 『구월 원숭이』: 자서전을 넘어서」, 『로컬리티 인문학』 3, 2010, 275쪽.

30 김욱동은 박인덕의 자서전이 한국계 미국 문학이 발전하는 데 크게 이바지했다는 점에서 높이 평가하며 박인덕의 자서전이 갖는 의의와 한계를 분석했다. 농촌 계몽운동 전개와 실업학교 설립 등 근대 여성 교육가로서 자신의 활약을 기록했다는 점에서 의의가 있으며, 식민지 시기 남성 중심의 가부장 질서 속에서 여권 신장과 여성해방을 위해 노력한 박인덕의 궤적을 살펴볼 수 있다는 점에서 자서전으로서 가치가 있으나, 친일 행위로 논란이 되고 있는 자신의 일본 협력 관련 이야기에 대해 축소·은폐하고 있다는 점에서 역사 기록물로서 한계가 있다고 평가했다. 이와 관련해서는 김욱동, 같은 글, 271~310쪽 참조.

31 김지화는 박인덕과 김활란의 친일 협력의 맥락이 전향의 결과라기보다 변화하는 사회 지형에 대한 다면적인 저항과 협상의 과정이었다고 분석했다. 1930년대 조선에서 교육가로서 여성의 지위 향상과 자립 가능성을 모색했던 김활란과 박인덕이 서구 여성과의 연대 사이에서 갈등했던 것은 물론, 가부장적 남성 지식인 사회로부터 주변화된 위치에 있었기 때문에 조선에 거주하는 일본 여성의 식민주의적 조선 개혁운동과 제휴하고 협력하면서 자신들의 목표를 순차적으로나마 실현하려 했고, 그 과정에서 여성 교육을 협상하고 여성들의 사회적 공간을 확보하기 위해 친일 협력의 면모를 나타냈다는 것이다. 이

와 관련해서는 김지화, 「김활란과 박인덕을 중심으로 본 일제시대 기독교 여성 지식인의 '친일적' 맥락 연구」, 이화여대 여성학과 석사학위 논문, 2006 참조.

32　박인덕, 『구월 원숭이』, 8쪽.

33　여성 자서전 이론의 특수성을 자서전 장르의 일반적 법칙과 비교 논의한 연구로 이봉지·박영혜, 「여성 자서전 이론의 현 단계와 특수성에 관한 연구」, 194~200쪽 참조. 이봉지와 박영혜는 자서전 장르의 고전으로 평가받고 있는 필립 르죈의 『자서전의 규약』을 정면으로 비판했다. 자서전의 형식을 규정한 필립 르죈은 조르주 상드와 시몬 드 보부아르 등 서구 여성 지식인의 자서전을 연구 대상으로 삼았지만, 성별이 장르적 특성을 구성하는 데 유관하거나 의미 있는 요소로 드러나지는 않았다는 지적이다. 이들은 이런 비판과 함께 이후 여성적 글쓰기의 특징에 주목한 연구들을 정리하며 여성 자서전 이론의 계보를 소개한다.

34　박인덕, 『구월 원숭이』, 220쪽.

35　이와 관련해서는 이승엽·정혜경, 「일제하 녹기연맹의 활동」, 『한국근현대사연구』 10, 한울, 1999 참조. 이 연구에 따르면, 1935년 녹기연맹 부인부는 조선에 거주하는 일본인 여성을 위한 모임으로 시작되었다. 가사의 합리화를 연구하고, 귀금속 회수 운동이나 바자회를 통해 그 수익을 황군 위문에 쓰는 활동을 했던 녹기연맹 부인부는 점차 내선일체의 완성을 돕는 기구로 변모한다. 조선인의 생활 개선 운동으로 부인부의 활동 방향은 변화했고, 여기에 박인덕, 김활란, 손정규 등 조선의 여성 지식인들이 참여하게 되었다고 한다.

36　박인덕, 『구월 원숭이』, 225쪽.

37　박인덕, 「조선여자와 직업문제」, 『우라키』 3, 1928. 4, 47쪽.

38　박인덕은 1941년 발간한 『세계여행기』에서 베레아 학교의 교육 시스템을 구체적으로 소개한다. "1년 학비가 140~150불에 지나지 않고 교과서 사는 것, 사비 합하여 50~80불까지 드는데 이것은 학교에서 벌어 쓰게 학제가 되었다고 한다. 학과는 다른 대학과 같고 그 외에 농과, 목공과, 인쇄과, 가정과 등 여러 가지 실업과를 두고 실제로 가르친다. …… 점심 시간이 되어 식당으로 들어가면서 이곳에 어떤 빌딩은 학생들 손으로 세운 것이라고 자랑삼아 이야기한다. 식당에 들어가니

기숙사 식당이 아니요 여관 식당이다. 이 여관은 학교에 속한 것인데 학생들이 역원이 되어 사무실 일, 식당 주방 일까지 전부 맡아 본다. 학교에 속한 병원도 학생들이 운전해 간다." 박인덕, 『세계여행기』, 조선출판사, 1941, 45~46쪽.

39 박인덕, 『구월 원숭이』, 70쪽.

40 같은 책, 73쪽.

41 같은 책, 308쪽.

42 박인덕을 비롯해 기독교적 성향을 지닌 여성 지식인들은 식민지 시기부터 단독정부 수립 이후까지 꾸준히 대학 설립에 적극적으로 참여했다. 이숙종, 고황경, 차미리사, 황신덕은 각각 성신여대, 서울여대, 덕성여대, 추계학원을 설립했다. 이와 관련해서는 김경일 외 6인, 『한국 근대 여성 63인의 초상』 참조.

43 필립 르죈, 『자서전의 규약』, 17쪽.

44 모리스 블랑쇼가 미셸 레리스의 자서전을 분석하며 "자서전적인 글쓰기는 시간에 기획"이라고 규정한 대목에서 인용했다. 이와 관련해서는 유호식, 「자기에 대한 글쓰기 연구(1): 고백의 전략」, 『불어불문학연구』 43, 2000, 181~206쪽 참조.

7. 저격수와 의사醫師: 이화림의 증언

1 이화림 구술, 장환제·순징리 엮음, 『이화림 회고록: 중국대륙을 누빈 불멸의 여성독립운동가』, 박경철·이선경 옮김, 차이나하우스, 2015, 322쪽.

2 버지니아 울프, 『지난날의 스케치: 버지니아 울프 회고록』, 이미애 옮김, 민음사, 2019, 148쪽.

3 강만길·성대경 엮음, 『한국사회주의운동 인명사전』, 창작과비평사, 1996, 391~392쪽 참조. 한편 이화림의 생애와 항일운동 업적을 주목한 연구로는 박경철, 『타이항산 아리랑』, 차이나하우스, 2014; 강영심, 「조선의용대 여성대원, 이화림」, 『여/성이론』 11, 2014, 273~293쪽; 임기상, 『숨어 있는 한국 현대사 2: 구한말에서 베트남 전쟁까지, 아무도 말하지 않았던 그날의 이야기』, 인문서원, 2015; 정운현, 『조

선의 딸, 총을 들다: 대갓집 마님에서 신여성까지, 일제와 맞서 싸운 24인의 여성 독립운동가 이야기』, 인문서원, 2016; 이선이, 「중국 이주여성독립운동가 이화림李華林의 생애에 대한 고찰」, 『여성과 역사』 31, 2019, 65~100쪽 참조.

4   이화림, 『이화림 회고록』, 322쪽.

5   같은 책, 같은 쪽.

6   같은 책, 321~322쪽.

7   같은 책, 266쪽.

8   같은 책, 314쪽.

9   김학철, 「이화림: 반세기」, 『누구와 함께 지난날의 꿈을 이야기하랴』, 실천문학사, 1994, 216~218쪽.

10 김학철의 회고록에는 식민지 시기 남성 운동가들의 가부장적인 조직 문화와 성性 인지 감수성 부재가 빈번하게 드러난다. "이화림의 타고난 결함은 여자다운 데가 없는 것이었다. 아무리 몸에다는 군복을 입었더라도 여자는 여자다운 맛이 있어야 하겠는데 그것이 결여된 까닭에 그녀는 남성 동지들의 호감을 통 사지 못하는 것이었다"라고 언급했을 뿐 아니라, 자신에게 "문학의 길에서 나보다 까맣게 앞선 선배"이자 "나의 총각 시절의 우상이었던" 이선희를 회고하는 글에서도 이선희가 "전처 자식이 둘이나" 있는 극작가 박영호의 '후처'가 되었다는 소식을 듣고 충격에 빠졌던 일화와 이선희가 개벽사에 약 1년간 근무하다 갑자기 퇴사하고 "카바레의 여급"이 되었을 때 "배신당한 느낌에 사로잡혔"던 기억을 소환하기도 했다. 이와 관련해서는 김학철, 「여류작가 이선희와 나」, 같은 책, 119~133쪽 참조.

11 같은 책, 214~215쪽 참조. 박종린, 『사회주의와 맑스주의 원전 번역』, 신서원, 2018; 가와카미 하지메, 『빈곤론』, 송태욱 옮김, 꾸리에, 2009; 서경식, 『사라지지 않는 사람들: 20세기를 온몸으로 살아간 49인의 초상』, 이목 옮김, 돌베개, 2007 참조.

12 김정경, 「자기서사의 구술시학적 연구: 여성생애담을 중심으로」, 『한국문학이론과 비평』 44, 2009, 77~207쪽; 김정경 「여성생애담에 나타난 이주와 정주의 양상과 그 의미」, 『구비문학연구』 41, 2015, 1~31쪽; 가브리엘레 루치우스-회네, 『이야기 분석』, 박용익 옮김, 역락, 2006, 30~80쪽 참조. 한편 완결된 형태의 이야기와 이야기 행위, 만

들어진 이야기의 차별성을 규명하고 이야기하는 행위를 사건 그 자체의 실재성으로 전제하면서 역사로서의 이야기를 논증한 연구로는 노에 게이치, 『이야기의 철학: 이야기는 무엇을 기록하는가』, 김영주 옮김, 한국출판마케팅연구소, 2009 참조.

13 이와 관련해서는 김은실·민가영, 「조선족 사회의 위기 담론과 여성의 이주 경험 간의 성별 정치학」, 『여성학논집』 23, 2006, 35~72면 참조. 결혼이주여성의 자기서사 및 이주여성들의 공간적 고찰에 관해서는 다음의 연구들을 참조. 강진구, 「결혼이주여성의 '자기서사' 연구: 수기手記를 중심으로」, 『어문논집』 54, 2013, 105~135쪽; 정현주, 「이주여성들의 역설적 공간: 억압과 저항의 매개체로서 공간성을 페미니스트 이주연구에 접목시키기」, 『젠더와 문화』 5(1), 2012, 105~144쪽. 전통적인 가부장제와 내셔널리즘의 억압으로부터 이동의 자유를 획득한 필리핀 여성들이 유럽과 미국의 대도시로 이주해 그곳의 중산층 가정에서 하인으로 노동하게 되는 현상을 페미니즘 관점으로 분석한 연구로는 라셀 살라자르 파레냐스, 『세계화의 하인들: 여성, 이주, 가사노동』, 문현아 옮김, 여이연, 2009 참조. 근대의 시공간이 가부장제 질서 아래 재편되었다는 사실에 착목하고 지리학적 지식의 전복을 논의한 연구로는 질리언 로즈, 『페미니즘과 지리학: 지리학적 지식의 한계』, 정현주 옮김, 한길사, 2011 참조.

14 식민지 시기의 인구 이동과 관련해서는 박경숙, 「식민지 시기 (1910~1045년) 조선의 인구 동태와 구조」, 『한국인구학』 32(2), 2009, 29~58쪽 참조. 공간과 사회적 위치 및 권력의 젠더지리를 이동성의 개념과 연관시켜 논의한 연구로는 도린 매시, 『공간, 장소, 젠더』, 정현주 옮김, 서울대학교출판문화원, 2015 참조.

15 김애령은 자기서사가 살아 있는 경험의 반영일 수만은 없다는 사실을 지적하며, 말할 수 없는 기억과 경험 및 이야기되지 못하는 실재에 관한 문제를 고찰했다. 서사 정체성과 경험 세계의 이야기적 특징을 탁월하게 분석한 김애령의 연구에서 큰 도움을 받았음을 밝힌다. 이와 관련해서는 김애령, 『듣기의 윤리: 주체와 타자 그리고 정의의 환대에 대하여』, 52~86쪽, 88~115쪽 참조.

16 한나 아렌트, 『인간의 조건』, 이진우 옮김, 한길사, 1996; 폴 리쾨르, 『시간과 이야기 3: 이야기된 시간』, 김한식 옮김, 문학과지성사,

2004, 463~521쪽 참조..

17 유럽 역사에서 이동성 개념의 변천 과정에 주목한 애니타 퍼킨스는 이동/여행의 목적을 지식 획득, 정체성 발견 및 자아 형성 등으로 분석한 바 있다. 고대 그리스에서 이동과 여행이 정주와 귀환을 목표로 한 것과 달리 18세기 후반과 19세기 유럽의 이동성은 교통수단의 발전과 함께 더 넓은 세상을 경험하고자 하는 개인의 욕망에서 발생했다는 것이다. 더불어 애니타 퍼킨스는 독일 분단과 통일 과정을 예시로 들며 현대사회에서 이동성의 변모 양상을 사회적 조건과 연결지어 논의하기도 했는데, 이와 같은 관점은 특히 식민지 시기와 분단 및 한국전쟁과 문화대혁명 등의 역사적 소용돌이 속에서도 끊임없이 이동을 감행한 이화림의 내적인 동기를 파악하는 데 큰 도움이 되었다. 이와 관련해서는 애니타 퍼킨스, 『여행 텍스트와 이동하는 문화: 「오디세이아」에서 「율리시즈의 시선」까지』, 최일만 옮김, 앨피, 2020 참조.

18 이화림, 『이화림 회고록』, 29쪽.

19 같은 책, 31쪽.

20 같은 책, 53쪽.

21 같은 책, 72쪽.

22 같은 책, 76쪽. 이화림의 회고에 따르면, 1930년 당시 상하이에 거주했던 조선 교민은 "하찮은 직업에 종사했다. 어떤 이는 무녀였고 어떤 이는 여종업원이었으며 어떤 이는 좌판에서 채소를 팔았다. 비교적 괜찮은 곳은 냉면집, 작은 식당, 잡화점이었다". 상하이 한인 사회의 형성 과정 및 이화림에게 정신적인 버팀목이 되어주었던 김두봉이 교장으로 재직했던 인성학교의 설립 및 운영 과정에 대해서는 다음의 연구들을 참조. 孫科志, 『上海韓人社會史: 1910~1945』, 한울아카데미, 2001; 김광재, 『근현대 상해 한인사 연구』, 경인문화사, 2018, 387~529쪽 참조.

23 이화림, 『이화림 회고록』, 89쪽.

24 같은 책, 103쪽.

25 같은 책, 146쪽.

26 같은 책, 146~147쪽.

27 같은 책, 192~193쪽.

28 같은 책, 195쪽.

29 같은 책, 196쪽.

30 같은 책, 203쪽, 1930년대 중산대학의 조선인 유학생과 관련해서는 최봉춘, 「국립 중산대학 조선유학생 연구: 1930년대를 중심으로」, 『한국민족운동사연구』 60, 2009, 209~266쪽 참조. 최봉춘의 연구에 따르면 1930년대 중산대학에 다녔던 조선인 유학생들은 좌우 이념을 막론하고 민족주의 성향이 매우 뚜렷했으며, 특히 중일전쟁 당시 조선의용대에 참가한 이들이 많았다고 한다.

31 이화림, 『이화림 회고록』, 208쪽.

32 같은 책, 210쪽.

33 같은 책, 218쪽.

34 정현주는 이주여성의 이동성에 영향을 미치는 요인들을 1) 사회적으로 규정된 성역할, 2) 언어소통 능력, 3) 교통하부시설, 4) 거주자의 위치 및 거주기간, 5) 개인의 주체성으로 분석한 바 있다. 이와 같은 기준을 이화림의 생애에 적용한다면 그녀는 1930년에 상하이에 도착한 이래로 꾸준히 이동성을 확장해나갔다는 평가를 받을 수 있을 것이다. (정현주, 「공간의 덫에 갇힌 그녀들?: 국제결혼이주여성의 이동성에 대한 연구」, 『한국도시지리학회지』 10(2), 2007, 54~68쪽 참조.)

35 이화림, 『이화림 회고록』, 219쪽.

36 같은 책, 221쪽.

37 김구, 조소앙, 이청천 등과 조선민족혁명당의 갈등 및 분열과 관련해서는 강만길, 「민족혁명당의 내분과 분열」, 『조선민족혁명당과 통일전선』, 창비, 2018, 137~161쪽 참조. 강만길은 조선민족혁명당의 좌우 세력 갈등 및 분열의 원인 가운데 사회주의자들의 세계주의와 민족주의의 충돌을 주목했다. 한편 김구는 『백범일지』에서 이봉창과 윤봉길 의거를 비중 있게 다뤘지만, 그 과정에 함께했던 이화림에 대해서는 이름조차 언급하고 있지 않다. (김구, 도진순 주해, 『백범일지: 백범 김구 자서전』, 돌베개, 1997, 322~341쪽 참조.)

38 이화림, 『이화림 회고록』, 239쪽.

39 같은 책, 247쪽.

40 같은 책, 256쪽.

41 같은 책, 287쪽.

42 북한과 중국 국경 사이의 인구 이동에 주목한 연구로는 안드레 슈미

드, 「북한을 역사화하기: 국가사회주의, 인구이동, 그리고 냉전사학」, 『사회와역사』124, 2019, 168~199쪽 참조.

43 중국 공산당 중앙 당교의 특징과 운영 원리에 관해서는 조호길·리신팅, 『중국의 정치권력은 어떻게 유지되는가: 강력한 당-국가 체제와 엘리트 승계』, 메디치미디어, 2017 참조.

44 이화림, 『이화림 회고록』, 367쪽.

45 같은 책, 370쪽.

46 같은 책, 371쪽.

47 삶과 이야기의 관계를 논의한 연구로는 Julia Kristeva, *Hannah Arendt: Life is a Narrative*, University of Toronto Press, 2000; 김애령, 『듣기의 윤리』, 52~86쪽 참조.

48 이화림, 『이화림 회고록』, 372쪽.

8. 혁명가와 관료: 허정숙의 침묵

1 「그 뒤에 이야기하는 "제여성諸女性의 이동·좌담회"」, 『중앙』, 1935. 1.

2 시몬 베유, 『중력과 은총』, 윤진 옮김, 문학과지성사, 2021, 179쪽.

3 「허정숙 출옥 방문기」, 『신동아』, 1932. 6.

4 같은 글, 「허정숙 여사의 태양광선치료원, 일대의 여류운동가 허씨가 자연과학전당으로 진출!」, 『삼천리』, 1932. 9.

5 김옥엽, 「계급전선에서 떨어진 꽃들—고명자, 허정숙, 황신덕, '그 후의 소식' 여성운동도 한때런가—다재의 허정숙」, 『신여성』, 1933. 3.

6 국사편찬위원회 편집부, 『韓民族獨立運動史資料集』51, 국사편찬위원회, 2002, 249쪽.

7 「파업단 공장 틈입 여공 1명 기절」, 『동아일보』1933. 5. 4.

8 여성 사회주의자들에 대한 기획기사로는 해방 이후인 1946년 11월 『독립신보』의 「여류혁명가를 찾아서」가 주목할 만하다. 『독립신보』는 이 기획기사에서 유영준, 정칠성, 박진홍, 유금봉, 허하백, 조원숙, 김명시를 인터뷰하고 이들의 사회주의 운동가로서의 생애를 조명했다.

9 이 시기 황신덕의 활동을 간략하게 살펴보면 다음과 같다. 황신덕은 1934년 여자의학전문학교 창립을 위해 여의전 발기 준비위원으로 활

동하는 한편, 중앙보육학원을 인수하여 운영했으나 모두 경영난에 부딪혀 포기했다. 이후 1935년부터 『동아일보』에서 운영하는 『신가정』에서 기자로 일을 하다 1937년 『동아일보』 정리부 기자로 자리를 옮기게 된다. 허정숙은 황신덕과 근우회에서 함께 활동한 인연이 있었고, 당시 황신덕이 합법적 영역인 교육과 언론계에서 활동하고 있었던 까닭에 인터뷰 대상자로 추천한 것으로 짐작된다. 황신덕의 생애와 관련해서는 신영숙, 「일제 시기 여성운동가의 생활과 행동 양상: 황애덕·신덕 자매를 중심으로」, 『한국여성학』 13, 1997, 우봉운, 「열변ㄨ열번의 황신덕씨, 여류 연설과 잡감」, 『삼천리』, 1935. 1 참조.

10 신영숙, 「일제시기 여성운동가의 삶과 그 특성 연구: 조신성과 허정숙을 중심으로」, 『역사학보』 150, 1996, 137~139쪽 참조.

11 허근욱은 언니 허정숙이 중국 망명을 떠날 때의 상황을 다음과 같이 회고했다. "아버님 어머님 떠납니다." 허정숙의 옆에는 검정 양복을 입은 낯선 남자가 함께 서 있었다. 그는 '제3차 공산당 사건'으로 복역했다가 1935년 출옥한 최창익이었다. 최창익은 일본 와세대대학 정경과를 졸업하고 소련에서 동방노력자대학을 수료한 뒤 ML파 조선공산당 간부로 활동하다 체포되어 수감 생활을 했다. 허정숙은 '근우회 사건'으로 복역한 후 출옥하여 팔판동 166번지 소재의 2층짜리 벽돌집에서 태양광선치료원을 경영하고 있었고, 1932년 8월 즈음에는 남편 임원근과 협의 이혼을 진행하고 있었으나, 동지들이 출옥하자 중국 망명을 결심했다. 허근욱, 『민족변호사 허헌』, 지혜네, 2001, 318쪽.

12 김경일, 「1920~1930년대 한국의 신여성과 사회주의」, 『한국문화』 36, 2005, 249~295쪽; 송진희, 「허정숙의 생애와 활동: 사상과 운동의 변천을 중심으로」, 순천대 교육대학원 석사학위논문, 2004; 백숙현, 「사회주의 여성운동가 허정숙(1903~1991)의 활동과 사상에 대한 재고찰: 콜론타이와의 비교를 중심으로」, 서울대학교 여성학협동과정 석사학위논문, 2020.

13 백숙현, 같은 글, 46~64쪽 참조.

14 북한의 여성 엘리트 및 여성 정책과 관련해서는 다음 문헌들을 참조. 윤미량, 『북한의 여성정책』, 한울, 1991; 손봉숙 외 3인, 『북한의 여성생활』, 나남, 1996. 한편 북한에서 허정숙이 직접 작성한 공식적인 글로는 정권 수립 초창기 문화선전상으로 정로와 인민에 기고한 글들과

말년에 출간한 책 두 권 『민주건국의 나날에』(1986), 『위대한 사랑의 역사를 새기며』(1989)이 있다고 알려져 있지만, 자신의 생애에 대한 회고는 남기지 않았다. 또한 2002년 허정숙의 생애를 다룬 평전(윤정호, 『태양의 품에 안기어 빛내인 삶』 11)이 북한에서 출간되었다. 한편 허정숙의 기자 시절 활동과 관련해서는 강혜경, 「일제하 허정숙의 기자 활동」, 『한국민족운동사연구』 50, 2007, 81~116쪽 참조. 1947년 허정숙이 편집하고 조선문화협회 중앙본부에서 출간한 『세계민주여성운동과 조선민주여성운동』의 자료 해제와 더불어 해방기 허정숙의 정치적 활동과 글쓰기의 의미를 고찰한 연구로는 허윤, 「허정숙 편, 『세계민주여성운동과 조선민주여성운동』(조선문화협회중앙본부, 1947) 해제」, 『근대서지』 19, 2019, 533~542쪽 참조.

15 성하호, 「붉은 연애의 주인공들」, 『삼천리』, 1931. 7; 「조선의 코론타이스트」, 『개벽』, 1932. 7. 식민지 조선에서 논란이 되었던 콜론타이의 연애론에 대한 유용론과 무용론 모두를 검토한 연구로는 배상미, 「식민지 조선에서의 콜론타이 논의의 수용과 그 의미」, 『여성문학연구』 33, 2014 참조. 사회주의 여성운동가로서의 허정숙의 생애를 고찰한 연구로는 백숙현, 「사회주의 여성운동가 허정숙(1903~1991)의 활동과 사상에 대한 재고찰: 콜론타이와의 비교를 중심으로」, 서울대학교 여성학협동과정 석사학위논문, 2000 참조.

16 콜론타이의 자전적 글들은 영어와 독일어를 비롯한 여러 외국어로 출판되었다. 영어권에서 발간된 콜론타이의 자서전과 평전은 다음 문헌들을 참조. A. Kollntai, *The Autobiography of a Sexually Emancipated Communist Woman*, ed. I. Fetscher, trans. S. Attanasio, Herderand Herder, 1971; Barbara Evans Clements, *Bolshevik Feminist: The Life of Aleksandra Kollontai*, Indiana University Press, 1979; Barbara Beatrice Farnsworh, *Aleksandra Kollontai: Socialism, Feminism, and the Bolshevik Revolution*, Stanford University Press; Cathy Porter, *Aleksandra Kollontai, The Lonely Struggle of the Woman Who Defied Lenin*, The Dial Press, 1980. 한인 여성으로 러시아혁명에 참여했던 김 알렉산드라에 관해서는 정철훈, 『김 알렉산드라 평전』, 필담, 1996 참조.

17 허정숙의 미국 기행문에 관해서는 김효주, 「1920년대 여행기에 나타

난 미국 인식과 표상: 허헌·허정숙의 미국 여행기를 중심으로」, 『한국
민족문화』 49, 2013, 33~57쪽 참조.

18 일본에서는 1906년 여성 사회주의자 후쿠다 히데코의 자서전을 기점
으로 1913년 아나키스트 가네코 후미코의 옥중일기, 1931년 여성 사
업가 소마 고코의 회고록, 1941년 여의사 요시오카 야요이의 자서전
등이 출간되었다. 또한 1930년 7월과 11월에 발간된 하야시 후미코의
자서전 방랑기와 속 방랑기는 60만 부가 판매될 정도로 대중적으로
큰 주목을 받았다. 이와 관련해서는 최경희, 「한국 여성의 자기서사
(3): 근대편」, 『여성문학연구』 9, 2003, 250~258쪽 참조. 또한 검열
관들의 직무와 검열의 수행 양상이 체제마다 각각 고유한 방식을 가
지고 있었음을 논증하며, 검열이 국가권력과 저자 사이의 갈등 관계
에 국한되지 않고 국가권력과 저자, 유통자, 독자 사이의 다자간 대결
임을 주장한 연구로는 로버트 단턴, 『검열관들: 국가는 어떻게 출판을
통제했는가』, 박영록 옮김, 문학과지성사, 2021 참조.

19 최경희, 같은 글, 250~251쪽 참조.

20 이와 관련해서는 다음 문헌들을 참조. 서지영, 『역사에 사랑을 묻다』,
이숲, 2011, 195쪽; 김학준, 『혁명가들의 항일 회상』, 민음사, 2005,
253쪽; 신영숙, 「일제시기 여성운동가의 삶과 그 특성 연구: 조신성과
허정숙을 중심으로」, 『역사학보』 150, 1996, 145~153쪽.

21 주디스 버틀러, 『윤리적 폭력 비판: 자기 자신을 설명하기』, 양효실 옮
김, 인간사랑, 2013, 22~73쪽 참조.

22 이종석, 『조선로동당 연구』, 역사비평사, 2003 참조.

23 최창익은 1945년 12월 조선의용대와 평양으로 들어와 1946년 2월
조선신민당 부위원장이 되었고, 같은 해 8월 북조선로동당 상무위원
과 정치위원, 1947년 2월에는 북조선인민위원회 인민검열국장, 1948
년 8월 1기 최고인민회의 대의원, 1948년 8월 제1기 최고인민회의 대
의원, 1948년 9월 조선민주주의인민공화국 재정상, 1952년 부수상,
1955년 국가검열상에 취임했다. 하지만 1956년 8월 종파 사건을 일으
킨 후 당 중앙위원 자리에서 문화선전성 문화유물 보존국장으로 좌천
되었고, 1957년 '반당 종파 행위의 계획적 음모'를 했다는 혐의로 그
자취가 완전히 사라지게 되었다. 최창익뿐 아니라 연안파의 주요 인물
들은 모두 숙청되거나 중국으로 돌아가는 길을 선택했다. 독립동맹의

주석이었던 김두봉은 물론 최창익과 함께 부주석이었던 한빈도 사라졌으며, 조선의용대 총사령관이었던 무정과 의열단 단원으로 재정 및 산업상이었던 윤공흠은 1956년 중국으로 돌아갔다. 이와 관련해서는 김성동, 『꽃다발도 무덤도 없는 혁명가들』, 박종철출판사, 2014, 364～365쪽 참조.

24 「전 북한군사단 정치위원 여정 수기: 비화 김일성과 북한」, 『동아일보』, 1990. 6. 24.

25 스탈린 풍자시를 썼다는 이유로 추방되었다가 강제수용소에서 사망한 오시프 만델슈탐의 생애 및 스탈린 시대의 수용소 생활과 관련해서는 다음 문헌들을 참조. 나데쥬다 야코블레브나 만델슈탐, 『회상』, 홍지인 옮김, 한길사, 2009; 스티븐 F. 코언, 『돌아온 희생자들: 스탈린 사후, 굴라크 생존자들의 증언』, 김윤경 옮김, 글항아리, 2014.

26 B. 판스워드, 『알렉산드라 콜론타이』, 신민우 옮김, 풀빛, 1986, 122쪽.

27 남석주, 「소비에트 정권 초기의 여성문제」, 『슬라브학보』 16, 2001.

28 김수희, 「러시아 문화의 특수성과 보편성에 관한 연구: 러시아의 혁명과 가족제도의 변화」, 『슬라브연구』 14, 1998; 김은실, 「소비에트 사회에서의 여성해방론 실험」, 『아시아여성연구』 43, 2004; 최대희, 「1920년대 소비에트 러시아에서의 노동자 클럽과 여성 노동자」, 『슬라브연구』 22, 2006.

29 콜론타이의 여성해방 사상과 레닌의 국가자본주의 정책의 충돌 및 갈등에 관해서는 김은실, 「'여성해방'에 대한 콜론타이와 레닌의 정치적 갈등」, 『정치사상연구』 14, 2008 참조. 이 논문에서 김은실은 콜론타이의 생애를 통해 여성이 정치 과정에서 분리·배제되는 경우 국가 구성의 주체나 시민이 아니라 국가 건설 및 발전을 위한 도구가 된다는 점을 고찰했다. 김은실의 연구에 따르면, 1923년 12차 당대회에서 콜론타이의 견해는 "여성의 일상생활을 개선한다는 기치 아래 남녀의 공통 과제인 계급투쟁으로부터 여성 노동자를 멀어지게 하는 여권론적인 일탈"로 규정되어 비판의 대상이 되었다. 한편 레닌은 "만일 수백만의 여성들이 우리 편에 서지 않는다면 우리들은 프롤레타리아 독재를 수행할 수 없으며 공산주의 노선에 따라 건설할 수 없다"고 말했을 정도로 러시아혁명 후 다수의 여성 지지자들이 이탈하는 상황을 우려했다. 그럼에도 레닌은 콜론타이와의 갈등이 첨예해지자 온건주

의적 여성 정책 노선을 지향했던 클라라 체트킨을 동원해 콜론타이의 진보적인 여성 정책을 압박했다. 김은실, 같은 글, 73~76쪽 참조. 클라라 체트킨과 관련해서는 알렉산드라 콜론타이·클라라 체트킨·블라디미르 레닌·레온 트로츠키, 정진희 엮음, 『마르크스주의자들의 여성해방론: 콜론타이·체트킨·레닌·트로츠키 저작선』, 책갈피, 2015 참조. 한편 스탈린 시대 인민위원회 의장 및 외무인민위원을 역임했던 뱌체슬라프 몰로토프는 레닌과 콜론타이의 갈등을 다음과 같이 회고했다. "레닌이 그녀를 얼마나 발라버렸는지 알려면, 그가 제11차 당대회에서 행한 연설을 읽어봐요. 거기 보면 레닌이 노동자 반대파를 비난하는 대목이 나와. 레닌의 표현처럼, 쉴랴프니코프와 콜론타이의 노동자 반대파는 찰싹 달라붙은 동무들이었소." 이와 관련해서는 펠릭스추예프, 『몰로토프 회고록: 스탈린을 위한 변명』, 이완종 옮김, 선인, 2018, 253쪽 참조.

30 콜론타이의 생애에 관해서는 다음 문헌들을 참조. 한정숙, 「알렉산드라 콜론타이: 여성해방과 평화를 위해 바친 사회주의자의 삶」, 『역사와문화』 16, 2008; 전경옥 외, 『세계의 여성 리더』, 숙명여대출판부, 2004; 김은실, 「소비에트 사회에서의 여성해방론 실험」, 『아시아여성연구』 43, 2004.

31 유리 니콜라예비치 베젤랸스키, 『자유와 혁명의 해바라기: 20세기 러시아의 여성들』, 이명자·최순미 옮김, 이담북스, 2010, 39쪽. 디벤코는 콜론타이의 사후 4년 뒤인 1956년 5월이 되어서야 복권되었다.

32 낸시 프레이저, 「정체성 정치 시대의 사회 정의: 분배, 인정, 참여」, 낸시 프레이저·악셀 호네트, 『분배냐 인정이냐』, 김원식·문성훈 옮김, 사월의책, 2014, 46쪽.

33 『로동신문』, 1991. 6. 11, 2쪽. 관련 자료는 통일부 북한자료센터 https://unibook.unikorea.go.kr/material 참조.

34 이철, 『경성을 뒤흔든 11가지 연애사건』, 다산초당, 2008, 258쪽.

35 주디스 버틀러, 『윤리적 폭력 비판』, 217쪽.

36 「부인 단발」, 『조선일보』, 1925. 8. 23.

37 허정숙, 「나의 단발과 단발 전후」, 『신여성』, 1925. 10, 16쪽.

38 허정숙, 「조혼經驗 新試驗失敗談: 단발했다가 장발된 까닭」, 『별건곤』, 1928. 12.

39   허정숙, 「신년과 여성운동: 선구자는 수양에 더욱 노력」, 『조선일보』, 1926. 1. 3.

40   유리 니콜라예비치 베젤랸스키, 『자유와 혁명의 해바라기』, 39~40쪽; 한정숙, 「알렉산드라 콜론타이」, 197~228쪽.

41   마오쩌둥이 김일성에게 한 충고인 "모순은 보편적으로 존재한다. 공산당 내부도 예외는 아니다"라는 구절을 인용하여 쓴 문장이다. 「전 북한군사단 정치위원 여정 수기: 비화 김일성과 북한」, 『동아일보』, 1990. 6. 24에서 재인용.

발표 지면

1. 출판인과 승려: 김일엽의 고백
「근대 여성 지식인의 자기서사 연구」,
　　성균관대학교 동아시아학과
　　박사학위논문, 2017.
「김일엽이 이야기하는 김일엽」,『문학과
　　사회』34(2), 92~104쪽.

2. 배우와 소설가: 최정희의 다짐
「근대 여성 지식인의 자기서사 연구」,
　　성균관대학교 동아시아학과
　　박사학위논문, 2017.

3. 시인과 로비스트: 모윤숙의 변명
「근대 여성 지식인의 자기서사 연구」,
　　성균관대학교 동아시아학과
　　박사학위논문, 2017.

4. 총장과 특사: 김활란의 회한
「근대 여성 지식인의 자기서사 연구」,
　　성균관대학교 동아시아학과
　　박사학위논문, 2017.

5. 장관과 당수: 임영신의 자찬
「근대 여성 지식인의 자기서사 연구」,
　　성균관대학교 동아시아학과
　　박사학위논문, 2017.

6. 연설가와 농촌운동가: 박인덕의 재기
「근대 여성 지식인의 자기서사 연구」,
　　성균관대학교 동아시아학과
　　박사학위논문, 2017.

7. 저격수와 의사醫師: 이화림의 증언
「저격수와 의사醫師: 이화림의 중국
　　유학과 자기서사」,『구보학보』26,
　　2020, 89~115쪽.

8. 혁명가와 관료: 허정숙의 침묵
「생존과 글쓰기: 여성 사회주의자의
　　자기서사」,『비교한국학』25(2),
　　2017, 71~95쪽.

도판 출처

김일엽
24쪽: ⓒ 동아일보

최정희
58쪽: ⓒ 국가기록원
59쪽: ⓒ 국가기록원
61쪽: ⓒ 김채원

모윤숙
102쪽: ⓒ 국가기록원

김활란
109쪽: ⓒ 국가기록원
135쪽: ⓒ 국가기록원
138쪽: ⓒ 국가기록원

임영신
168쪽: ⓒ 국가기록원
169쪽: ⓒ 국가기록원

박인덕
203쪽: ⓒ 독립기념관

허정숙
244쪽: ⓒ 국사편찬위원회

변신하는 여자들

변신하는 여자들

초판 1쇄 펴낸날	2022년 1월 28일
지은이	장영은
펴낸이	박재영
편집	이정신·임세현·한의영
마케팅	신연경
디자인	조하늘
제작	제이오
펴낸곳	도서출판 오월의봄
주소	경기도 파주시 회동길 363-15 201호
등록	제406-2010-000111호
전화	070-7704-5240
팩스	0505-300-0518
이메일	maybook05@naver.com
트위터	@oohbom
블로그	blog.naver.com/maybook05
페이스북	facebook.com/maybook05
인스타그램	instagram.com/maybooks_05
ISBN	979-11-6873-004-5 03800

이 책은 저작권법에 따라 보호받는 저작물이므로 무단전재와 복제를 금합니다.
이 책 내용의 전부 또는 일부를 이용하려면 반드시 저작권자와 도서출판 오월의봄에
서면 동의를 받아야 합니다.

책값은 뒤표지에 있습니다. 잘못된 책은 바꾸어 드립니다.

이 도서는 한국출판문화산업진흥원의 '2021년 출판콘텐츠 창작 지원 사업'의 일환으로
국민체육진흥기금을 지원받아 제작되었습니다.

만든 사람들
책임편집	임세현
디자인	조하늘